O PORTAL
DO ESCORPIÃO

RICHARD A. CLARKE

O PORTAL DO ESCORPIÃO

Tradução de
GILSON SOARES

EDITORA RECORD
RIO DE JANEIRO • SÃO PAULO
2007

CIP-Brasil. Catalogação-na-fonte
Sindicato Nacional dos Editores de Livros, RJ.

C546p Clarke, Richard A., 1951-
      O portal do escorpião / Richard A. Clarke; tradução de Gilson B. Soares. – Rio de Janeiro: Record, 2007.

      Tradução de: The scorpion's gate
      ISBN 978-85-01-07064-7

      1. Terrorismo – Ficção. 2. Terrorismo – Prevenção – Ficção. 3. Ficção americana. I. Soares, Gilson Baptista. II. Título.

07-0630   CDD – 813
                                   CDU – 821.111(73)-3

Título original norte-americano:
THE SCORPION'S GATE

Copyright © 2005 by RAC Enterprises, Inc.
Publicado mediante acordo com G. P. Putnam's Sons, um membro de Penguin Group (USA), Inc.

Todos os direitos reservados. Proibida a reprodução, no todo ou em parte, através de quaisquer meios.

Direitos exclusivos de publicação em língua portuguesa somente para o Brasil adquiridos pela
EDITORA RECORD LTDA.
Rua Argentina 171 – 20921-380 – Rio de Janeiro, RJ – Tel.: 2585-2000
que se reserva a propriedade literária desta tradução

Impresso no Brasil

ISBN 978-85-01-07064-7

PEDIDOS PELO REEMBOLSO POSTAL
Caixa Postal 23.052
Rio de Janeiro, RJ – 20922-970

EDITORA AFILIADA

Dedicado às

*vítimas do terrorismo,
a todos que lutaram contra ele,
e a seus entes queridos*

AGRADECIMENTOS

Este livro não teria sido possível sem os esforços de três associados e amigos: Neil Nyren, editor de texto *par excellence*; Len Sherman, agente fora de série; e Beverly Roundtree-Jones, a mais leal assistente-executiva. A eles, meu muito obrigado.

Enquanto lêem este livro, alguns podem pensar que estão vendo a si mesmos ou a outros retratados. Não estão. Esta é uma obra de ficção na qual todos os personagens são fictícios. O livro não se propõe a ser profético. Podemos e devemos esperar por um futuro melhor. As questões que os personagens enfrentam, contudo, nós enfrentaremos pelos anos à frente: a busca de petróleo por potências rivais, a necessidade de informação acurada, a ameaça de armas de destruição em massa, o desafio de grupos terroristas, a possibilidade de os governos serem desonestos com seu povo, a responsabilidade e lealdade daqueles no governo.

Espero que este livro leve os leitores a pensar sobre essas questões e que lhes dê um discernimento no mundo real, mundo em que tais questões são formuladas por pessoas reais, pois precisamos de um diálogo nacional e internacional — um diálogo informado — exatamente sobre estes assuntos.

R. A. C

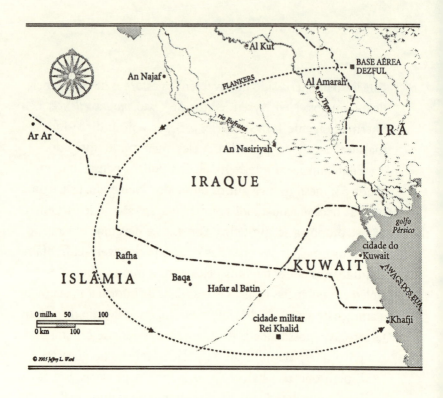

1

28 DE JANEIRO

Diplomat Hotel
Manama, Bahrein

O garçom voou pela cafeteria do saguão. Atrás dele veio uma nevasca de cacos de vidro de janelas estilhaçadas, enfiando adagas de pontas afiadas em braços, olhos, pernas e cérebros. A onda de choque ricocheteou nas paredes de mármore como um coice de mula que ele sentiu no estômago. Depois houve o som ensurdecedor da explosão, tão alto que fez estremecer cada osso e órgão do seu corpo.

Brian Douglas mergulhou no chão, atrás de uma mesa tombada. Sua reação foi automática, como se a memória muscular tivesse dito a ele o que fazer; reflexos inatos daqueles terríveis anos em Bagdá, quando isto ocorrera tantas vezes.

Enquanto grudava seu corpo ao tapete felpudo, sentiu o chão do hotel estremecer. Receou que o prédio de 14 andares fosse desabar em cima dele. Pensou em Nova York.

Houve longos segundos de silêncio antes que os gritos começassem, gritos para Alá e outros nomes de Deus, em árabe e inglês. Mais uma vez soaram vozes estridentes de mulheres, dolorosamente agudas e perfurantemente altas. Mais uma vez houve homens gemendo de dor e gritando, enquanto cacos de vidro continuavam a se estilhaçar no chão ao seu redor. Um alarme soou desnecessariamente acima disso tudo. A poucos passos de Brian, uma mulher chorava enquanto o sangue escorria de sua testa e derramava-se na frente de seus mantos brancos:

— Socorro, por favor! Ajudem-me, por favor! Oh, Deus, por favor, aqui, socorro...

Embora Brian já tivesse vivenciado explosões, aquilo congelou seus ossos, golpeou seu estômago, fez sua cabeça latejar, borrou sua visão e o fez sufocar, ansiando por ar. Seus tímpanos repicavam e ele teve a sensação de que havia alguma coisa desligada da realidade à sua volta. Enquanto tentava se localizar, sentiu algo se movendo à esquerda de sua cabeça. Com um arrepio gélido, percebeu que eram os dedos de uma mão decepada se contorcendo. Regatos de sangue escorriam do tampo de mesa aprumado à sua direita, como se alguém tivesse arremessado uma garrafa de vinho tinto contra ele.

Sofás, cadeiras, carpetes, mudas de palmeiras em enormes vasos de cerâmica estavam queimando no entulho do que tinha sido o saguão altaneiro e elegante de um hotel cinco estrelas. Então Brian se concentrou no cheiro esmagador, um odor que o fez nausear de novo enquanto lutava para rolar de lado.

Ele tossiu e cuspiu ao inalar o desprezível e penetrante cheiro de amônia, nitrato e sangue. Era um odor nauseante que ele detestava mas que conhecia muito bem. Era o odor de morte sem sentido que trazia de volta os dolorosos dias de amigos perdidos no Iraque.

Através da vidraça estilhaçada que dava para a entrada de carros diante do hotel veio outro som, que ele reconheceu como disparos de automática. *Brrr, brrr...* Segundos depois, uma cacofonia de sirenes estridentes; as fabricadas na Europa subindo e descendo em sons monocórdios, as americanas gemendo sua imitação do pouso de naves alienígenas.

De repente, Alec, um dos guarda-costas de Brian Douglas, estava sobre ele. Brian se perguntou por quanto tempo estivera caído. Tinha perdido os sentidos?

— Está ferido em algum lugar, senhor? — perguntou Alec.

Brian notou o sangue que pingava de seu couro cabeludo, mesclando-se com seu cabelo ruivo.

— Não, Alec, de alguma forma, a sorte me sorriu mais uma vez — disse, levantando-se sobre um joelho e agarrando a mesa tombada para se apoiar. Sua cabeça girava como um carrossel. Tentou limpar um pouco do sangue, poeira e entulho de seu rosto.

— Onde está Ian? — Durante os três anos em que Brian Douglas tinha sido chefe do posto do SIS, o serviço de inteligência britânica, em Bahrein, a equipe do posto insistira para que levasse dois guarda-costas aonde quer que fosse, no trajeto de ida e volta de sua casa na praia ao norte de Manama, viajando para qualquer parte do pequeno país ou visitando postos subordinados em outros países do golfo Pérsico. No último ano tinham sido quase sempre Alec e Ian, dois ex-sargentos da

Guarda Escocesa. Zelavam por ele com um misto de polidez profissional e atenção pessoal, como se fosse um sobrinho predileto.

— Ian estava montando guarda na porta, senhor — replicou o grandalhão, ajudando Brian enquanto ele conseguia finalmente se pôr de pé. — Ian não está mais conosco. — Alec disse isto com uma tristeza lenta, no seu suave sotaque escocês de Aberdeen, aceitando o inevitável, que o amigo deles tinha sido morto. — Haverá tempo para isto mais tarde, senhor, mas neste exato momento temos que tirá-lo deste inferno aqui.

— Mas aqui tem gente que precisa de ajuda — gaguejou Brian enquanto Alec o agarrava firme pelo braço e o conduzia com cautela através das pilhas de destroços e da porta que dava para o deque da piscina.

— Sim, estão chegando especialistas para atender as vítimas, senhor. E, além disso, o senhor não está em condições de ajudar ninguém. — Alec encontrou o vão da escada junto à piscina e por lá foi conduzindo Brian. — Está ouvindo todo aquele tiroteio lá fora? Ainda não acabou.

Os dois caminharam pelos escombros fumegantes, tentando não pisar nas poças de sangue ou nos pedaços rosados, brancos e cinzentos do que até pouco tempo tinham sido carne, osso e cérebro vivos. Vidro era triturado sob seus pés enquanto desciam a escada para a porta de saída. Uma caixa de luz de emergência fornecia uma débil claridade enquanto desciam as escadas às escuras. Chegando ao fundo, Alec tentou abrir a porta.

— Deveria estar trancada firme, claro — disse Alec enquanto fazia Brian recuar. Sacando sua Browning Hi-Power calibre 40 do coldre sob seu braço esquerdo, Alec disparou três tiros na maçaneta e na fechadura. O troar dos disparos no vão de escadas de concreto levou o latejar na cabeça de Brian a um ápice de dor. Chutando a porta aberta, Alec sorriu enquanto se virava para Brian. — Não se preocupe — disse, enquanto recolocava a pistola no coldre. — Tem mais nove balas no pente.

Brian seguiu Alec através de um comprido túnel de serviço. Na sua extremidade, ele viu dois outros homens do posto de pé, junto a uma porta que dava para um beco atrás do hotel.

— O posto manteve esta rota mapeada por quatro anos, desde aquela conferência de diplomatas realizada aqui — ele ouviu Alec dizer através do retinir nos ouvidos. Os dois grandalhões na porta, com metralhadoras belgas pendendo de seus blusões de couro, apressaram Brian até uma van Bedford branca sem identificação que bloqueava o beco. Em segundos, a van movia-se rapidamente pelas ruas de Manama, afastando-se da torre em chamas que tinha sido o Diplomat Hotel, das fogueiras, dos mortos e daqueles que desejavam estar mortos por causa da dor que sentiam.

A van passou em disparada pelos hotéis Sheraton e Hilton, onde policiais e seguranças se apressavam junto às entradas erguendo barricadas para não serem os próximos atingidos. A van passou veloz pelo número 21 da avenida do Governo, onde ficava o Kutty, complexo diplomático britânico em Bahrein desde 1902.

Alec e Brian fizeram sinais de aprovação quando viram os guardas de etnia gurkha, com suas facas *kukri* de trinta centímetros de comprimento e as armas automáticas belgas dobráveis prontas para ação, enfileirados na rua em frente à embaixada. Eram integrantes do 2º Batalhão de Fuzileiros Reais Gurkhas, aquartelados em Brunei. Esses soldados baixinhos eram alguns dos poucos nepaleses que ainda serviam como parte do Exército Britânico, uma tradição que remontava a quase dois séculos. Alec tinha ajudado a treinar o 2º Batalhão quando o governo britânico decidira que os gurkhas protegeriam suas embaixadas no Golfo.

— Homenzinhos silenciosos, implacáveis e perigosos — disse Alec enquanto a van descia a avenida do Governo, depois de passar pela embaixada. — Se necessário, eles darão suas vidas para proteger o Kutty.

Tão logo ouviu falar da explosão, o posto começou a implementar o plano de reação para atos terroristas, isolando a embaixada britânica, possível alvo de um ataque subseqüente, e transferindo o estafe principal para uma instalação clandestina fora dali.

A van Bedford reduziu a marcha enquanto dobrava à esquerda na avenida Isa al Kabeer, logo depois da embaixada, dirigindo-se para um complexo que ficava dois quarteirões à direita. Enquanto fazia a curva, Brian olhou pela janela da porta traseira e viu três blindados Warrior do exército de Bahrein passar voando, fumaça preta elevando-se dos canos de descarga. Os blindados seguiam para a frente do prédio do Ministério das Relações Exteriores, do outro lado da avenida do Governo. No instante em que a van alcançou o portão de metal cinzento das Indústrias Mecânicas Al Mudynah, a casa secreta do posto de apoio, um portão de quatro metros de altura deslizou para o lado. A van disparou à frente no pátio e depois freou bruscamente. Homens armados se apressaram em torno do veículo. Segundos depois, um médico do exército britânico em trajes civis abriu a porta corrediça da van e examinou seu interior.

Começou a cuidar do ferimento na cabeça de Brian Douglas antes mesmo que este descesse do veículo.

A subchefe do posto, Nancy Weldon-Jones, estava de pé junto à van quando Brian saiu do carro. Ela se encolheu ao ver a atadura na cabeça.

— Não precisa se preocupar, Nance. Vou sobreviver. — Ele fez uma pausa e olhou para o asfalto. — Ian, infelizmente, não. — A seguir, voltou a erguer a vista. — Agora, qual é o relatório?

— Contactei o almirante Adams na base naval — disse Nancy. — Há britânicos e americanos mortos, talvez uma dúzia de cada lado. Mais três vezes esse número entre os funcionários fixos e temporários do hotel. Achamos que foi um caminhão-bomba, provavelmente uma mistura de RDX com perclorato de amônia. — Ela ofereceu seu braço a Douglas, que sacudiu a cabeça e deu um passo à frente. Ela continuou o relatório: — na seqüência, houve tiros vindo de um veículo. Seguiu-se um tiroteio tão logo a equipe de resgate apareceu. Dizem que o atirador estava num caminhão do Crescente Vermelho. Um subsecretário americano para qualquer coisa estava num piso superior. Claro que o sacana sortudo escapou ileso. Ele não estava na cafeteria do saguão porque reservara o al Tanar Club, no terraço, para um café da manhã privativo com alguém.

Com Alec impelindo-os à frente, arma na mão, o chefe de posto e sua subchefe atravessaram o pátio e entraram no prédio de bloco de concreto branco.

— Certo, Nance, mas sabemos que os primeiros relatórios são geralmente errados. Alguém assumiu a autoria do atentado?

— Ainda não. Realmente, não há necessidade. Não há dúvida de que tenha sido o Hezbollah de Bahrein, também conhecido como seus amigáveis Guardas Revolucionários do Irã, e seus adoráveis rapazes da Força Qods. — A Força Qods, ou Força Jerusalém, era o braço de ação secreta do Corpo de Guardas Revolucionários do Irã.

— Londres já está conectada num vídeo seguro? — perguntou Douglas, enquanto lentamente se forçava a subir as escadas para o centro de comunicações.

— Já. Você vai ter os Quatro Grandes: o diretor, o vice, o chefe do estado-maior e... — ela sorriu — o chefe da divisão do Oriente Médio.

— Ah, bom. O que poderíamos fazer sem o chefe da divisão do OM? — perguntou Douglas com sarcasmo. Roddy Touraine, tecnicamente seu supervisor imediato, parecia se deliciar em tornar insuportável a vida profissional de Brian.

Brian e Nancy passaram por duas portas com abertura por código até uma sala dentro de outra, suas paredes, piso e teto feitos de pesado plástico transparente. Exaustores zumbiam alto nas paredes. A sala "garoto na bolha" era larga o suficiente para a mesa de reunião de plástico que a preenchia. Presa à parede mais afastada estava uma tela de TV de plasma mostrando a imagem em alta definição de uma sala de reuniões muito mais elegante, decorada com painéis de madeira nas paredes e um aparelho de chá em porcelana. Sentada na sua poltrona azul-clara à cabeceira daquela mesa em Vauxhall Cross estava Barbara Currier, diretora do Serviço Secreto de Inteligência Britânico.

Tão logo se acomodou, a diretora deu início à teleconferência.

— Douglas, você parece bastante atordoado. Minhas mais sinceras condolências por Ian Martin. Ligarei para a esposa dele tão logo tenhamos resolvido isto aqui. É claro que iremos cuidar dela. — Currier pegou uma xícara de chá oferecida por Touraine, o chefe da divisão do Oriente Médio. — Brian, será este o início de um esforço aberto de desestabilização direcionado contra Bahrein pelos novos governantes em Riad?

— Acho improvável, diretora — disse o chefe de posto enquanto olhava para a câmera acima do monitor —, a não ser que tivessem algum alvo específico, talvez aquele xereta americano em visita. Não, eu informaria Whitehall se isso fosse o começo de algo, mas não enxergamos como inspirado por Riad. Mais provavelmente inspirado pelos iranianos e para que o pequeno rei daqui expulse os americanos de sua base naval.

— O rei Hamad acreditará nisso, Brian? — perguntou Pamela Braithwaite, chefe do estado-maior de Currier, cargo que já ocupava há três mudanças de diretoria do SIS.

— Sem chances, Pam. Eles formam um grupo esperto aqui. Podem ser chegados aos americanos, mas sabem e devem pensar por si mesmos. — Douglas se recostou, passando os dedos pelo cabelo despenteado e endireitando a atadura. — Acho que o que temos aqui é a abertura de uma nova onda de terror em Bahrein, controlada por Teerã. E lembrem-se — continuou Douglas enquanto lançava um olhar para alguns papéis que seu vice pôs na frente dele —, os xiitas são maioria aqui, embora o gabinete do rei seja amplamente sunita. Durante anos, o Irã encarou isto como uma potencial fraqueza. Fracassou toda vez em que tentou explorar isto, mas eles não desistiram.

Douglas viu sua nêmese, Roddy Touraine, chefe da divisão do Oriente Médio do SIS, inclinar-se para o campo de visão da câmera.

— Com toda a deferência ao nosso heróico e, estou vendo, ensangüentado chefe de posto, acho que no meio disso tudo, pela forma como aconteceu, diretora, ele está esquecendo o óbvio. Este não foi um ataque iraniano. Veio do outro lado da estrada, dos sauditas. A turba de Riad quer ter certeza de que o rei Hamad não deixará os ianques usarem esta pequena ilha como base para operações contra seu pequeno califado recém-formado.

— Seja o que for, diretora — respondeu Douglas, seu rosto avermelhado —, daremos toda a assistência ao rei aqui, mas não estaremos sozinhos nisso. Os americanos não vão abandonar este lugar. Os pequenos estados do Golfo são tudo o que lhes restou após a queda da Casa de Saud e a criação da Islâmia, logo após sua saída do Iraque. Os ianques estão como o recheio de um sanduíche, apertados nos países do Golfo entre duas grandes fatias de pão hostil: Irã e Islâmia.

Em Londres, Barbara Currier sacudiu a cabeça, com pesar:

— Expulsos do Irã em 1979, educadamente expelidos da Arábia Saudita em 2003, convidados a deixar o Iraque pelo Frankenstein deles em 2006. Por último, a queda dos Saud no ano passado. Agora eles estão apenas se sustentando na região, somente com os pequenos para ajudá-los: Kuwait, Bahrein, Catar, Emirados, Omã. Por quanto tempo poderão se sustentar? *Sic transit gloria imperi*. Simplesmente nos pergunte. — Ela fez uma pausa a um ruído que veio do lado de Bahrein da reunião. — O que foi isso?

Um prolongado e surdo estrondo sacudiu a sala da bolha em Bahrein. Os exaustores pareciam tossir. De Londres, Currier podia ver na sua tela plana que alguém tinha acabado de entrar na sala em Bahrein e estava inclinado sobre Brian Douglas, sussurrando alguma coisa. Douglas tinha sua mão sobre o microfone. Ele falou brevemente para aqueles ao seu redor e depois olhou de novo para a câmera.

— O ataque ao Diplomat não foi um atentado isolado, diretora. O barulho que acabou de ouvir foi o som do Crowne Plaza, uma rua abaixo do Diplomat, desabando.

Perto do oásis As Sulayyil, ao sul de Riad, Islâmia (antiga Arábia Saudita)

— Aquela nódoa branca na escuridão da noite é a espinha dorsal de nossa galáxia — disse Abdullah suavemente. Os dois homens deitavam-se de costas na pilha de travesseiros e estudavam o céu infinito. A galáxia brilhava acima do deserto, distante das luzes da cidade e das chamas das refinarias. Abdullah sentou-se no carpete e fumou tabaco sabor maçã do narguilé. Exceto pelo suave gorgolejar do cachimbo de água, nenhum som quebrava o silêncio que cobria a areia rolante.

Ahmed levantou-se e caminhou até as brasas da fogueira.

— Você é um tremendo poeta, irmão, mas está tentando mudar de assunto. — Ele atiçou a lenha queimada. — Os chineses não vão diferir em nada dos americanos quando suas tropas estiverem aqui — disse ele enquanto cuspia no fogo que se extinguia. — Eles também são infiéis.

— Sim, eles são infiéis, Ahmed, mas sem as armas chinesas ficaremos nus diante dos nossos inimigos. Muitas de nossas armas americanas não funcionam mais, sem os fornecedores americanos e peças de reposição. Meus irmãos no conselho

Shura nem sempre estão certos, mas podem estar neste caso. Eles podem necessitar daquelas armas, e os chineses devem estar aqui para fazê-las funcionar antes que precisemos usá-las.

Ahmed sacudiu a cabeça em discordância, instando seu irmão a continuar.

— Devemos ter armas para deter nossos inimigos. Os Saud compraram americanos importantes para ajudá-los a recuperar o trono. Os persas fazem agitação entre nossos xiitas e aqueles de Bahrein. E os persas agora possuem ogivas nucleares nos seus novos mísseis móveis. — Abdullah se levantou e caminhou lentamente até seu irmão mais novo. — Manteremos esses poucos chineses dentro das muralhas, nas profundezas do deserto. — Ele olhou para as pedras de carvão ainda acesas. — Eles não irão macular nossa nova sociedade. Os chineses precisam de petróleo; eles se manterão na linha. Além disso, está feito. Os mísseis já estão aqui.

Os dois se afastaram do poço da fogueira, com seu semicírculo de tapetes e travesseiros, dirigindo-se à crista da duna. Abaixo deles, o deserto estava banhado na luz azul opaca das estrelas e da meia-lua.

— Você sabe, Ahmed, o profeta Maomé, bênçãos e paz sobre ele, acampava muito perto daqui, exatamente neste oásis. E nosso avô costumava vir aqui também. Os dois adoravam a beleza deste lugar.

Ele agarrou o braço do irmão, virando-o para olhá-lo nos olhos.

— Não percorri todo este caminho só para ser acorrentado de novo. Enquanto você esteve no Canadá aprendendo a curar pessoas, Ahmed, eu estava aprendendo a matá-las. Matei com minhas próprias mãos pessoas Saud no último ano, e antes disso, no Iraque, ataquei seus mestres americanos. Não vou entregar nossa nação de volta àqueles suínos, nem a ninguém. Alá, o misericordioso e compassivo, nos deu a missão de criar a Islâmia a partir da carcaça fétida que era a Arábia Saudita.

"Aqueles pretensos príncipes Saud sentam-se nas suas mansões imundas na Califórnia, bebendo e dançando, enquanto contam o dinheiro que roubaram de nosso povo. Eles compram prostitutas no Congresso americano em troca de embargo ao envio de peças para nossas armas americanas. Subornam repórteres judeus para estimular apoio para nos invadir. São coniventes com os ambiciosos diplomatas britânicos na espionagem de nossas embaixadas e no roubo de nossos documentos.

"Eles não se deterão até que recuperem o controle desta terra. Exatamente agora, os Saud e aqueles criminosos em Houston que os ajudam estão contratando assassinos para matar todos nós no Shura. Os persas também infiltram agentes em Dhahran e no resto da Província Oriental, fingindo defender os xiitas.

Abdullah afrouxou seu aperto em Ahmed. Ele amava o irmão mais novo, mais alto, com os olhos castanho-escuros de seu falecido pai. Queria convencê-lo.

— Mas o que temos feito até agora pode não ser o suficiente. O que têm os americanos e os persas que os fazem pensar que podem intimidar nossa jovem nação? Você sabe a resposta. Existe a bomba de Hiroxima... a assassina que transforma a areia em vidro e envenena a terra por gerações. Se resistirmos, eles queimarão nossas cidades e nosso povo para que possam voltar a roubar o petróleo debaixo de nossas areias. Eis por que, Ahmed, meus supostos amigos no conselho Shura acham que precisamos ter nossa própria bomba.

Ahmed não recuou.

— E quanto aos paquistaneses? Os Saud deram-lhes o dinheiro para uma bomba. Você mesmo descobriu os registros. Os paquistaneses nos defenderão.

Abdullah virou-se e começou a descer lentamente a colina em direção ao acampamento.

— Sim, talvez, Ahmed, mas a única coisa que preocupa os paquistaneses é a Índia. Eles dizem as coisas certas sobre o Islã, mas mantêm suas poucas armas para assustar os hindus. Mas não podem se fiar nisso. Além do mais, seus mísseis são primitivos. Precisamos de mais do que umas poucas flechinhas paquistanesas.

Uma tosse baixa e depois um estridente gemido vieram de além da duna ao lado. Um punhado de areia voou para cima na noite do deserto. Os helicópteros davam a partida. Era hora de retornar para a cidade.

— Então por que viemos aqui esta noite, Abdullah? Duvido que apenas para observar o céu e recordar vovô. — Ahmed era sete anos mais novo e dez centímetros mais alto do que seu irmão. Completara seus 29 anos apenas duas semanas antes, quando retornara para casa após oito anos no Canadá, finalizando sua residência precocemente porque Abdullah se tornara membro do novo conselho Shura governante. E Ahmed queria fazer parte da grande equipe do seu irmão, tal como tinha desejado jogar futebol com Abdullah e seus amigos vinte anos atrás. Desde a sua volta, Ahmed havia pressionado o irmão sobre como poderia ajudá-lo no novo governo. Mas as respostas eram sempre vagas.

— Não, não apenas para recordar vovô. — Abdullah olhou para a areia e enfiou as duas mãos dentro de seu manto. — Foi muito difícil ganhar a concordância do Shura para que você trabalhasse no meu ministério. Muitos membros desconfiam de você pelos anos que passou fora.

— Mas não há nenhuma faculdade decente de medicina aqui — disparou de volta Ahmed.

— Por enquanto, não. Algum dia voltaremos a liderar. E você deve continuar na medicina, Ahmed — disse ele, olhando de volta para a duna.

— Mas Abdullah, eu quero trabalhar com você. Quero ajudar nosso país, ajudar a resgatar o orgulho de nosso povo!

Abdullah sorriu. Ahmed voltava a parecer um garotinho.

— E o fará. Você vai inaugurar um hospital na próxima semana. — Ao ver a decepção no rosto de Ahmed, ele pôs fim ao jogo de provocação. — Mas, na verdade, você estará trabalhando diretamente para mim. O emprego no hospital será apenas uma fachada para seu verdadeiro trabalho. Você será meus olhos e ouvidos no ninho de víboras do outro lado do elevado. — Abdullah deu um sorriso largo, como se tivesse acabado de entregar um presente caro ao seu irmão.

— Bahrein? — perguntou Ahmed, confuso.

— Sim. Talvez sejam apenas uns dez quilômetros de distância através do elevado, mas aquele lugar é o lar de milhares de marinheiros infiéis e seus barcos. Os persas também estão lá, sorrindo e fingindo se passar por mercadores, indo e vindo nos seus barcos, mas na verdade tramando contra nossa nova nação.

"Você irá para lá, publicamente rompido comigo e supostamente contrariado com nosso governo. Fará seu trabalho no Centro Médico de Manama, mas o que também fará é coletar informação especial, somente para mim. Você vai voltar para o ventre do inimigo, irmãozinho. — Enquanto dizia isso,

Abdullah, de brincadeira, acertou firme o abdome macio de Ahmed. Este não se retraiu.

Um Land Rover branco apareceu na duna mais distante, para levá-los ao heliporto improvisado no areal. Enquanto eles chegavam aos Black Hawks, Ahmed virou-se e deu o troco no irmão, golpeando-o no braço.

— Abdullah, tem mesmo certeza de que esses helicópteros americanos ainda estão seguros sem as peças de reposição?

— É para isso que os paquistaneses são úteis. Eles podem encontrar peças para nós, pelo menos por enquanto. — Com isso, Abdullah bin Rashid, vice-presidente do conselho Shura da República Islâmica da Islâmia e ministro da Segurança, embarcou no seu Black Hawk pessoal. Debaixo do revestimento cor de bronze do helicóptero, o contorno do selo verde da força aérea saudita ainda podia ser visto sob a nova pintura.

Enquanto o Black Hawk se elevava, lançando para cima uma tempestade de poeira, Ahmed colocou o capacete. Ele não ligou o comprido fio que o conectava ao sistema de intercomunicação. Ele queria pensar, não ficar ouvindo de novo o incompreensível blablabá da tripulação. Eles voavam baixo sobre as dunas, os rotores do Black Hawk batendo através do ar leve, disparando em direção a uma luz que se espalhava ao longo do horizonte.

A porta lateral do helicóptero estava aberta e Ahmed pôde ver camelos abaixo, imóveis como estátuas, apesar da barulhenta aparição da aeronave. Mais além dos camelos, Ahmed viu as torres da refinaria, disparando chamas gigantes alaranjadas que bailavam no céu noturno.

Eles são o problema, pensou, as torres e o negrume corruptor que brota das entranhas de nossas areias. Isso traz prosperidade para nosso povo, pensou, mas é também como o sangue de um camelo ferido na areia. Atrai escorpiões mortíferos. E, pensou Ahmed, a Islâmia é agora como um camelo ferido. Os americanos, os iranianos, os chineses sentem o cheiro de sangue desta terra, filtrando-se abaixo de sua pele arenosa.

Enquanto o helicóptero se elevava para combinar seu vôo com o contorno das gigantescas dunas abaixo, Ahmed pensava que essas nações são como escorpiões. E os escorpiões estão voltando.

Centro de Análise de Inteligência
Foggy Bottom, Washington

— Está fazendo calor em 28 de janeiro e a Casa Branca ainda alega que o aquecimento global não é um problema? A calota de gelo do Ártico está derretendo, os ursos polares estão morrendo, os esquimós estão se afogando, as árvores e as flores estão brotando três meses antes do previsto, e eles continuam dizendo que isso não é prova suficiente?

Russell MacIntyre sacudiu o pulso para consultar seu relógio. Era um modelo digital barato que mostrava a hora ao estilo militar. Marcava 19h28, quase sete e meia da noite. Ia se atrasar de novo para o encontro com sua esposa na casa dos Silverstein, em McLean.

— Mais alguma coisa, Deb? — perguntou à sua atraente assistente, uma pergunta que na verdade pretendia suscitar uma resposta, ao contrário das tantas que formulava sobre política e o tempo.

— A Srta. Connor ainda está esperando lá embaixo — respondeu ela, numa voz que sugeria que a jovem integrante do estafe estivera sentada na recepção por um longo tempo.

— Merda — ele replicou e logo se arrependeu. Connor era uma das melhores da recém-colhida safra de analistas que ele recrutara das mais graduadas escolas da nação. Ele lhes tinha prometido um trabalho excitante. Prometera-lhes que poderiam fazer uma diferença. Havia-lhes prometido acesso. MacIntyre suspirou — OK, Debbie, vá buscá-la e mande-a entrar.

Russel MacIntyre era, aos 38 anos, o subdiretor do novo Centro de Análise de Inteligência, ou CAI. Embora já tivessem se passado 16 anos desde que integrara a equipe de natação da universidade, ele ainda tentava praticar na piscina de Watergate duas vezes por semana. Havia apenas leves toques grisalhos em seu cabelo castanho-avermelhado, mas sua esposa Sarah queria "retocá-los".

O CAI, onde MacIntyre era o número dois, tinha sido criado como a peça final da reorganização da inteligência iniciada com o relatório da Comissão 11 de Setembro e o fiasco acerca das armas de destruição em massa no Iraque. O fracasso combinado da CIA e do diretor da Inteligência Nacional em antever o golpe, ou "revolução", na Arábia Saudita finalmente convencera o Congresso a fazer alguma coisa sobre capacidade analítica. O CAI era aquela alguma coisa. Tinha carta branca para ver tudo o que era coletado por todas as agências do governo e ordenar que aquelas agências tentassem obter qualquer informação que o CAI desejasse.

Por insistência do diretor da Comissão de Inteligência do Senado, Paul Robinson, a função analítica era separada dos coletores de inteligência, permitindo aos analistas serem imparciais, descompromissados com suas fontes da agência. Robinson também decretou que o novo CAI tivesse os recursos para utilizar fontes abertas — imprensa, blogs, ensaios acadêmicos, televisões do mundo inteiro. "Estou determinado a nunca mais ter de presidir aquelas audiências de 'ah, meu Deus' depois de acontecer algo crítico que devíamos ter previsto, mas não o fizemos", Robinson tinha fumegado no plenário do Senado.

Com uma equipe de elite de duzentos especialistas escolhidos a dedo, o novo CAI era burocraticamente independente dos coletores de inteligência nas outras assim chamadas agências de três letras: CIA, NSA, NGA, FBI e NRO.* Os analistas eram uma mistura de velhos e jovens, especialistas no auge da carreira tirados de seus antigos nichos e novos geniozinhos que tinham caído de pára-quedas no seu primeiro emprego público. Quando Robinson e um grupo de senadores e deputados de prestígio de ambos os partidos foram nitidamente forçados a nomear o embaixador Sol Rubenstein como chefe da nova agência, o veterano homem do governo de 68 anos de idade quase lhes virou as costas. Apenas depois de ter assegurado que cada possível questão operacional e de orçamento fosse resolvida a seu favor ele voltou à questão da localização para sua nova agência.

Quando organizava coquetéis no terraço do que era à época o novo Kennedy Center for the Performing Arts, mais de trinta anos atrás, Rubenstein ficara fascinado pelo complexo de velhos edifícios que tinha visto nas proximidades da colina acima do rio Potomac. Situavam-se do outro lado da rua do Departamento de Estado, em Foggy Bottom. Chamado de Colina da Marinha, tinha sido o primeiro lar do Observatório Naval. Quando o observatório se mudou, no século XIX, o Departa-

---

*NSA: Agência Nacional de Segurança; NGA: Agência Nacional de Inteligência Geoespacial; NRO: Escritório Nacional de Reconhecimento. (*N. do E.*)

mento de Assuntos Médicos da Marinha ocupou a colina. Em teoria ainda estava lá, mas no início da Segunda Guerra Mundial alguns prédios da Marinha foram esvaziados para dar lugar à primeira verdadeira agência de inteligência, o OSS.

O embaixador Rubenstein insistira no lote de quatro hectares para sua nova agência. Assumiu como seu próprio gabinete a suíte no térreo, que pertencera em 1942 a Wild Bill Donovan, o primeiro diretor do OSS. Rusty MacIntyre, o primeiro vice do Centro de Análise de Inteligência, tinha seu escritório junto ao de seu novo chefe. Os dois adoravam a vista do rio, mas gastavam a maior parte do tempo que podiam passeando entre os três prédios que chamavam de "nosso pequeno campus".

MacIntyre tinha sido a primeira contratação de Rubenstein para a nova agência. O embaixador aposentado de cabelo prateado o pinçara da equipe executiva de um fornecedor da Defesa porque, como dissera Rubenstein, "você tem a reputação de permitir que a merda seja feita sem se preocupar em quem está pisando". MacIntyre trabalhou duro para manter esta reputação. Rubenstein também tinha sido claramente instruído pelo senador Robinson de que MacIntyre seria uma boa escolha.

— Lamento ter insistido tanto com Debbie para vê-lo esta noite, Sr. MacIntyre. Sei que está muito ocupado com os atentados em Bahrein, mas o senhor disse que sempre que realmente precisássemos... — Susan Connor estava nitidamente nervosa enquanto caminhava pela grande sala e sentava-se na beira do sofá, o suor brotando em sua testa alta.

— Me chame de Rusty. O Sr. MacIntyre era meu falecido pai — assegurou o vice-diretor à atraente afro-americana de 23 anos de idade. A seguir desabou na surrada poltrona de couro que mantinha junto à janela. — Eu disse que sempre que precisasse realmente me ver, a qualquer hora, dia ou noite, poderia me procurar. Então o que há?

— Bem, o senhor nos disse reservadamente que análise de inteligência era "literalmente procurar agulhas no palheiro. O macete é procurar no palheiro certo, aquele onde não esperam que a gente procure". Certo? — Connor parecia ter essa fala decorada.

— Isto realmente se parece com algo que eu tenha dito. — MacIntyre sorriu, achando graça em ouvir suas próprias palavras jogadas de volta para ele e satisfeito com o impacto que elas causaram em pelo menos uma ouvinte. — Então, você descobriu algo interessante no palheiro, Susan? — Que diabo era mesmo a missão de Connor? Forças armadas sauditas... quer dizer, ele corrigiu-se, da Islâmia?

— Talvez, senhor. Talvez uma agulha interessante. — Connor começou a relaxar, envolvida com a história que estava a ponto de contar. — Encontrei um relatório 505 hoje de manhã. — Um relatório 505 era um tipo de disseminação da Agência de Segurança Nacional, a NSA, quartel-general de escuta eletrônica em Fort Meade, Maryland. Era uma rotina, relatório de baixa prioridade sem restrições especiais sobre sua divulgação. A NSA produzia milhares desses relatórios a cada dia, congestionando as caixas de entrada de e-mail dos analistas de inteligência ligados à rede altamente segura da Intelwire interdepartamental.

— OK. Bem...? — MacIntyre queria ir direto ao ponto. Olhou para o rio, que neste momento era golpeado por uma chuva de janeiro. Apertou o botão do interfone para sua assistente. — Deb, ligue para o celular de minha mulher e diga que não poderei jantar com os Silvertein. Diga que ligo daqui a pouco, mas que não devem me esperar para jantar. — Os amigos de MacIntyre já estavam bem acostumados com suas ausências e havia muito aprenderam a não perguntar por quê. Ele fez sinal para que a ansiosa analista continuasse.

— Bem, senhor, há uma freqüência não utilizada pelos militares sauditas, mas está vindo do meio do Bairro Vazio, o deserto aberto saudita. Transmissões interrompidas, pesadamente cifradas, alcance estreito, direto para o *Thuraya*. — O *Thuraya* era um satélite comercial sobre o oceano Índico. Connor desdobrava um mapa da Arábia Saudita em cima da mesinha de centro.

— É, portanto... — Ah, merda, pensou ele, a menina está falando sobre algum relatório 505 padrão, apenas o lixo habitual de baixo nível... Talvez eu devesse ter ido ao jantar dos Silvertein. Sarah vai me dar um esporro outra vez.

— Assim, liguei para a NSA, como o senhor disse que devemos fazer sempre que precisamos de informações além das que estão nos relatórios. Obtive evasivas quase o dia inteiro, mas finalmente, logo depois das cinco horas, o chefe-assistente do D-3 me ligou de volta. — A jovem analista começou a pegar canecas de café da coleção de xícaras das agências que MacIntyre mantinha na prateleira próxima, colocando-as nos cantos do mapa para evitar que ele se enrolasse. Connor prendeu o canto superior esquerdo com uma caneca da NSC, o inferior esquerdo com uma caneca do NORAD, o canto superior direito com uma do CinCPac,* e o inferior direito com uma caneca azul lascada com um SIS dourado gravado.

---

*NSC: Conselho Nacional de Segurança; NORAD: Comando de Defesa Aeroespacial, CinCPac: Comandante-em-chefe do Pacífico.

— D-3? — o vice-diretor sentou-se em sua poltrona de couro, que o acompanhava desde seu primeiro emprego na Colina do Capitólio. — Este é o ramo da NSA para forças armadas chinesas, não o que cuida dos sauditas.

— Eu sei, senhor. — Susan sorriu pela primeira vez desde que entrou na sala. — A freqüência no relatório é usada apenas pelas Forças de Foguetes Estratégicos da China. É a cadeia de comando militar deles.

— Hã? O que disse o cara do D-3, qual a explicação dele? — MacIntyre estava olhando para o mapa. O X vermelho que Connor marcara nele estava certamente no meio de lugar nenhum. — Este local não faz nenhum sentido. Chineses? Está exatamente no coração do maldito Rub al-Khali. Por que diabo essa transmissão vem do centro do Bairro Vazio? Não existe nada lá senão 400 quilômetros quadrados de dunas de areia.

Susan rearrumou as canecas.

— Ele disse que não foi explicado, mas não pareceu muito preocupado com isso. Ele soava como se quisesse ir para casa. Disse que seu serviço de transporte solidário estava esperando e...

MacIntyre pulou da poltrona e moveu-se rapidamente para sua mesa.

Connor começou a balbuciar:

— Talvez eu não devesse tê-lo incomodado, senhor, uma vez que a NSA não...

O vice-diretor pegou um telefone cinzento.

— Aqui é MacIntyre, no CAI. Quero falar com o ISA. — Só existia um lugar no serviço público federal onde realmente havia "um homem chamado Isa" — ou seja, o Intendente Sênior de Ações, que dirigia o centro de comando de espionagem da agência. — Oi, preciso de confirmação sobre a freqüência relatada no seu periódico 505-37129-09. Disseram-nos que era propaganda estratégica elevada ao cubo.

Susan Connor ouvia nervosamente, imaginando que sua carreira poderia terminar antes de começar, em especial se a resposta fosse que, de fato, se tratava de nada mais que embarque panamenho de mercadorias.

— OK, e a latitude e longitude situam isso onde? — Outra pausa que pareceu eterna. MacIntyre virara as costas para Connor e tateava através de um diretório. — OK. Um tanto estranho, não? Certo, obrigado.

O vice-diretor mudou de um telefone cinza para um vermelho. Voltou a consultar o relógio e depois pressionou no telefone uma tecla de discagem rápida.

— Tenho uma inserção tardia de prioridade-dois para o pássaro Placeset. Meu código é CAI-zero-dois-zulu-papa-romeo-nono.

Susan Connor tentava se lembrar do que era Placeset: talvez o satélite eletroóptico de alta resolução.

— Coordenadas: latitude cinqüenta graus, trinta minutos leste; longitude 23 graus, 27 minutos norte — disse MacIntyre, esticando o fio do telefone ao mesmo tempo em que lia a localização do mapa sobre a mesa de centro. — Quero um raio de dez milhas em Nível Focal 7. A que horas terá isso pronto?

O Sistema de Nível Focal era como uma lente se abrindo, ou parada, numa câmera, só que a câmera estava 320 quilômetros acima no espaço. Connor se lembrava de que sete era um verdadeiro close-up, do tipo que quase permitia ler as palavras nos letreiros da rua. Ela percebeu que MacIntyre a tinha levado a sério o bastante para fazer um jogo especial, um pedido pessoal após o expediente para desviar um satélite dos alvos que tinham sido fixados naquela manhã por um comitê interdepartamental da CIA, DOD*, NSA e o CAI.

MacIntyre pôs o telefone vermelho de volta no gancho com a mão direita e com a esquerda pegou o interfone.

— Deb, peça aquela pizza de sempre e depois pode ir para casa, obrigado. — O vice-diretor afundou pesadamente na cadeira e sorriu para sua jovem analista. — Agora vamos aguardar. Espero que goste de *alici*.

Em momentos como este, Rusty MacIntyre sentia-se como um assentador de papel de parede com um só braço. Ele e Rubenstein haviam tentado com sucesso manter o CAI pequeno; evitando o gigantismo que tornara a CIA tão ineficaz. Mas a pequenez também significava que Rusty geralmente acabava fazendo tudo, desde editar relatórios a argumentar com o Escritório de Administração e Orçamento e o Congresso por mais verba, para poder resistir e comer pizza tarde da noite com jovens analistas.

Também significava que mal sobrava tempo para ver sua esposa. Após dez anos eles ainda não tinham arrumado condições para ter um filho e agora — com Sarah aos 38 anos — era quase tarde demais para iniciarem uma família. Ela nunca se queixou. "Não decidir é decidir", Sarah diria a ele, "e estou ótima assim". Talvez ela realmente estivesse ótima sem filhos, uma vez que apreciava tanto seu trabalho nos Refugiados Internacionais, mas Rusty não se sentia assim.

— Ah, esqueci: aqui está seu troco da pizza — disse Susan, colocando umas moedas no pequeno tampo da mesa.

Rusty MacIntyre sorriu para a jovem analista. Depois pegou seu copo vazio e colocou-o debaixo da mesa. Susan deu-

---

*DOD: Departamento de Defesa. (*N. do E.*)

lhe um outro duplo, mas nada disse. Silenciosamente, MacIntyre pegou o troco, colocou uma moeda no meio da mesa e pressionou-a com o polegar. *Clink*. A moeda havia desaparecido. E depois outra. *Clink*. Susan Connor olhou debaixo da mesa, onde duas moedas estavam dentro do copo. MacYntyre fez isso mais duas vezes, aparentemente empurrando as moedas através da mesa.

Susan Connor passou a mão pelo tampo da mesa.

— Como fez para...? — perguntou, recolhendo o copo.

— Mágico amador, um hobby meu. Mas isto também é uma lição. Nem tudo é como parece ser — disse Rusty, sentando-se de novo. — Eis aqui como...

"*Blttt... Blttt*". Era o telefone seguro. Eram quase 11 horas e o supervisor terrestre do satélite estava ligando. A imagem requisitada por MacIntyre já podia ser acessada no Intelwire. Como vice-diretor do CAI, Rusty tinha poucos privilégios, mas um dos que possuía era uma tela de plasma de 72 polegadas conectada ao Intelwire. Nela apareceu uma surpreendente imagem de alta resolução do deserto Arábico, no meio da qual piscava um cursor vermelho de fio de retícula.

Usando um controle manual, MacIntyre deu um zoom de ida e volta e moveu o cursor escaneando rapidamente o círculo que havia solicitado, com seu raio de dez milhas. Connor não conseguia acompanhar a busca do seu chefe e a imagem na tela lhe causava vertigem enquanto se aproximava e recuava diante dela. Era como se estivesse olhando para o deserto de um pequeno dirigível poucos metros acima das areias. De repente, MacIntyre parou e sentou-se de volta atrás de sua mesa.

— Um tremendo palheiro, Susan — disse o vice-diretor, sacudindo a cabeça para sua perplexa analista. — Uma tremenda agulha!

— Não sei se entendi bem, senhor. O que foi aquilo na imagem? — Susan estava de novo empoleirada na beira do sofá, um prato no colo cheio de restos crocantes de pizza e *alici* banhados em molho de tomate.

— Aquilo, Srta. Connor, eram 12 silos de mísseis subterrâneos e uma base de apoio central para mísseis móveis. A julgar por um míssil que está sobre um caminhão na base, eu diria que é o chinês CSS-27, o mais recente míssil balístico de médio alcance de Pequim. Só que eles não estão na China, estão na Arábia Saudita... ou melhor, Islâmia.

Susan Connor ficou de pé, assobiou e depois disse, lentamente:

— Puta merda! — Os *alici* estavam agora no carpete.

A bordo do USS Ronald Reagan *no golfo Pérsico, também conhecido como golfo Arábico*

Embora o porta-aviões estivesse viajando a 25 nós, preparando-se para recuperar uma esquadrilha de Enforcers F-35, só havia a mais leve sensação de movimento na suíte do almirante, enterrada logo abaixo do convés de vôo da base aérea flutuante de 77 mil toneladas.

— Gostaria de um charuto, almirante? É um Cohiba — ofereceu seu ajudante-de-ordens.

O vice-almirante três-estrelas, Bradley Otis Adams, sorriu enquanto ele pegava um charuto na caixa de mogno aberta.

— Para começar, guarda-marinha, fumar charuto aqui é proibido. Em segundo lugar, um Cohiba cubano é contrabando. E, em terceiro, seu antecessor o instruiu muito bem.

Inclinando-se à frente de seu assento na ponta da mesa da sala de jantar do almirante, o contra-almirante uma-estrela Frank Haggerty pegou o surrado isqueiro Zippo que seu superior oferecia. Nele estava gravado: "HVT Bar, Bagdá." Haggerty sorriu, lembrando-se de que Adams teve um papel de destaque em perseguir alvos de alto valor, os líderes do Iraque de Saddam.

Frank Haggerty acendeu seu Cohiba.

— Ruck, você conseguia desses charutos em Jebel Ali?

Andrew Rucker era o comandante do USS *Ronald Reagan*, um monstro de 1.040 pés com dois reatores nucleares e uma tripulação de 5.900 homens. Ele olhou para seu superior através da mesa.

— É possível comprar qualquer coisa em Dubai — respondeu, enquanto os três acendiam os charutos.

Fumar no interior de um navio americano havia sido proibido há anos, mas ninguém diria isto ao comandante da Quinta Esquadra, ou ao seu subordinado, o almirante no comando da escolta do *Reagan*. Portanto, para o comandante do *Reagan*, só havia um leve benefício em jantar com o alto escalão.

— Acredito, senhores, que uma vez que Castro finalmente bata as botas, vamos passar de inimigos aos maiores amigos de Cuba. Bem rápido.

O almirante Adams deu uma longa baforada no seu charuto e saboreou o aroma que preenchia o ambiente. O chefe de esquadra gorducho de cinquenta anos de idade era jovem para ser um três-estrelas. Embora seu cabelo louro estivesse rareando, ele parecia até mesmo mais jovem que sua idade. Tinha sido jovem para cada posto em que fora designado por mais de 25 anos de carreira. Ele fazia piada de que a água salgada corria em suas vidas, já que dois Otis e três Adams tinham sido almirantes da marinha americana nos últimos duzentos anos. Ele servira em Bahrein por um mês, atuando como comandante das Forças Navais dos EUA (Comando Central) e comandante da Quinta Esquadra. Já estava pegando a febre de cabine na pequena nação-ilha de Bahrein. Havia sido trazido de Bahrein para jantar com seus amigos Haggerty e Rucker a bordo do porta-aviões. Também queria estar novamente num navio em movimento, não preso a uma escrivaninha em terra.

Nesta noite ele precisava transmitir uma mensagem, que deveria ser apenas ouvida por eles. Fez um leve gesto para os dois ajudantes-de-ordem parados nas proximidades, e Rucker no mesmo instante pegou seu significado.

— Lopez, Anderson. Está tudo bem, podem ir e obrigado. — O guarda-marinha e o marinheiro saíram da sala de jantar e fecharam silenciosamente a porta atrás deles.

Adams levantou-se e deu outra longa baforada no seu charuto.

— Embora estivesse um pouco abalado pelo saguão de seu hotel ter se transformado num matadouro, o Sr. Kashigian deu finalmente sinal de vida e apareceu na base para receber suas instruções. Só que na verdade ele veio aqui para me instruir. — Adams entregou a Haggerty uma folha de papel, com o selo do secretário da Defesa gravado no alto e a assinatura indefinida do subsecretário Ronald Kashigian embaixo. — Dê uma olhada.

Enquanto os dois liam os documentos, Brad Adams caminhou até a amurada e olhou para a vista aérea do golfo e dos países que o circundavam. Do espaço era como se nada houvesse mudado, pensou ele, mas os Saud haviam saído de cena e o Irã possuía armas nucleares, e nós no meio de tudo isso sem maior poder do que esta esquadra nos dá.

— O secretário da Defesa realmente espera que a gente realize tudo isso ao mesmo tempo sem revelar nada a ninguém? — perguntou Haggerty. — Não estou certo de que possamos ter a força preparada para fazer tudo o que ele quer tão rápido sem que ninguém perceba.

Rucker sacudiu a cabeça enquanto olhava para o documento à sua frente.

— Almirante, não quero parecer estar por fora, mas não é procedimento operacional padrão que ordens como essa sejam transmitidas pelo sistema ARNET e não entregues em mão?

Adams retornou até os dois homens. Rucker, agora com 42 anos, tinha sido um tanto iconoclasta desde seus dias em Annapolis. Ele pensava de forma independente, não se limitando a simplesmente aceitar a linha de conduta geral. Era de surpreender que tivesse chegado a capitão.

— Eles estão preocupados com vazamentos. Claro, eles sempre se preocuparam com vazamentos. Mas desta vez parecem quase paranóicos a respeito. É quase como se estivessem certos de que se a CIA, a NSA ou o CAI souberem o que estamos fazendo, então, de alguma forma, a coisa vai transpirar. — Adams sentou-se de volta enquanto Rucker colocava as ordens sobre a mesa.

— Bem, dado o tamanho do que estão planejando agora, como eles esperam que não vaze? — perguntou Haggerty. — Eles devem se dar conta de que alguém vai rapidamente ver não só o que estamos fazendo aqui, como também todo o movimento no território americano e no Mediterrâneo. Não é possível movimentar esta quantidade de homens e navios e posicionar tantas pessoas para ação sem que alguém fique sabendo.

— Você está certo, Frank, e tentei explicar isso a Kashigian — replicou Adams. — Mas o secretário da Defesa parece ter um fervor quase religioso que faz o Shura parecer uma turma de escola dominical. Não entendo por que, mas eles estão levando isso à frente com uma velocidade que nunca vi antes. Só posso imaginar que conseguiram alguma dica de inteligência que não querem partilhar conosco ou alguém mais, ou...

— Ou o quê, almirante? Isto simplesmente não faz sentido. Os iranianos são uma ameaça para explodir toda a maldita região, o Iraque continua uma bagunça, mandando terroristas atrás de nós para onde quer que vamos. Por que diabo escolhemos justamente este momento para um exercício anfíbio de vulto com o Egito no mar Vermelho e retirar nossa Quinta Esquadra do Golfo por dez dias? — Haggerty se levantou da mesa e caminhou até a foto aérea do golfo que Adams estivera estudando. — Realmente não tenho certeza de poder fazer tudo o que eles querem nesse espaço de tempo, almirante — disse Haggerty enquanto olhava para a foto. — Há muita coisa acontecendo aqui, e não deveríamos privar o golfo das forças americanas em troca de um exercício idiota. O que você quer que façamos?

— Espero que siga as ordens, Frank. Você se lembra, controle das forças armadas pelos civis? Mesmo que às vezes os civis não façam nenhum sentido. Você e Ruck vão fazer o que têm de fazer, de modo que possam nos deixar prontos para cumprir essas missões enquanto os mantêm quietos. O maior exercício anfíbio de que se tem notícia, duas escoltas de porta-aviões, a maior parte de nosso contingente do golfo, tudo isso para um desembarque no mar Vermelho do Egito? Isso poderia significar uma mensagem para a Islâmia. Para quando está previsto esse desembarque anfíbio?

O capitão Rucker olhou de novo para a Ordem de Planejamento.

— Os fuzileiros tomarão de assalto a praia Verde dia 15 de março.

— Os Idos de Março. Parece que alguém tem um senso de humor, ou de história. Isto nos dá algum tempo para ficarmos prontos... e descobrir o que realmente está acontecendo. Não muito tempo, mas algum — disse Adams, sorrindo para o almirante Haggerty e o capitão Rucker.

O vice-almirante Brad Adams deu uma última baforada. Enquanto ele apagava seu charuto no grande cinzeiro de latão, um Enforcer F-35 executava um perfeito pouso noturno no porta-aviões. Atingiu o convés de vôo imediatamente acima da suíte do almirante com um barulho que os inexperientes pensariam ser uma colisão. Os olhos dos três homens foram para o monitor de vídeo que pendia do teto, para se certificarem de que o solavanco que acabaram de sentir era apenas o pouso de um F-35.

2

30 DE JANEIRO

Ala Oeste da Casa Branca
Washington

Os carros na dianteira encostaram no meio-fio após serem sinalizados para parar no primeiro ponto de revista, perto da Ellipse. O Chrysler 300M que haviam escoltado moveu-se rapidamente para a segunda guarita. O agente uniformizado do Serviço Secreto baixou a barreira de metal em V projetada para parar até uma carreta de 18 rodas.

MacIntyre observou os olhos de sua jovem analista se arregalarem enquanto se aproximavam da linha da cerca e dos amplos portões que se abriam para a avenida Executiva Oeste.

— Já esteve antes na Casa Branca, Susan? — perguntou.

— Só em visita guiada nos tempos do secundário. Salão Vermelho, salão Azul, salão Verde, mas nunca vi nada por aqui.

— Susan Connor procurou por seu distintivo enquanto MacIntyre mostrava o dele ao agente do Serviço Secreto através da janela do carro.

— Bem, o negócio é lembrar de que se trata apenas de um prédio do governo cheio de funcionários civis... e, é claro, tem o cara que mora em cima da loja. — O carro parou do lado de fora de um conjunto de portas duplas cobertas por um toldo que levava ao porão, ou nível térreo, da ala Oeste. — Você vai ficar surpresa ao ver como tudo é pequeno na ala Oeste. É um prédio de cem anos de idade que não foi ampliado em meio século.

"E esta rua, a avenida executiva Oeste? É o estacionamento mais disputado da cidade. Turistas e residentes costumavam caminhar por ela sem qualquer obstáculo. Agora está atrás de três camadas de segurança. A maior parte da equipe da Casa Branca fica na verdade naquele prédio grande atrás de nós — disse ele, apontando para o edifício Eisenhower Executive Office, o EOB. — Houve um tempo quando os departamentos de Guerra, Marinha e Estado ficavam todos no EOB. Foi então que um general do exército chamado Dwight Eisenhower obteria um fiador que pagasse pela viagem de trole até a Colina do Capitólio quando tivesse que se reunir com o Comitê das Forças Armadas do Senado.

Enquanto MacIntyre falava da liderança militar de 75 anos atrás, o cortejo de automóveis do atual líder civil do Pentágono cantou pneus para uma parada diante do toldo da ala Oeste. Rodeado de auxiliares militares e civis com pastas e documentos, o secretário da Defesa Henry Conrad desceu de seu Lincoln Navigator blindado e avançou pelas portas abertas sem um mero olhar para MacIntyre e Connor, todo o tempo apontando o dedo para outro homem.

— Bem, você também merece um alô — bufou Susan. — Quem era o baba-ovo que recepcionava?

— Aquele era o faz-tudo, de longe o mais importante dos muitos principezinhos que cumprem as ordens do maioral — disse MacIntyre. — Desculpe. Quero dizer, aquele era o subsecretário da Defesa Ronald Kashigian, sendo pressionado pela Autoridade Nacional.

Connor olhou para seu chefe.

— Eu imaginava que essa autoridade fosse o presidente.

— Quase acertou. O presidente e o secretário da Defesa são ambos a Autoridade Nacional. Os dois podem dar ordens para o uso da força, inclusive força nuclear. — Ao ver Susan contrair o rosto em dúvida, Rusty explicou: — Isto pretende dificultar um ataque de decapitação, e evitar uma reação lenta enquanto alguém rastreia o presidente quando ele está mais uma vez tirando uma foto com o time dos Red Sox. Vamos entrar.

Uma vez no interior do nível térreo da ala Oeste, Susan ficou surpresa ao ver que os corredores eram escuros, com tetos baixos. Um guarda do Serviço Secreto trajando blazer azul pediu para ver seus distintivos e conferir seus nomes num computador, enquanto jovens funcionários da Casa Branca circulavam com bandejas de comida. MacIntyre continuou no seu papel de guia de turismo.

— O refeitório da Casa Branca fica no corredor abaixo. É um restaurante dirigido pela Marinha, que também faz entregas para funcionários atarefados, que se julgam importantes por fazerem as refeições na própria mesa de trabalho. A Marinha dirige o restaurante, a Força Aérea faz voar o *Air Force One*, os Fuzileiros pilotam o helicóptero e o Exército cuida das comunicações.

— O senhor já trabalhou aqui uma vez, não? — Susan perguntou a seu chefe.

— No Conselho de Segurança Nacional de Clinton, por três anos — sussurrou Rusty.

— Não vou contar a ninguém — Susan sussurrou de volta.

Deram mais alguns passos e depararam com uma porta de madeira, uma câmera de vídeo e um telefone. Na porta havia um enorme selo do presidente dos EUA em gesso e uma placa de latão onde se lia: "Sala de Situação, Acesso Restrito." Rusty pegou o fone e olhou para a câmera.

— MacIntyre e mais um — disse.

A porta zumbiu e eles entraram numa apinhada ante-sala.

Depois da ante-sala havia uma pequena sala de reunião com as paredes revestidas de madeira. Dez amplas poltronas de couro estavam espremidas em torno da mesa de madeira maciça. Uma placa estava posicionada diante de cada assento com o nome de alguém importante ou de um membro do Comitê de Notáveis do Conselho Nacional de Segurança em nível ministerial. Uma dúzia de poltronas menores alinhava-se com as paredes. Na parede acima do assento da cabeceira da mesa havia outro selo presidencial. Em outro canto, Susan notou uma câmera de circuito fechado atrás de um globo de vidro escurecido. Uma porta com olho-mágico estava em outra extremidade. Um amplo console de telefone branco assentava-se num aparador perto da cabeceira da mesa. Na parede mais distante havia três relógios digitais: "Bagdá", "Zulu" e "POTUS". Zulu, Susan sabia, era o jargão militar para Hora Média de Greenwich, ou Londres. Fazendo a conta rapidamente, ela percebeu que hoje POTUS estava na hora de Los Angeles, o presidente dos Estados Unidos estava num giro pela Costa Oeste. A hora

POTUS era qualquer fuso horário em que se encontrasse o comandante-em-chefe da nação.

— Eu nunca entendi o objetivo de nosso patrão se encontrar com o primeiro-ministro chinês — queixava-se o secretário da Defesa Conrad, enquanto se inclinava sobre a mesa diante da subsecretária de Estado Rose Cohen. — Vocês, caras, têm que ser duros com aqueles sacanas. Eles estão atrás do mesmo petróleo que nós. — Cohen substituía o secretário de Estado, que estava na Ásia. Antes que ela pudesse sequer começar a responder, o Dr. William Caulder, consultor de Segurança Nacional, entrou rapidamente na sala e sentou-se à cabeceira da mesa, debaixo do selo do presidente.

— Vamos começar. Isto é principalmente sobre a China, mas também abordaremos algumas questões menores de atualidade. — Ele abriu uma agenda tipo fichário e soltou uma folha. Lendo em voz alta, foi ticando cada assunto à mão. — China: avaliação estratégica e depois mísseis chineses na Islâmia, MacIntyre, do CAI; atentados a bomba em Bahrein, Peters, Centro Nacional de Contraterrorismo; Exercício Bright Star, general Burns; e depois, se quiserem, levantar um tema restrito. Henry? — o consultor de Segurança Nacional olhou por cima de seus óculos de meia-taça para o secretário da Defesa, que assentiu de volta.

Como a subsecretária de Estado Rose Cohen, MacIntyre também estava substituindo seus chefes, Sol Rubenstein, no CAI, e Anthony Giambi, o diretor da Inteligência Nacional, ambos cada vez mais afastados daquelas sessões litigiosas. Rusty já havia, por esse motivo, instruído muitas vezes o Comitê de Notáveis. O CN, como era conhecido, era formado exclusivamente por membros do Conselho de Segurança

Nacional, com exceção do presidente e do vice. Se os departamentos e a agência de segurança nacional formavam um grande conglomerado, então o CN era sua junta de diretores.

— Muito bem, para começar, o resumo das mais recentes estimativas sobre a China, um relatório do Centro de Análise de Inteligência, Sr. MacIntyre — entoou o consultor de Segurança Nacional, soando como se estivesse presidindo uma banca de prova oral para Ph.D.

Enquanto MacIntyre abria seu relatório, um painel de madeira recuou na parede, revelando uma grande tela de plasma. Nela apareceu o primeiro slide de seu relatório: "A China Estimulada pelo Poder Econômico." Ele começou:

— O espantoso crescimento econômico que a China experimentou ao longo da última década lhe permitiu modernizar suas cidades, criar uma indústria automobilística que está agora exportando com sucesso para cá, desenvolver sua própria e impressionante capacidade de pesquisa tecnológica, e posicionar uma poderosa, embora pequena, força militar.

Apareceram na tela fotos de estádios das Olimpíadas de Pequim, a silhueta dos arranha-céus de Gwangju e um centro de pesquisa, seguidas por gráficos mostrando o impressionante crescimento econômico chinês.

— Com este progresso chegaram os habituais reveses da modernização, incluindo ruptura do tecido social, particularmente nas áreas rurais e nas velhas cidades industriais, poluição industrial e veicular e, mais importante, um crescimento nas suas necessidades de petróleo e gás. Como podem ver neste gráfico, a China agora quase empata com os Estados Unidos em importação de petróleo e gás. E pode nos ultrapassar nos próximos dois anos. Eles ainda estão muito abaixo de nós em eletricidade gerada *per capita*, então podemos esperar que a curva de importação continue a subir uma vez que necessitarão de gás extra para gerar maior quantidade de eletricidade.

"Isto torna a China dependente, mais uma vez, da Rússia e das ex-repúblicas soviéticas da Ásia central, das quais obtém o grosso de suas importações de petróleo e gás. Fontes de inteligência relatam que os líderes chineses não gostam dessa dependência e estão procurando diversificar suas fontes. Talvez por isso vemos sua recente presença na Islâmia, que abordarei em um minuto. — MacIntyre percebeu que tinha a atenção extasiada da platéia.

Quando Rusty estava prestes a passar para o relatório militar, o secretário do Tesouro, Fulton Winters, pareceu acordar e romper o transe hipnótico que Rusty induzira nos Notáveis. Winters geralmente parava de enrolar sua gravata para cima e para baixo por tempo suficiente para liberar um único e ambíguo pronunciamento a cada reunião.

— Em geral as pessoas falam sobre a ameaça militar chinesa para os Estados Unidos — começou Winters. — Realmente não é nada disso. A economia chinesa está completamente atada à nossa. Nós somos o mercado deles. Bem, é verdade que eles detêm a maior parte de nossa dívida através de compras de obrigações do Tesouro e, teoricamente, poderiam vendê-las ou parar de comprá-las. Isso detonaria a inflação aqui e provavelmente romperia a bolha imobiliária. Mas eles não o farão — Winters sorriu —, porque uma ruptura econômica afetaria muito mais a eles do que a nós.

Ninguém fez comentários. Winters voltou a enrolar sua gravata.

Rusty continuou:

— Bem, realmente, entre desenvolvimentos estratégicos mais surpreendentes está o crescimento da marinha chinesa. Por décadas eles utilizaram refugo soviético e pequenos navios costeiros de baixa tecnologia, como fragatas e destróieres. Depois compraram alguns cruzadores modernos e porta-aviões primitivos da Ucrânia e da Rússia. Agora, nos últimos cinco anos, puseram em serviço três modernos porta-aviões projetados no país com aviação de caça e bombardeiro, o *Zheng He*, o *Hung Bao* e o *Zhou Man*. Também construíram um porto em Gwadar, no Paquistão, na boca do golfo Pérsico.

"Eles também lançaram seus próprios cruzadores de defesa aérea e submarinos nucleares. A visita da escolta do porta-aviões *Zhou Man* a Sydney no ano passado deu-nos uma boa chance de olhar de perto e de muitos ângulos. São mesmo navios impressionantes — disse MacIntyre, mostrando fotografias dos navios chineses no porto na Austrália.

— *Zhou Man* soa como algo que meu filho de 14 anos diria — brincou o general Burns.

— Na verdade, general, Zhou Man foi um almirante chinês cuja esquadra explorou a Austrália e muitas outras áreas por volta de 1420 — replicou MacIntyre. — Os outros porta-aviões também têm nomes de almirantes da mesma época, cujas esquadras exploraram os oceanos Pacífico e Índico. A mensagem nos nomes é a de que a marinha chinesa governou suprema os mares do mundo e pode fazê-lo de novo. Mas isso é tudo sobre a marinha chinesa: para questões mais imediatas... — disse MacIntyre, golpeando o controle que trouxe uma nova imagem à tela de plasma.

Era um retrato espantosamente vívido da base de mísseis na Islâmia. Rusty começou sua apresentação:

— Dois dias atrás, analistas do CAI descobriram este novo complexo de mísseis feito pelos chineses na Islâmia. Parece pronto para entrar em operação. Em 1987, os sauditas adquiriram em segredo mísseis chineses de médio alcance. Confrontados pelo governo Reagan, eles garantiram que os mísseis não seriam de ogivas nucleares. O PEC daqueles mísseis era tal que mal poderiam causar dano a alguém, exceto talvez às próprias equipes de lançamento que manipulavam o combustível líquido nas instalações de lançamento subterrâneas.

O consultor de Segurança Nacional, que estava lendo seu livro de instrução, olhou por cima dos óculos.

— PEC?

— Probabilidade de erro circular, Billy. Refere-se à sua precisão — disse o secretário da Defesa. — Continue, continue — censurou ele, agitando seu punho para McIntyre.

— Bem, duas décadas depois, a substituição dos mísseis aparece. Alguns mísseis móveis sobre caminhões e alguns baseados em silos, combustível líquido, altamente acurados. As forças estratégicas chinesas carregam armas nucleares, três por míssil. A inteligência indica que há 2.300 técnicos chineses na base principal, no meio do Bairro Vazio. Estimamos que haja 24 mísseis nas torres de lançamento, provavelmente alguns recarregados.

"Além do seu valor militar, esta disposição secreta de tropas indica que os chineses têm um relacionamento muito mais íntimo com o regime revolucionário de Riad do que avaliamos de início. Embora os mísseis tivessem sido originalmente solicitados pela Casa de Saud, a entrega e a montagem só ocorreram em segredo após a revolução. Acreditamos que a conta, devido à falta de caixa do governo da Islâmia, sofrendo pelas nossas sanções, esteja sendo paga em petróleo.

"Ainda não há nenhuma indicação de uma variedade de programas e fontes de inteligência especial, nada que indique a presença de quaisquer armas nucleares. Pensávamos que a China relutaria em providenciar tais ogivas numa violação do Tratado de Não-Proliferação de Armas Nucleares e a acurácia destas armas é tanta que...

— Besteira, MacIntyre! — interrompeu Conrad, o secretário da Defesa inclinando-se mais uma vez à frente, seu rosto carrancudo e olhos escuros focalizados em Rusty como um raio laser. — Porque diabo você acha que eles compram essas coisas? Para um foguetório chinês na comemoração do Ramadã?

A Sala de Situação ficou subitamente imóvel, todos os olhos fixados no secretário da Defesa, que continuou sua explanação:

— Estou lhes dizendo que esses assassinos da al Qaeda estão tentando obter tecnologia nuclear. Talvez Pequim não lhes dê a bomba, talvez. Mas eles podem obtê-la daqueles malucos da Coréia do Norte ou de seus comparsas da al Qaeda no Paquistão. Vocês querem me dizer que aqueles caras em Islamabad não vão vender um pouco de suas bombas aos seus irmãos em ideologia? Diabo, A.Q. Khan já fazia isso uma década atrás num fundo de quintal no Paquistão. — Ninguém falou enquanto Conrad sacudia a cabeça e contraía os lábios. — O CAI simplesmente não entende a ameaça colocada por esses regimes.

Finalmente, MacIntyre ergueu a mão com dois dedos para cima e falou lenta, mas vigorosamente:

— Discordo, por duas razões. Primeiro, estas armas foram claramente encomendadas pelos nossos amigos Saud enquanto estavam no poder. Elas nunca poderiam ter sido encomendadas e entregues se contarmos apenas os meses desde que os Saud foram derrubados. Segundo, só uma ogiva de fabricação chinesa poderia combinar com esses mísseis. Não se pode simplesmente pegar uma grande bomba aérea paquistanesa e adaptá-la a um CSS-27. Essas são armas de precisão. No momento, acho que o que temos é um sistema muito acurado de entrega de alto explosivo, um *blockbuster* no sentido original do termo, uma arma que foi trazida para o Irã quando o centro de Teerã foi posto sob alcance de mísseis armados convencionalmente.

O secretário da Defesa emitiu um bufido enquanto virava as páginas de seu folheto de instrução.

— Bem, então, obrigado, Russell. Agora vamos aos atentados em Bahrein. CNCT?

Sean Peters, o diretor do Centro Nacional de Contra-Terrorismo, descreveu as técnicas usadas no ataque aos hotéis em Barhein, os efeitos, e um possível culpado.

— Mais provavelmente a Força Qods do Irã ou a Força Jerusalém, uma combinação de operações secretas e grupo de forças especiais que esteve ativa em atentados a bomba em Bahrein e em todo o golfo durante anos — concluiu Peters.

— Absurdo! Dr. Caulder, eu me desiludo com estas supostas reuniões de inteligência. Não foram os iranianos. — Desta vez o secretário da Defesa realmente socou a mesa. — Ron, diga a eles. Afinal, estavam tentando matá-lo.

Da bancada atrás do secretário Conrad, o subsecretário Ronald Kashigian limpou a garganta e ficou de pé. Os óculos grossos e o cabelo cortado rente faziam-no parecer um treinador de basquete universitário.

— Bem, eu estava no hotel quando foi atacado. E nosso pessoal de inteligência acredita que o alvo fosse eu. — Suas orelhas começavam a enrubescer. — Eles, os especialistas na região, dizem que foram mesmo os islamianos... Riad.

Kashigian sentou-se de novo.

— Estamos convencidos, Billy — disse o secretário da Defesa, apontando seu dedo no ar para o consultor de Segurança Nacional —, de que este regime da al Qaeda em Riad está enviando uma mensagem ao rei Hamad, em Bahrein, para que expulse os americanos, do contrário vão desestabilizar o lugar com novos atentados a bomba. Essa gente não está satisfeita apenas com seu califado fanático na Arábia Saudita; eles querem exportar sua revolução por todo o golfo!

O Dr. Caulder, um ex-professor da Universidade de Chicago promovido a consultor de Segurança Nacional seis meses após seu antecessor ter morrido de repente de um derrame, perguntou humildemente:

— Quem o governo de Bahrein acha que foi?

O diretor do CNCT se levantou de seu assento junto à parede.

— Eles não sabem, Dr. Caulder — disse e sentou-se de novo.

— Bem, prosseguindo, talvez possamos chegar a um acordo. Um exercício dos Bright Star? General Burnside.

— Só Burns, senhor. — O bem-apessoado e relaxado quatro-estrelas da Força Aérea passou grande parte de sua carreira voando e era agora o segundo mais antigo oficial das forças armadas dos Estados Unidos da América, vice-presidente da Junta de Chefes do Estado-Maior. — Bright Star é uma série de exercícios do CENTCOM com os egípcios, que já tem mais de 25 anos. Decaiu por algum tempo e em anos recentes só foi levado a cabo em pequena escala, mas agora, com a revolução na Arábia Saudita, o Cairo está interessado numa demonstração de força no mar Vermelho, para provar a Riad que o Egito tem pleno apoio militar dos Estados Unidos, caso o governo da Islâmia esteja pensando em exportar sua revolução para lá.

"Planejamos a maior operação anfíbia da história recente, o maior despejo de pára-quedistas e um dos maiores exercícios de bombardeio que já tivemos. Três UAFs, Unidades Anfíbias dos Fuzileiros, serão desembarcadas em três pontos do litoral egípcio do mar Vermelho, cerca de 15 mil homens. — Ele usou um apontador a laser para colocar um ponto vermelho sobre a tela plana. — Duas brigadas do 82º Aerotransportado serão despejadas atrás da cabeça-de-praia, cerca de nove mil homens. As áreas-alvo serão amaciadas por B-1 e B-2 da Força Aérea vindo dos EUA e por aviação naval das unidades do *Bush* e do *Reagan* baseadas no mar Vermelho.

"Os fuzileiros e pára-quedistas se juntarão à Primeira e à Segunda divisões blindadas do Egito e depois seguirão pelo vale do Nilo acima, numa operação combinada, para demonstrar interação. Tudo isto será feito de modo que os caras em Riad vejam na TV e através de suas fontes o que o impressionante poder de fogo dos EUA pode fazer. — O general Burns desligou seu apontador a laser.

— Alguma pergunta ao general Burns? Não? Então, obrigado a todos vocês. Eu pediria a todos que saíssem, exceto o representante principal de cada agência — disse o Dr. Caulder.

— Encontro você no carro, Susan. — MacIntyre voltou-se da mesa e sussurrou a sua analista, sentada na bancada atrás dele.

Quando o arrastar de pés cessou, Caulder, o consultor de Segurança Nacional, virou-se para o secretário da Defesa.

— Então, Henry, o que você só quer falar para um pequeno grupo?

Alto e de ombros largos, Conrad, vestido no que parecia ser um caríssimo terno trespassado, irradiava energia transbordante, irrequieto no seu assento.

— Bem, é algo muito delicado, você sabe, Billy — disse Conrad, num tom mais suave do que costumava usar com a casa cheia. — O motivo de eu estar tão inflexível, MacIntyre, sinto muito, é porque temos fontes, fontes realmente boas, dentro do ELP, o Exército de Libertação Popular da China.

"Estas fontes nos dizem que o ELP e sua marinha receberam uma ordem para que se preparem e enviem, secretamente, uma divisão de infantaria para a Arábia Saudita usando navios-contêineres e, veja só, aviões 777 da Air China. A operação deve ser protegida por uma força expedicionária naval, incluindo dois dos novos porta-aviões, acompanhados por suas escoltas equipadas com o novo míssil antibelonaves e seus submarinos.

"O movimento naval deverá ser visto como uma espécie de exibição de bandeira, com escalas em Perth, Paquistão e depois nos portos sauditas.

"Claro que assustará um bocado os caras do golfo, quero dizer, os menores emirados locais e o Irã, e incitará os malucos indianos, o que é bom para nós. Mas, no todo, isto é um mau negócio. A infantaria vermelha chinesa na Arábia Saudita. Sua esquadra no oceano Índico pela primeira vez.

"Por isto, sabem, não acho impossível eles entregarem as ogivas nucleares para acompanhar os mísseis de MacIntyre.

Quando o país estiver repleto de suas tropas, eles podem entregar as ogivas nucleares para os mísseis porque não acreditam que vamos bombardear um bando de tropas chinesas.

"Eles estão apoiando este regime I-Salamie ainda novo e fraco, só para, a longo prazo, obter acesso a todo o petróleo que conseguirem por lá.

"Aqui nós estamos exaurindo a reserva de petróleo estratégica, congelando do Michigan ao Maine, porque boicotamos o petróleo saudita. Pagando mais no mercado spot, onde estamos provavelmente comprando o petróleo saudita, de qualquer modo, mas obtendo-o de intermediários. Estamos bombeando do Alasca até secar, lidando com as próprias pessoas que nos disseram para sair do Iraque, e os chinas vão se apossar do petróleo saudita em acordos de longo prazo protegidos por seu maldito exército!

Mais uma vez, o secretário havia silenciado a sala de Situação.

— Quando imagina que isto vá acontecer? — perguntou docilmente a subsecretária Cohen.

— A uma certa altura do mês de março — respondeu o secretário da Defesa sem qualquer hesitação. — Podemos confrontá-los, impedi-los de entrar com seus navios de tropas no golfo.

A subsecretária Cohen já estava farta e bateu com a palma da mão na mesa de conferência.

— Não existe absolutamente nenhuma autoridade legal que lhe permita fazer isso, Henry. Seria um ato de guerra embargar embarques militares, como a Crise dos Mísseis em Cuba, que quase acabou numa guerra nuclear. Que diabo você está procurando? Uma guerra com a China? Uma guerra nuclear? — perguntou ela.

— Existe uma decisão de recrutamento que escrevi — respondeu Conrad. — Está agora na mesa do presidente. Ela nos ordenará derrubar aqueles fanáticos assassinos e embusteiros em Riad. Poderíamos acrescentar o embargo naval ao pacote de decisões. Precisamos agir antes que os chineses tomem conta. Eles recuarão diante de uma firme ação americana. Sabem que podemos afundar toda a sua esquadra em uma hora. E os indianos também nos ajudariam — concluiu o secretário Conrad, fechando seu livro de instrução.

— Dr. Caulder, desconheço qualquer decisão deste tipo — disse Cohen, quase tremendo de raiva enquanto se virava, indignada, para o consultor de Segurança Nacional.

— É porque você não está esclarecida para isto, querida — escarneceu Conrad enquanto se levantava da mesa e se retirava da sala de Situação.

O consultor de Segurança Nacional virou-se para Rose Cohen e disse:

— Não está sob consideração ativa, Rose. É por isso que ele está tão furioso. — O Dr. Caulder então seguiu rapidamente o secretário Conrad para fora da sala de Situação, deixando seu livro de instruções sobre a mesa e chamando: — Henry, espere aí.

— Bem, imagino que esta reunião tenha terminado — disse Rusty para ninguém em particular. Kashigian, que permanecera quando os outros nas bancadas de trás saíram, passou ao lado de MacIntyre, batendo no seu ombro.

— Não embarque nessa, MacIntyre, ou você e seu chefe Rubenstein estarão do lado errado da história, se sabe o que quero dizer.

— Não faço a menor idéia sobre o que acabou de dizer, mas pareceu uma ameaça — replicou MacIntyre, em voz alta, para que os outros pudessem ouvir.

— Cada macaco no seu galho, certo? — disse Kashigian, dando meia-volta para deixar a sala de Situação e movendo-se rapidamente para alcançar o secretário da Defesa e o desfile de carros aguardando lá fora.

A sala de Situação ficou subitamente vazia. MacIntyre se encaminhou para o refeitório, onde parou junto à janelinha de entrega e pediu dois frozen yogurts. Equilibrando as duas taças numa bandeja, com seu livro de instruções sob o braço, ele saiu passando pelos guardas do Serviço Secreto e foi até Susan, que estava de pé junto ao Chryster preto na Ala Executiva Oeste.

— Rusty, estamos em fevereiro. Quem pode querer tomar sorvete num frio desses? — Susan falou sem pensar.

— Bom saber que você superou aquela história de "senhor". E é iogurte, não sorvete. E depois daquela reunião eu precisava me refrescar — disse MacIntyre, passando-lhe uma taça.

— Eles são pirados, chefe — comentou Susan, pegando a taça de iogurte. — Todo o maldito Pentágono é feito de loucos!

Os dois entraram no carro aquecido, que estava à espera.

— O Pentágono é um prédio com cerca de trinta mil pessoas. O Departamento da Defesa tem cerca de três milhões. Nem todos são loucos. — Rusty deu uma colherada no iogurte enquanto o Chrysler e seus dois veículos de escolta saíam do pátio do edifício Eisenhower e atravessavam um segundo pátio para sair na rua 17. Um agente do Serviço Secreto sinalizou para parar o tráfego na rua, enquanto o Suburban que seguia na dianteira cruzava o portão.

— Bem, o secretário deles certamente deveria estar nos registros médicos — Susan deu uma risadinha. — Nunca vi nada igual.

— Bem-vinda ao clube da primeira divisão — sorriu MacIntyre. — Você perdeu a melhor parte. O secretário Conrad está tão empenhado em recolocar os Saud de volta ao trono que se dispõe a correr o risco de uma guerra com a China. Nas próximas semanas.

— Aonde ele pretende chegar agindo como se Deus o tivesse nomeado vice-rei da Terra? — balbuciou Susan, com a língua agora congelada pelo iogurte. — Onde o conseguimos, afinal? Ele tem fotos do presidente com uma cabra ou algo parecido?

— Ele era um especialista em tomada de controle em Wall Street. Comprar barato uma empresa em dificuldades, saneá-la e depois vendê-la por seis ou sete vezes mais do que pagou por ela. — MacIntyre olhou do carro para os poucos turistas na calçada, todos tentando ver quem era o VIP no carro que saía da Casa Branca. — Depois ele concorreu para governador da Pensilvânia, sua terra natal. O tipo sangue azul da alta roda, vindo para "ajudar as pessoas a se ajudarem". Esse era o mote de sua campanha. Supostamente também reverteu a situação da Pensilvânia. E entregou o estado ao presidente, juntamente com trezentos milhões em dinheiro de Wall Street. O presidente considera Conrad um homem brilhante.

— Que mágica você vai fazer? — perguntou ela, novamente séria.

— Como a Lontra disse aos rapazes da Delta Tau Chi, é hora de pôr pé na estrada. — MacIntyre deu uma grande colherada no frozen yogurt enquanto seu carro passava veloz pela Corcoran Gallery e se dirigia a Foggy Bottom.

Susan franziu o cenho.

— O que foi aquela espécie de referência aos anos 1970?

De volta ao Centro de Análise de Inteligência, MacIntyre foi direto ao escritório de seu chefe para inteirá-lo da reunião. Sol Rubenstein estava debruçado sobre um esboço analítico relativo à Coréia do Norte. Sem erguer a vista, ele recebeu seu jovem vice-diretor falando:

— Ouvi dizer que você teve um pequeno contratempo com o todo-poderoso secretário da Defesa.

— As notícias correm rápido — disse Rusty, afundando em uma das duas poltronas junto à mesa.

— Tenho boas fontes — replicou Rubenstein, dando a volta até a outra poltrona. — Rosie me telefonou do carro. Ela disse que você peitou o filho-da-puta. Bom para você. Foda-se ele.

Rusty sorriu pelo apoio de seu chefe.

— Não acredito na sua fonte de Inteligência da Defesa acerca dos chineses. Vender mísseis é uma coisa, mas mandar tropas para apoiar a Islâmia, e depois a idéia louca de que lhes dariam armas nucleares! Merda, não acredito que a Islâmia pediria esse tipo de ajuda. Mais infiéis em sua terra santa? — disse MacIntyre, inclinando-se na direção de seu chefe.

— Não sei, não, Rusty. As coisas mais estranhas aconteceram. É possível, é possível — refletiu o diretor do CAI. — Veja bem, se você estivesse governando a Islâmia, desejaria alguma proteção imediata? Suas armas não funcionam porque os americanos partiram e não enviam peças de reposição. O secretário Conrad está fazendo um discurso por semana sobre como é má aquela gente em Riad. Os iranianos estão aprontando em Bahrein de novo. Teerã tem os iraquianos a seu lado agora. Quem sabe?

— Parece existir uma quantidade terrível de peças em jogo neste momento, peças demais no tabuleiro, xadrez em nível-três — sugeriu MacIntyre.

— Existe. Um monte de bolas no ar no momento. É aí que precisamos realmente de boa análise — disse Rubenstein, que depois sentou-se empertigado. — Eis o que sugiro a você. Voe até Londres. Eles têm uns caras bem espertos nesta área, com bons contatos, melhores que os nossos, contatos que não partilham com a CIA através dos canais normais de ligação. Eles vão se abrir para alguém do seu escalão. Além disso, você terá chance de comprar alguma coisa bonita para Sarah em Portobello Road. Ela gosta de antiguidades, certo?

— Você está bem informado — disse Rusty, erguendo-se da sua poltrona. — Será que alguém do meu escalão consegue viajar na primeira classe desta vez?

— Não, classe executiva — disse Rubenstein, voltando aos seus papéis sobre a Coréia do Norte.

MacIntyre caminhou até a mesa de Rubenstein e discretamente colocou sobre ela um dispositivo azul.

— Que diabo é isso? — perguntou Rubenstein.

— É um BlackBerry. Já está programado para você com uma conta Yahoo no seu nome. Está também programado para me enviar e-mails criptografados PGP a um endereço Yahoo que só você e alguns poucos conhecem. Resumindo, é o nosso próprio sistema privado de comunicação. Manterei contato deste modo enquanto estiver na estrada. — MacIntyre passou-lhe o BlackBerry.

— Nunca saberei como isto funciona — disse Rubenstein, segurando o dispositivo como se fosse algum artefato extraterrestre.

— Eu sei. Uma de minhas novas analistas o ajudará. Susan Connor... muito por dentro da tecnologia. Ao contrário de alguém que conheço. — MacIntyre riu enquanto caminhava para a porta.

Finalmente, Rubenstein levantou a vista.

— Você não se importa, não é, em ir conversar com os britânicos?

— Já mandei Debbie reservar o vôo — disse Rusty. — Só vim aqui para convencê-lo.

— Merda — berrou o diretor. — Cai fora daqui!

Centro Médico Salmaniyah
Manama, Bahrein

— Dr. Rashid, estou muito satisfeita por ter-se juntado a nós, e quero que saiba que se houver qualquer coisa que possamos fazer para ajudá-lo a se estabelecer, é só pedir. — A esperta e jovem enfermeira paquistanesa foi bastante efusiva ao dizer boa-noite ao novo médico. Era o final do primeiro plantão de Ahmed e ele estava cansado até os ossos, mas não podia repousar. Tinha muito a fazer naquela noite.

Ahmed bin Rashid caminhou até o estacionamento vazio e deu partida no castigado Nissan que estivera esperando por ele, junto com o apartamento, junto com o emprego. Os assessores de seu irmão haviam providenciado tudo. Ele seguiu para seu apartamento em Manama Corniche e estacionou na rua, perto da longa esplanada litorânea, com ampla vista da baía. Ao entrar no saguão do moderno edifício, ele desceu as escadas para o porão e saiu no beco atrás do prédio. Lá encontrou a moto que alguém havia deixado para ele. Dirigiu-a por quatro quilômetros até um velho e alto bloco de apartamentos na Al Lulu Road, perto do Mercado Central. Ahmed entrou no prédio pela porta de serviço, convenientemente deixada destrancada. Tão logo atravessou o portal, duas mãos o agarraram pelos ombros e o fizeram girar, trancando-o num firme aperto pouco acima dos cotovelos. Atônito, seus olhos desfocalizados na escuridão, Ahmed tentou se livrar, mas quem o estava segurando era muito mais forte.

— Um momento, por favor, doutor — disse uma voz calma, em árabe. Um instante depois, outro par de mãos bateu nele de leve, com cautela.

Os homens pareciam satisfeitos. O aperto nos braços de Ahmed afrouxou abruptamente, e a voz falou de novo:

— Por aqui.

Os dois homens moveram-se à frente e, enquanto sua visão se ajustava à escassez de luz, Ahmed seguiu as sombras que iam clareando diante dele. Enquanto seu coração em disparada voltava ao normal, ele agradecia em silêncio por não ter ficado embaraçado ao agir como uma garotinha assustada diante do que imaginava ser a sua coleção pessoal de espiões.

Ahmed seguiu os homens através de outra porta e até um porão de armazenagem parcamente iluminado. Mais três homens estavam à espera. Agora, ele pensou, vai começar agora. De repente, não estava mais cansado.

O homem que o tinha agarrado virou-se e falou:

— Bem-vindo, irmão. Nós somos a sua equipe. Meu nome é Saif e estamos aguardando suas ordens.

O homem tinha ombros largos e o aspecto de um praticante de musculação. Ahmed imaginou que Saif estava chegando aos seus 30 anos, o que provavelmente fazia dele o mais velho do grupo de rapazes.

Ahmed inspirou fundo, dolorosamente ciente de que, apesar de ser ele o amador ali, estavam esperando que assumisse, porque supostamente estava no comando.

— Por que não começamos com cada um de vocês me contando onde trabalha e como aderiu à causa?

Eles eram todos sunitas de Bahrein, mas não das famílias mais ricas. Eram do segundo escalão da sociedade local, para quem boa educação de alto nível era difícil de obter, para quem bons empregos eram mais escassos ainda. Três deles tinham passado por treinamento religioso em Riad quatro ou cinco anos antes. Haviam sido recrutados e mandados para Bahrein, para onde trouxeram dois velhos amigos.

— Somos uma célula pequena, mas acreditamos que existam outras — disse aquele que os liderava, Saif bin Razaq. Ahmed nada comentou. — Nossa força está na natureza de nossas penetrações — continuou Saif, apontando para cada homem. — Trabalhamos no escritório de viagem da base naval americana, na mesa telefônica para chamadas internacionais, no Ministério do Exército, no aeroporto, e eu trabalho num escritório iraniano de importação e exportação em Sitra, que é na realidade uma fachada para a Força Qods.

— Mas por que vocês correm estes riscos por nós? O que esperam? — perguntou Ahmed, forçando a vista para ver os rostos dos cinco fanáticos na luz fraca.

— Não por vocês, doutor, por Alá — disse suavemente Fadl, o que parecia mais jovem. — Queremos que Bahrein faça parte da nova Islâmia. No momento, Bahrein é governado por uma família, sunita, sim, mas que vive ameaçada pela maioria xiita aqui.

— O Irã está ajudando os xiitas — acrescentou Saif. — Os mulás juraram que irão anexar Bahrein ao Irã, assim como o xá quis fazer trinta anos atrás. Libertar a maioria xiita da opressão. — Ele cuspiu ruidosamente no chão. — Daqui eles seguirão para a Província Oriental da Islâmia, onde pretendem libertar a maioria xiita de lá, mas, na verdade, eles querem é tomar o petróleo.

— Se Bahrein puder se tornar parte da grande Islâmia, nós sunitas aqui seremos parte da maioria de uma nova grande nação muçulmana, que pode segurar as forças persas — Fadl concluiu o pensamento.

— Os persas têm uma ótima memória e um horizonte de tempo muito longo — respondeu Ahmed. — Eles acham que, se esperarem, e mantiverem sua mão aqui, tudo cairá do céu para eles, como figos maduros das árvores.

— Não, doutor, eles não pensam em esperar — Saif estava excitado. — Estas são as notícias que temos para você! Eles estão planejando algo grande para o mês da primeira Jamada. Por isso fazem esses atentados agora em Manama e botam a culpa em nós. — Saif mostrou um jornal americano. — Olhe só as mentiras que eles espalham, veja aqui: "A obra das células terroristas da Islâmia", eles dizem!

— Você tem certeza de que os atentados foram praticados pelos persas? — perguntou Ahmed, pegando o exemplar do *USA Today*.

— Como disse, doutor, eu trabalho no prédio que serve de fachada para a Força Qods, os serviços especiais iranianos. Faço a manutenção das fotocopiadoras e impressoras. — Ele sorriu

pela primeira vez. — E às vezes examino o que eles imprimem.
— Agora Sail estendeu um grosso maço de papéis numa pasta vermelha. — A Força Qods está preparando o atentado, e tem como alvo a Marinha Americana. Depois, na primeira Jamada, eles acreditam estar prontos para encenar um golpe e uma revolta popular, como planejaram fazer em 2001. Só que desta vez acreditam que a esquadra americana não estará aqui e que as forças persas poderão desembarcar rapidamente para apoiar o levante.

— Na verdade, a esquadra americana nunca deixa Bahrein — escarneceu Ahmed enquanto abria a pasta vermelha. — Só navega nas proximidades do golfo.

— Doutor, ao longo dos últimos anos, os americanos retiraram seus soldados e navios do Líbano, Somália, Arábia Saudita, Afeganistão e Iraque. — Fadl ergueu a vista, sorrindo. — Talvez os persas também saibam quando planejam sair daqui.

Sim, pensou Ahmed. Talvez. E virou-se.

— Saif, sua célula deve descobrir quando e como a Força Qods planeja atacar a base naval americana. — Ele levantou-se para partir. — Os persas não podem ter permissão de imputar esse ataque à Islâmia. Não podemos dar aos americanos um pretexto para nos atacar. — Ahmed bin Rashid foi até a porta.

— Descubra, Saif. — Ele desceu o escuro corredor do porão e saiu para o beco e a moto.

Já na sua pequena moto, Ahmed sentia-se satisfeito pela qualidade dos homens em sua célula, e igualmente satisfeito pelo seu primeiro desempenho como espião-chefe. Ele usaria os contatos e as capacidades de seus homens a fim de produzir informação para a Islâmia, provando o seu valor para o irmão,

Abdullah. Se pudesse provar que os iranianos culpariam a Islâmia de um ataque que fariam contra os americanos... melhor ainda, se ele pudesse impedir o ataque.

Enquanto dirigia no estacionamento atrás do altíssimo edifício de apartamentos, a imagem de Ahmed aparecia numa pequena tela em preto-e-branco de uma van Bedford estacionada do outro lado da rua.

— Bem, obrigado, Dr. Rashid — sussurrou uma voz em inglês. — Estivemos imaginando quem poderia dirigir a célula em Riad. O Sr. Douglas gostará desta informação.

1º DE FEVEREIRO
Uma casa de hóspedes do
governo Jamaran, Irã
(Ao norte de Teerã)

— As Elburz são lindas na neve — disse o homem em terno executivo.

— Sim, são mesmo, general. As montanhas são lindas o ano todo — replicou o clérigo. — Vamos nos sentar junto à lareira e tomar um chá quente. — E foram para as amplas poltronas perto da lareira de pedra. Um bule de chá estava pousado na mesinha entre eles.

— A Fase Um da Aquário do Diabo está completa. O site pró-Islâmia reclamou a autoria, mas a polícia secreta de Bahrein acredita que foram nossos irmãos xiitas e começará a tomar medidas contra eles — relatou o general.

— Muito bom. Dessa forma os americanos pensarão que Riad explodiu os hotéis em Bahrein, e os al Khalifas que governam Bahrein vão endurecer com os xiitas. — O clérigo deu um amplo sorriso. — Perfeito. O que vem em seguida?

— Completamos a Aquário do Diabo. Depois os armênios e seu patrão exigirão ação contra Riad pelo massacre de tantos marujos valentes — disse o general, servindo chá para si mesmo e para o clérigo.

— Você confia nos armênios e no seu patrão? Cegamente? — indagou o clérigo.

— Só confio cegamente em você. — O general sorriu. — Mas eles são crédulos e ambiciosos. E como devem saber que nossa reunião com ele foi gravada em vídeo, não se arriscarão a se expor nos trapaceando.

— Vocês usarão iraquianos na Fase Dois? — perguntou o clérigo, e o general assentiu. — Os iraquianos estão sendo úteis?

— Estão, mas nossos amigos em Bagdá estão tendo dificuldades com os curdos e os sunitas. Parte de nossa gente acha que logo chegará a hora de atacar Basra.

O clérigo se levantou, ajeitou seus mantos e caminhou lentamente até a janela, olhando para o abeto coberto de neve. Voltou-se para o general.

— Você e a Força Qods fizeram tanto por nós, e tão bem, por tanto tempo: expulsaram os israelenses do Líbano usando o Hezbollah, os atentados a bomba em Buenos Aires, tudo o que Mugniyah fez, fundindo o grupo de Zawahiri com a al Qaeda, o apoio secreto a Bin Laden, fazendo os americanos apoiarem nosso homem e derrubarem Saddam, depois o governo de Bagdá... Mas o seu grande plano, este é muito mais complicado, muito mais arriscado. Há muitas partes se movimentando, e agora, talvez até os chineses. — O clérigo manuseou suas contas.

— Com todo o respeito, senhor, todos eles sabem que temos os artefatos nucleares. — O general se levantou e caminhou até o fogo. — Eles não sabem quantos e nem sabem aonde. Se, por alguma razão, o grande plano não correr bem, ainda estaremos seguros. Alá proverá.

O clérigo assentiu.

— Acredito que é nosso destino sermos um agente de Alá, para unir os xiitas e trazê-los a uma era dourada — disse o clérigo, seu entusiasmo voltando. Ele caminhou até o comandante da Força Qods e pôs as mãos sobre os ombros do general. — Sim, você está certo. Alá proverá.

3

2 DE FEVEREIRO

Marinha dos EUA, Unidade de Apoio Administrativo Juffair (UAA), Bahrein

Brian Douglas dirigia seu próprio carro, um Jaguar verde, da sua *villa* de praia na periferia da cidade para o distrito de Juffair, lar da UAA em Bahrein, como era conhecido o quartel-general da Quinta Esquadra americana. O complexo de vinte hectares era envolvido por um alto muro de alvenaria cor de areia. Um fuzileiro em equipamento de combate parou o Jaguar e fez Douglas encostar o veículo na faixa de inspeção.

— Por favor, abra o capô, porta-malas, todas as quatro portas, e afaste-se do carro, senhor — disse uma fuzileira com um fuzil M16, enquanto outro fuzileiro se aproximava com um pastor-alemão. Já do lado de fora, observando o cão farejar todo o carro, Douglas ouviu um helicóptero se aproximando.

Um Black Hawk cinza-fosco desceu no heliporto do outro lado do muro, despejando uma pequena tempestade de areia sobre o campo de futebol.

Após ser liberado, Douglas dirigiu até o portão principal, que parecia uma sobra hollywoodiana do cenário que representasse a Índia do século XIX. Exibindo sua identidade naval, foi encaminhado ao Edifício 103, com seu letreiro no típico jargão pomposo da Marinha: "HQ-COMUSNAVCENT."

Douglas mal se acomodara na sala de espera quando um homem corpulento, numa jaqueta de vôo da Marinha, irrompeu na suíte e foi direto a ele.

— Brian Douglas, que bom ver você, velho de guerra! — Seu cabelo ruivo rareando e seu rosto de bebê faziam-no parecer qualquer coisa, menos o comandante da Quinta Esquadra.

— Entre, inglês. Guarda-marinha, duas canecas grandes de café. Moído há menos de dois dias no *Reagan*.

O chefe de posto do SIS britânico seguiu na esteira do almirante para o escritório cavernoso.

— Lamento não tê-lo recebido desde que cheguei no mês passado, mas houve um turbilhão de reuniões de apresentação em toda parte do golfo. Na última semana memorizei mais árvores genealógicas da família real do que quando estudava história européia — continuou o almirante Adams, atravessando a sala. — Venha, vamos nos sentar à mesa de conferências. Você já conhece o meu N-2, Johnny Hardy, o meu cara de inteligência aqui.

Os três sentaram-se à comprida mesa.

— Johnny, Brian Douglas e eu nos conhecemos em 2003 na Zona Verde de Bagdá, caçando bandidos, quando eu estava lotado no estado-maior do CENTCOM no Iraque. Nos encontrávamos no bar HVT do aeroporto tarde da noite. Ele tem mais informação embaraçosa sobre mim do que vocês lá na Inteligência Naval jamais terão. Assim, sempre que Brian diz que precisa me ver, como fez esta manhã, ele põe tudo em ordem. Estou aqui por você. É o melhor aliado que ainda temos, quase o único que nos restou, certo, Johnny?

— Bem, almirante, aprecio sua boa vontade em me receber por causa de uma notícia tão curta. — Douglas olhou para a caneca gigante de café, à qual alguém já acrescentara uma boa quantidade de leite.

— Você esteve em Bahrein por algum tempo. Um verdadeiro especialista na região. Por quanto tempo esteve aqui, Brian? Conte para Johnny a sua carreira — disse o almirante enquanto alcançava a bandeja de biscoitos.

— Bem, senhor, como sabe, servi aqui como funcionário de posto durante a Tempestade no Deserto, depois em Bagdá, após a Segunda Guerra do Golfo, agora estou de novo aqui, como chefe de posto do SIS para Bahrein, Catar, Omã e os Emirados Árabes Unidos. Estou completando 12 anos no golfo. — Douglas tentou parecer modesto.

— Você deve gostar de Bahrein. — O capitão Hardy molhou um pedaço de pão em sua caneca de café.

O almirante se ergueu.

— Muita gente gosta. Mas eu não chegaria a almirante se não fosse Bahrein. Eles criaram a palavra *amir* para o comandante dos *dhows*. Merda, eles viajavam em *dhows* para a África e a Índia quando os anglo-saxões ainda se pintavam de azul e combatiam os romanos. — Voltou-se para Douglas esperando confirmação.

— Acho que o meu povo, os pictos, é que se pintava de azul, mas, é verdade, este é um pedaço de terra muito antigo e pelo qual muito se lutou. E por isso eu queria vê-lo, senhor — disse o chefe de posto, tentando pôr a conversa de volta nos trilhos.

— Certo, Brian, você não está aqui para discutir história. O que aconteceu? — Adams sentou-se de volta na cadeira à cabeceira da mesa e encarou o convidado.

— Já estive na sua embaixada e fui informado pelos meus confrades da CIA, mas também queria repassar isto diretamente com você. — Brian Douglas tirou um papel do bolso de seu paletó e leu: — "Fontes altamente confiáveis do SIS revelaram que a Força Qods dos iranianos designou UAA-Bahrein como alvo para um ataque ao estilo terrorista, provavelmente dentro das quatro próximas semanas. As fontes também revelam que o Irã pode estar planejando estimular uma revolta xiita em Bahrein, como tentou fazer em 1996 e 2001." — Douglas passou o papel para o capitão Hardy, pensando em como fora bem-sucedido o monitoramento de Ahmed Rashid.

— Interessante. Você é o segundo grupo a me dizer hoje que minha pequena base aqui será alvo de um ataque. Eis por que estamos num estado de alta força de proteção, meu amigo. Claro que eu mesmo providenciei isto, depois dos ataques ao Diplomat e ao Crowne Plaza. — O almirante Adams pegou o relatório de seu oficial de inteligência. — Mas o Pentágono parece acreditar que o ataque será gerenciado pelos agentes da Islâmia.

O espião britânico tossiu e bebericou o café misturado com leite.

— Com o devido respeito ao Pentágono, nosso relatório é importante pois revela que Teerã pode estar querendo que vocês acreditem que o ataque venha de Riad. Mas Riad? Eles não poderiam forjar um ataque bem-sucedido sobre a UAA. A

Força Qods é capaz disso. Além do mais, não informamos isso a Washington ou à CIA aqui, temos razão para crer que a Islâmia sabe que os iranianos estão armando para que leve a culpa.

— Bem, seja como for, eles vão enfrentar uma dura parada. Este lugar está em alerta máximo, almirante — garantiu o N-2.

— Talvez, Johnny, talvez. Mas qualquer lugar pode ser atacado. Posso providenciar proteção, mas para manipular isto devemos pegá-los antes que eles nos peguem. — O almirante inclinou-se para Douglas por sobre a mesa. — O pessoal de Bahrein pode fazer isso? Você e a Agência podem descobrir esses caras, sejam eles quem forem?

— O Serviço de Segurança de Bahrein é muito bom, treinado pelo SIS. — Douglas sorriu. — E nós e a CIA também temos nossas próprias fontes. Se pudermos descobrir a equipe de ataque, a segurança de Bahrein é capaz de varrê-la do mapa.

— Aqui, também tenho SEALs e uma Equipe de Segurança Antiterrorismo da Esquadra, se eles precisarem de alguma ajuda. — Brad Adams levantou-se de sua poltrona. — Eles preferem atacar a ficar sentindo o bafo de porre dos diplomatas. — Brian gargalhou. Adams tinha feito o seu dever de casa. Enquanto seguiam para a porta, Adams mudou de tom e estilo. Disse suavemente para Douglas: — Podemos ter outra Bagdá aqui: não posso suportar a idéia de mais soldados americanos mortos em ação. Não estive no Iraque tanto tempo como você, mas lembra-se daquelas noites no HTV, afogando em bebida nossas mágoas, com os caras da CIA e das Forças Especiais? Estive lá por dois anos, trabalhando com a insurgência sunita, tentando conter os iranianos.

— Uma merda do cacete, realmente uma tragédia — disse Douglas, enquanto olhava para o chão e sacudia a cabeça.

— É verdade. Para mim, aquela era a coisa certa a fazer. Merda, todo mundo achava que eles tinham armas de destruição em massa. Mas, depois que saímos, a merda continuou. Os xiitas não conseguirão conter essa insurgência sunita. Esteve cozinhando por anos e não há nenhum sinal de arrefecer. Os curdos deverão formalizar sua independência e então veremos o que Bagdá tentará fazer a respeito. Eles não querem perder Kirkuk. Isto tudo tem sido um terrível desperdício de tempo e dinheiro. E por quê: para que o Irã diga o que o governo democraticamente eleito do Iraque deve fazer? — Brad Adams não estava agora representando o papel de um almirante dos EUA. — Escute aqui, inglês, eu devia partir amanhã para uma semana em Tampa e Washington. Eu deveria ir, ou este ataque à base vai mesmo acontecer tão rápido?

— Eu mesmo estou partindo para Londres esta noite, Brad. Imaginamos que seja para daqui a duas semanas, mas ainda não percebemos qualquer sinal da Força Qods iraniana aqui na cidade, apenas relatórios. Se descobrirmos algo diferente, avisaremos. — Douglas estava contente em trabalhar com este marujo americano grandalhão. Tinha estudado numa universidade renomada, não fora produzido na linha de montagem padronizada de Annapolis, e provou inúmeras vezes no Iraque ser digno de confiança e ter ótima capacidade de ação.

Enquanto Brian Douglas atravessava a arcada de cenário hollywoodiano, um segundo Humvee blindado entrava no local. O fuzileiro que se projetava do teto sinalizou com a metralhadora M60 e apontou para a estrada de acesso, logo abaixo.

Colina do Capitólio
Washington

Russel MacIntyre saltou do surrado táxi na Delaware Avenue, no lado norte da Colina do Capitólio, onde aquela suave elevação descai na direção da Union Station. Estava frio e úmido, ameaçando nevar, por isso não parecia estranho ele estar usando um chapéu, a aba puxada para baixo. Nenhum dos funcionários que saía pelas portas dos fundos do prédio do Senado o estava vendo; eles se apressavam rumo à estação do metrô a caminho de casa ou de um bar aquecido.

MacIntyre entrou pelos fundos do mais novo dos três edifícios que abrigavam os comitês dos cem senadores dos EUA. O letreiro na porta dizia "Restrito aos funcionários". MacIntyre exibiu uma credencial aos três policiais do Capitólio posicionados em volta do detector de metais e da máquina de raios X.

— Está limpo, senhor. Pode entrar — disse o sargento alto e negro, acenando com o braço. — Não se preocupe se o alarme disparar. — A vantagem da credencial era que, em certos lugares onde era reconhecida, a segurança esperava que o visitante estivesse armado e não se importava. MacIntyre não estava armado, embora tivesse permissão. O Centro de Análise de Inteligência que ele ajudava a dirigir não era uma unidade operacional, por isso lhe parecia um tanto estranho e desnecessário carregar sua Glock.

Ele entrou no prédio pela porta dos fundos, no subsolo, mas, em vez de pegar o elevador para cima, MacIntyre abriu uma porta e desceu uma escadaria. No nível S-2, entrou num corredor com um labirinto de canos pendendo do teto baixo. Aquele não era um setor nobre da Colina do Capitólio.

Meio caminho corredor abaixo, ele parou diante de uma porta com um letreiro que dizia apenas "SH-B2-101". Foi em direção a um telefone na parede, mas, antes que pudesse pôr o fone no ouvido, a fechadura zumbiu e ele empurrou a porta já destrancada. Lá dentro, uma mulher que parecia estar no final da casa dos 60 sorriu para ele de trás da sua escrivaninha e disse:

— Entre, Rusty. O senador o espera.

O interior do escritório era elegante: paredes de madeira escura, carpete marrom espesso, poltronas em couro verde, artefatos de bronze. MacIntyre imaginava que seria assim o escritório de Papai Noel, caso ele se tornasse o diretor-executivo do Pólo Norte. Era, na verdade, o escritório secreto do presidente da Comissão Seleta do Senado sobre Inteligência, Paul Robinson. Cada senador sênior tinha seu próprio esconderijo, um escritório anônimo onde pudesse trabalhar sem ser incomodado por constituintes ou repórteres. Era também um lugar onde reuniões podiam transcorrer sem risco de serem gravadas, sem olhos curiosos observando quem o senador estava recebendo. Era um bom lugar para receber contribuições de campanha de lobistas com interesse em algum trabalho da comissão. Robinson, contudo, não recebia contribuições de ninguém que não fosse do seu Iowa natal. Na verdade, ele não precisou. Não teve nenhum oponente na sua última reeleição.

Robinson estava de pé junto a um carrinho de bar, servindo duas doses caprichadas de Wild Turkey. Limitou-se a dizer, enquanto entregava o *bourbon* para MacIntyre:

— Muito frio lá fora? Tome este, para se aquecer.

Antes de aceitar o drinque, MacIntyre tirou um papel do bolso do paletó e colocou-o sobre a mesa.

— Aqui está a estimativa do consumo chinês de petróleo que você pediu. — Ele tomou um gole generoso do uísque do Kentucky. — Você estava certo. Os chineses estão consumindo quase tanto quanto nós. Eles têm um montão de carros agora. O surto industrial. E eles têm poucos contratos de longo prazo, por isso são, com freqüência, obrigados a pagar os preços mais caros do mercado spot, como fazemos agora.

"O Pentágono está todo agitado em relação à China. O crescimento de sua marinha, sua exportação de mísseis para a Islâmia. E, por falar nisso, foram os Saud que compraram os mísseis antes de ser destronados, não a nova turba da Islâmia. A Inteligência da Defesa dispõe de uma história não comprovada sobre uma força expedicionária do Exército de Libertação Popular seguindo secretamente para a Islâmia.

O senador virou-se.

— Diga-me que está brincando. O ELP na Arábia Saudita?

— Bem, acho que alguém está gozando a Inteligência da Defesa, mas todos no Pentágono acreditam. E tem muita coisa confidencial. Creio que ainda não podemos instruir você e as comissões — admitiu MacIntyre, seguindo o senador até as poltronas estofadas de couro junto à lareira artificial.

— Por isso é tão importante fazermos nossa pequena reunião particular esta noite, quando eu poderia estar num chato coquetel para os Futuros Agricultores de Merda da América? — brincou o senador.

— Não vou estar aqui toda a semana. Estou de partida para Londres para tentar aprender alguma coisa com os Primos. Acredito que exista algo em andamento — replicou MacIntyre, bebericando o que restava do seu Wild Turkey. — Em primeiro lugar, nosso destemido secretário da Defesa foi pego falando sobre uma fonte de merda da Inteligência deles ter dito que o posicionamento da marinha chinesa no oceano Índico é uma cobertura para Pequim deslocar uma divisão de infantaria para a Arábia... quer dizer, Islâmia.

— Bem, você acaba de dizer que os chineses precisam de petróleo, mas não consigo imaginar o Conselho Shura da Islâmia permitindo que um monte de infiéis ocupe o seu precioso deserto, você consegue? — disse o senador, recostando-se na poltrona.

— Não. Além disso, nenhuma outra fonte relatou divisões chinesas em movimento. Mas tem mais. Número dois, o secretário Conrad está planejando um gigantesco exercício anfíbio e aerotransportado no litoral do mar Vermelho egípcio para o próximo mês.

O senador Robinson levantou uma sobrancelha.

— Número três, senador, o SIS britânico acabou de relatar que o Irã está realmente por trás dos atentados a bomba em Bahrein, não a Islâmia; que os iranianos querem bombardear nossa base lá e culpar a Islâmia; e que estão planejando algum tipo de levante entre a maioria xiita em Bahrein. O rei de lá é sunita, mas vem agradando os xiitas e está fazendo um bom trabalho.

"Número quatro, estou tendo dificuldade em acreditar que o novo governo na Islâmia seja tão ruim como todos em Washington parecem achar. Sim, sei que alguns deles foram ligados à al Qaeda de alguma maneira, mas uma fonte nos diz que estão até planejando eleições gerais para o próximo ano.

— E você pôs tudo isso no seu famoso misturador analítico e extraiu o quê, Rusty? — perguntou o senador Robinson, olhando para seu copo.

— Não sei, e é isso que me incomoda. Sinto como se... como diziam no filme *Guerra nas Estrelas*?... "Houvesse uma perturbação na Força." — MacIntyre agitou os dedos de ambas as mãos como se esconjurando a Força.

— Bem, Obi-Wan, o que vai fazer quanto a isso? — disse o senador, levantando-se para se servir de uma nova dose de seu drinque.

— Para começar, vou para Londres esta noite ver o que posso levantar. Eles sempre nos contam mais detalhes cara a cara, coisas que estão ouvindo mas que, por alguma razão, não podem pôr num relatório de ligação para nós — disse MacIntyre, acenando por mais *bourbon*. — E eles parecem ter analistas melhores do que os nossos. Estou tentando descobrir que ingrediente é esse que eles têm para injetá-lo em nosso novo pequeno CAI.

— Boa idéia ir para Londres agora, mas por que não seguir viagem e procurar algum de nossos amigos no golfo? Eles também sempre sabem mais do que põem no papel — sugeriu o senador Robinson, indo para trás da sua mesa. — Além disso, tem um sujeito lá que quero que você conheça. Brad Adams comanda a Quinta Esquadra em Bahrein. Esteve comigo aqui um ano atrás, numa espécie de programa oficial de desenvolvimento, enquanto ainda era capitão. Continuamos em contato. Ele tem, bem, algumas das mesmas preocupações que nós sobre a liderança civil no Pentágono. Direi a ele que você está indo.

— OK. — disse Rusty, tornando sua viagem a Londres muito mais longa.

— Mas diga-me, Rusty, acredita que este Conselho Shura da Islâmia irá mesmo dar poder aos funcionários eleitos livremente? Mas não são eles os caras que mataram membros da família real saudita na época do golpe. Alguns de seus aliados eram da al Qaeda, que lutaram contra nós no Afeganistão e no Iraque.

— Senador, temos uma série de informes indicando um racha no Conselho Shura entre os jihadistas. Alguns querem exportar a revolução, outros querem modernizar e democratizar a Islâmia. É sempre assim quando acontece uma revolução. Depois de um tempo ocorre uma briga entre os revolucionários, como nas revoluções francesa e russa...

O senador Robinson olhou para o mapa do Oriente Médio na sua parede e pensou em voz alta:

— Bem, você está certo, Rusty, foi mesmo um golpe sem muito derramamento de sangue. Não existe nenhuma fila de membros da família real à espera da guilhotina. A maioria dos Saud escapou para cá em seus aviões particulares. Tudo acabou em três dias porque boa parte dos militares sauditas participou do golpe, da revolução. E, até aqui, tudo o que realmente fizeram para nos sacanear foi expulsar nossos empreiteiros para Defesa.

— Senador, fomos nós, os Estados Unidos, que congelamos suas contas bancárias aqui após o golpe, depois paramos de embarcar peças de reposição para as armas que vendemos aos sauditas. — MacIntyre sentia que podia ser franco com seu velho chefe, por isso continuou: — Ao decretarmos um embargo econômico unilateral sobre eles, tornamos ilegal às companhias americanas comprar petróleo saudita. Foi aí que eles nacionalizaram 100% do Aramco e romperam os contratos para venda de petróleo à América. Fizemos isto a nós mesmos.

"Além disso, senhor, o governo saudita não tinha nada de santo. Eles decapitavam pessoas, negavam direitos às mulheres, financiavam todo tipo de escolas e instituições de caridade uaabitas ligadas a terroristas antes e, até mesmo depois, do 11 de Setembro. Existiam milhares de principezinhos e a corrupção corria solta.

— Eu sei de tudo isso, Rusty — suspirou Paul Robinson. — Agora, a casa real saudita fixou residência nas áreas mais nobres de Los Angeles e Houston. Estão torrando seu dinheiro por aí, envolvidos na política americana. Ou ainda mais envolvidos, eu deveria dizer? Os Bush sempre foram para a cama com os Saud.

"Você não pode divulgar isso, Rusty — continuou o senador, inclinando-se à frente e batendo com seu dedo, como um pica-pau, no joelho de MacIntyre —, mas tive um desses filhos-da-puta exilados aqui nesta mesma sala, dois meses atrás. Ele disse ter vinte milhões de dólares numa conta no exterior e jurou transferir o controle para mim se eu apoiasse um achado da inteligência autorizando uma ação secreta americana para derrubar o regime da Islâmia e reinstalar os Saud.

Rusty assoviou em espanto.

— Inacreditável, senador... você poderia ter prendido esse homem por isso.

— Eu sei, mas não existia nenhuma prova — disse Robinson, recostando-se de novo na poltrona.

— Então o que fez? — perguntou Rusty. Ele conhecia Paul Robinson havia 16 anos, desde que o atual senador o contratara como funcionário júnior para seu gabinete na Câmara, logo após Rusty ter se formado em Brown. O senador era tão honesto quanto qualquer homem que já havia conhecido e odiava desonestidade de qualquer espécie, intelectual, financeira, política. A corrupção realmente o deixava puto da vida. Robinson chamou pela primeira vez a atenção nacional numa subcomissão que investigou grande fraude financeira em bancos de pequena poupança.

O senador Paul Robinson tinha incentivado a criação do CAI porque, dizia, ele e o ramo executivo não estavam obtendo relatórios intelectualmente honestos. Quando o CAI ganhou vida e o diretor da Inteligência Nacional selecionou o embaixador Sol Rubenstein para dirigi-lo, o senador disse a Rubenstein que sua audiência de confirmação seria muito mais rápida se escolhesse Rusty como o primeiro vice-diretor do CAI.

Quando Rusty descobriu o que havia acontecido, telefonou e agradeceu, mas brincou:

— Você sabe que eu estava indo bem nesta firma Beltway Bandit. Você acaba de cortar dois terços do meu salário.

— Não venha com esta, Rusty — replicou Robinson. — Não se trata de dinheiro. Não para você. Não para mim. Nunca se tratou. Trata-se de governo honesto, e estive me sentindo aqui como Diógenes, tentando encontrar quem pudesse garantir alguma qualidade e honestidade à análise de inteligência. Esse alguém é você.

Não havia qualquer chance de o senador permitir que uma tentativa de suborno fosse adiante, como no caso daquele saudita.

— Bem, Russel, não liguei para o FBI para denunciar o filho-da-puta. Mas enfiei uma emenda na Dotação Geral exigindo que o Departamento do Tesouro mantenha congelados todos os ativos sauditas no país até que o Tesouro nos entregue um relatório detalhado dizendo se os fundos são realmente pessoais ou deveriam ser considerados ativos nacionais do povo do país deles. Temos então cento e oitenta dias para revisar o relatório, período que pode ser estendido a pedido do presidente de qualquer comissão ou jurisdição relevante de ambas as casas — replicou o senador, com um sorriso enigmático se espalhando pelo rosto. Era realmente um mestre legislador. — Foi assim que os ajudei. E como posso ajudá-lo, Rusty, enquanto você fica vagabundeando pela Europa e Oriente Médio?

— Não desse jeito, senador — disse Russell, ainda rindo pela manobra legislativa. — Faz tempo que não vou à região do golfo. O que o senhor pode fazer? Nada, além de ficar de olhos e ouvidos atentos, sobretudo com seus amigos das forças armadas. — MacIntyre se levantou e foi até seu sobretudo, jogado sobre o sofá de couro. — E cuide de minha retaguarda.

— Sempre cuido, Rusty, sempre cuido. — Os dois trocaram um aperto de mão e se abraçaram. — E dê meus melhores respeitos àquela sua adorável esposa esquerdista — disse o senador, sorrindo.

— Preciso dar algo mais a ela. Nesse momento ela deve estar provavelmente sentada fora de seu carro, esperando para me levar ao aeroporto, e congelando — respondeu MacIntyre, caminhando para a porta.

— Então mexa-se. — O senador riu, agitando o punho. — Vá, vá. Nunca deixe uma dama bonita esperando no frio.

Sahah Goldman estava sentindo frio, e de diversas maneiras. Seu percurso juntos pela estrada de acesso ao aeroporto Dulles foi mais difícil para MacIntyre do que negociar com o serviço de inteligência brasileiro (o que ele tinha feito três meses antes, na esperança de descobrir o que uma das principais agências de espionagem da América do Sul realmente sabia acerca da presença da Hezbollah no Cone Sul, perto do Uruguai).

— Pouco me importa que seu trabalho não permita que você vá jantar com os amigos e que não esteja aqui quando meu irmão chegar amanhã. Só não gosto é de ser lembrada disso a cada minuto, isto é tudo — disse Sarah, agarrando fortemente o volante. — Sei que seu trabalho não permite que eu saiba de tudo o que faz, e reconheço que é mais importante do que o meu trabalho, mas...

— Querida, eu nunca disse que o meu trabalho é mais importante. O que você faz pelos refugiados muitas vezes também é uma questão de vida ou morte — disse MacIntyre, lamentando ter falado desse jeito, sem pensar. Ele tateou seus vários bolsos procurando pelo passaporte. — É só que, além do segredo, meu trabalho também envolve uma certa imprevisibilidade, uma espontaneidade. Se eu tivesse me lembrado de que seu irmão chega amanhã, teria esperado mais um dia; você sabe como eu gosto do Danny. E se tivesse certeza de quando volto, eu teria dito, mas esta viagem não tem duração definida — disse ele, recuperando o surrado passaporte diplomático preto da nova pasta executiva que sua mãe lhe dera.

— Está tudo bem, Rusty, de verdade — disse ela, olhando para ele e não para o tráfego. — Mas no domingo viajo para Somalilândia. Por isso vou deixar o gato com Max e Theo, e quando voltar você tem que se lembrar de buscar o Sr. Hobbs com eles. Depois precisa alimentá-lo, e não matá-lo de fome como fez no último verão, quando eu estive no Sudão, pobre coitado.

Sr. Hobbs era o gato e filho postiço deles, um arranjo com o qual Sarah parecia estar perfeitamente feliz, a maior parte do tempo. Quando ele pressionou Sarah para tentar ter seu próprio filho humano, ela argumentou que a agenda de viagens do marido e suas horas de trabalho significavam que alguma coisa teria de ser alterada. "Não pode ser só minha a tarefa de criar nosso filho, como cabe só a mim cuidar do Sr. Hobbs. Teria de ser uma responsabilidade igualmente compartilhada." Ele entendia esse ponto de vista, mas não via como largar seu emprego por um outro de trinta horas semanais em cansativas fundações filantrópicas como a Brookings ou a RAND. Havia muito que ser feito. E poucos sabiam como fazê-lo. Como poderia se dedicar a escrever xaroposas monografias que ninguém jamais iria ler.

Sim, ele queria um filho, o filho deles. Sarah sempre encerrava essas conversas com a mesma afirmação inconvincente: "Não seremos uns fracassados se não tivermos um filho. Não sou como a minha mãe, e não acredito que seja preciso procriar para justificar meu espaço no planeta. Acredite, já tem gente demais fazendo isso sem a nossa ajuda." Então ele continuava comprando brinquedos para Sarah e o gato em free-shops ao redor do mundo. Que não eram muito apreciados por nenhum dos dois.

Sarah costurou seu caminho através de filas triplas de carros, táxis e radiopatrulhas no piso de embarque de Dulles até a porta da Virgin Atlantic. Ligou o pisca-alerta e saltou do carro para abraçá-lo, enquanto um policial gritava:

— Tire carro daí, madame.

— Vá com Deus e cuide-se, seja lá para que raio de lugar esteja indo — disse Sarah quando o beijo terminou e o hálito deles formou duas colunas de ar quente na noite fria.

— Londres tem estado perfeitamente segura desde os atentados no metrô em 2005 — arriscou ele. Ela o silenciou pondo o dedo em sua boca, depois enfiou a mão no bolso de seu sobretudo.

— Você me ouviu, moço — disse Sarah. Ela sorriu calorosamente para o policial do aeroporto e entrou de volta no carro.

Rusty acenou, esperando que ela o estivesse olhando pelo retrovisor. Em seguida, começou a procurar pela sua credencial para passar pela segurança. O que achou primeiro, no bolso do sobretudo, foi um baralho e um bilhete num papel amarelo autocolante: "Você precisa praticar o truque do Baralho Ambicioso para a festa de caridade do CAI. Tenha uma boa viagem, chefe, Debbie."

Depois de passar pela longa fila da segurança, MacIntyre foi para a área VIP esperar seu vôo. Sentou-se no bar e abriu o baralho. De alguma forma, percebeu, durante as viagens ele se sentia livre de toda a tensão do casamento. Já estava começando a sentir isso, seus músculos relaxavam. Enquanto brincava com as cartas do baralho que Debbie enfiara no seu bolso, olhou para a tela de plasma exibindo o logotipo da CNN. O secretário da Defesa Henry Conrad discursava aos veteranos de guerra, em Dallas. Pediu ao barman para aumentar o som.

"...desde a reunião de Franklin Roosevelt com a família real saudita, a bordo do cruzador *USS Quincy*. Aqueles que destituíram os Saud do poder, por ora, são todos assassinos da al Qaeda. Eles planejam espalhar seu governo jihadista por toda a região, ameaçando nossos aliados no Egito, Bahrein, em toda parte. Mas tenho uma mensagem para eles. Os Estados Unidos da América jamais permitirão que causem dano aos nossos aliados e trabalharão pela restauração do governo da lei e da ordem na península Saudita.

Em Dallas, a multidão rugia. Em Dulles, Rusty MacIntyre cortava o baralho e pedia um Wild Turkey.

4

4 DE FEVEREIRO

Hotel Burj al Arab
Dubai, Emirados Árabes Unidos

A repórter Kate Delmarco, do *New York Journal*, pegou um táxi para o hotel mais alto do mundo, um edifício em formato de vela de barco gigante, plantado numa ilha artificial a cem metros da costa de Dubai. Ela não entrou no hotel, em vez disso subiu num carrinho de golfe que a levou de volta pela curta ponte até a praia, passando pelo parque aquático Wild Wadi, e depois descendo até uma doca onde pequenos barcos movidos a energia elétrica partiam para os canais do hotel e do shopping próximo. No moderno mercado árabe com ar-condicionado, ela seguiu os letreiros de um restaurante italiano.

Embora estivesse baseada em Dubai, sua melhor fonte na região era seu amigo Brian Douglas, o diplomata lotado na embaixada britânica em Bahrein. Ela sabia que ele era mais que o chefe regional da seção de assuntos energéticos, como oficialmente listado no diretório da embaixada. Apesar de algumas poucas viagens noturnas que fizeram juntos no seu *Bahrain Beauty* de 32 pés, Douglas nunca dera qualquer sinal, jamais admitira sua outra função. Na semana anterior ele havia ligado e sugerido a Kate, um tanto cifradamente, que ela deveria conhecer o seu "outro amigo de Dubai". O que ela estava prestes a fazer.

No bar estava Jassim Nakeel, herdeiro de uma das famílias que construíam a nova cidade de Dubai, com suas altas torres empresariais, ilhas de *villas* e condomínios, parques temáticos para turistas. Ele não usava a tradicional vestimenta árabe, na verdade parecia recém-chegado de Malibu ou Laguna Beach.

— Só porque meu nome é Delmarco você imaginou que eu gostaria de um restaurante italiano? — disse ela enquanto era conduzida a uma mesa externa, na sacada do restaurante. Kate Delmarco parecia descender de uma família do sul da Itália, com a pele levemente bronzeada e longos cabelos pretos. Embora fosse completar 45 anos, estava em boa forma e emanava um certo encanto mediterrâneo. Ela conseguia um convite para cavalgar nos estábulos da família real de Dubai sempre que queria. Este, aliás, havia se tornado o seu ritual nas manhãs de sábado.

— Não, na verdade imaginei que gostaria deste lugar porque tem uma grande vista do estreito e do show de luzes que o hotel realiza todas as noites — disse Nakeel, enquanto sentava Kate de frente para o hotel em forma de vela gigante. — Além do mais, tem uma excelente carta de vinhos.

— Carta de vinhos! Existe alguma coisa em Dubai que ainda seja árabe? Cartas de vinho, parques temáticos, condomínios de luxo repletos de europeus, você vestindo Armani... — Kate parou enquanto os setenta andares do Burj al Arab ficavam púrpura, com estrelas cintilando de um lado da torre e depois abaixo da outra, e então o edifício mudava para cor-de-rosa.

— Dubai é o centro do novo mundo árabe, Kate, um mundo avançado, empresarial e cosmopolita — explicou Nakeel, pegando a carta de vinhos. — Para a maioria dos europeus, tem mais recursos que o Sul da França e é muito mais divertido. Além disso, faz frio lá nesta época do ano. Barolo safra 1999 — disse ao garçom sem consultar Kate. — Depois do que aconteceu em Riad, grande parte das empresas globais transferiu seus escritórios regionais para Dubai. Um lugar seguro, moderno e eficiente. Além do mais, livre de impostos. Eles adoram isto aqui.

Kate franziu o cenho.

— Sim, mas não fica um tanto próximo do *antigo* mundo árabe? Islâmia? Irã? Do bar no terraço do Dubai Tower é possível ver as luzes das plataformas de petróleo iranianas. — Ela espetou uma pimenta no prato de antepasto que havia aparecido na mesa.

— Sim, por isso estamos um pouco preocupados — disse Nakeel, pousando o cardápio. — É sobre isso que quero falar com você.

— Sou toda ouvidos.

— Há gerações, os mulás no Irã têm desejado unir o mundo xiita numa potência única, governada de Teerã ou Qom, a sede de seus líderes religiosos — começou ele. — Assim que tomaram o poder, em 1979, eles começaram a agitar a maioria xiita no Iraque. Por isso Saddam os atacou em 1980.

— É, talvez — replicou Kate, quebrando um pedaço de pão. — Ou talvez ele tenha planejado capturar sua província petrolífera enquanto os iranianos ainda estavam fracos depois da queda do xá.

— A verdade é que — continuou Nakeel — quase um milhão de pessoas morreu naquela guerra que durou oito anos, até que os dois lados desistiram por exaustão e ninguém venceu. Quinze anos depois, o exército americano chega e derruba Saddam em três semanas. Três anos depois, os xiitas estão praticamente governando o Iraque sob orientação iraniana. Washington fez o trabalho de Teerã por eles. Enquanto toda a atenção americana estava focalizada nos carros-bombas em Bagdá, os iranianos fabricavam armas nucleares ao mesmo tempo em que negavam e levavam europeus e americanos a pensar que estavam cinco anos atrasados em relação a uma bomba.

Kate parecia entediada.

— Jassim, esta é a sua versão da história. Acredito que impedimos o Iraque de conseguir novas armas de destruição em massa e lhe demos a democracia. Democracia significa governo da maioria, de modo que é governo xiita, mas isto não significa que o Irã esteja dando as cartas no Iraque. Então, o que há de novo?

— Os próximos passos, Kate. Eles estão prestes a dá-los. — Jassim provou um gole do Barolo servido pelo garçom e acenou para que ele servisse sua acompanhante. — Agora eles querem que a maioria xiita tome o poder em Bahrein e facilite a movimentação iraniana através do golfo. Você realmente acredita naquela história do Pentágono de que a Islâmia está por trás dos atentados a bomba em Bahrein? — zombou Nakeel.

— Não, eu não, mas meus editores parecem acreditar. Eles cortaram minha matéria culpando Teerã e publicaram uma história do nosso repórter do Pentágono demonizando Riad — admitiu Kate.

— Conrad, o secretário da Defesa, vem demonizando esses homens desde o dia em que eles expulsaram os Saud. — Ele fez uma pausa e olhou-a nos olhos. — Para nós, Conrad está na folha de pagamento dos Saud — disse Nakeel suavemente.

— Nós? A junta de desenvolvimento imobiliário de Dubai? — disparou Kate de volta. — Ou você também tem outro emprego?

Ele ignorou a pergunta.

— Se você quiser uma matéria que seus editores não cortem, Kate, converse com meu amigo em Bahrein. — Enquanto ele falava, o Burj al Arab e o hotel colado a ele, que tinha o formato de uma onda gigante, expeliram uma galáxia de estrelas piscantes, fogos de artifício disparados de seus terraços, e os alto-falantes do shopping tocaram "Rocket Man".

— Na verdade, fiz reserva na Gulf Air para amanhã à tarde, mas vou aceitar o seu conselho, Jassim — disse ela categórica.

— Bem, então posso sugerir alguém que você gostaria de entrevistar lá, uma dica da junta imobiliária de Dubai? — Ele sorriu enquanto traziam o escalopinho de vitela para ele e o lombinho de porco assado de Kate. A música mudou para ABBA.

5 DE FEVEREIRO
Ritz-Carlton Hotel
Manama, Bahrein

— Não tem medo de estar num saguão de hotel em Bahrein, Srta. Delmarco? — disse Ahmed, sentando-se na cadeira em frente a ela na cafeteria. Ele trajava um blazer azul e calças cáqui, e tinha o aspecto de um jovem e magro professor-assistente americano.

— Deveria ter, doutor? — perguntou Kate enquanto lhe estendia a mão, num teste para ver se ele a pegaria. Pegou.

— Talvez. Muitas pessoas morreram no Diplomat e no Crowne Plaza, mas não morreram, como seu jornal alega, nas mãos da Islâmia — disse Ahmed rapidamente, acomodando-se na sua cadeira.

— Obrigada por me receber, Dr. Rashid. Sei que é um homem ocupado no hospital e... tudo mais — disse ela, acendendo um cigarro. — Hoje me encontrei com um oficial da inteligência naval americana lá na base, ele me disse que Riad está definitivamente por trás do terrorismo, e que isso faz parte de um plano para expulsar a Marinha de Bahrein.

— O que devemos banir é o fumo em Bahrein — brincou Ahmed. — E mentiras. Você deveria ter fontes melhores do que esse homem da inteligência naval.

— Acho que todo mundo tem seus vícios — disse ela, apagando o cigarro depois de duas tragadas. — Os vícios daquele capitão aparentemente incluem paquerar jornalistas. Vamos sair para jantar hoje à noite. Quais são os seus vícios, doutor?

— Sou viciado em seriados de humor da TV americana. — Ele sorriu. — Minha família jamais entenderia. Você conhece *Frasier*?

Kate percebeu em Ahmed um sorriso cálido e genuíno, e aquele negócio de espionagem era definitivamente uma segunda carreira para ele. Por mais que apreciasse Brian Douglas, seria um bocado mais fácil obter informação do bom doutor.

— *Frasier*? Mas você não é psicólogo, é cardiologista. Você se preocupa com corações. — Ela fez sinal para o garçom. — E mentes?

— Algumas pessoas estão tentando semear medo na mente dos americanos, Srta. Delmarco, mas os Estados Unidos não precisam temer o novo governo da Islâmia. Substituímos um governo corrupto e antidemocrático por um mais alinhado às nossas tradições e crenças. Ainda vendemos petróleo para o mercado mundial. Não atacamos os americanos. Por que vocês não nos deixam em paz? — Mais uma vez, ele reluziu o sorriso encantador e pueril.

— Nós, doutor? Pensei que você fosse um médico que, por acaso, tem um irmão bem relacionado em Riad, um irmão de quem você é afastado, segundo me assegurou um adido de imprensa da embaixada da Islâmia. O que significa "afastado"? — concluiu ela, desligando seu gravador digital.

— Posso chamá-la de Kate? — perguntou. Ela assentiu. — Então, Kate, vamos ser diretos. Disseram-me que eu posso confiar em você, e disseram a você o mesmo sobre mim. Conheço os Nakeel há vinte anos. Meus pais sempre tiveram uma casa de veraneio próxima à deles na Espanha. Sim, muitas pessoas em nosso novo governo não falariam com um repórter americano, ainda mais sendo mulher, mas como eu apóio esse governo falarei. Tentarei ajudá-la a enxergar a verdade, imaginando que você a relatará. — Ahmed se interrompeu abruptamente e pegou seu celular, que tocava. — Desculpe, preciso atender esta chamada.

Kate bebericou seu café, tentando ouvir algo do que estava sendo dito no ouvido de Ahmed. Seu rosto havia mudado; ele parecia preocupado, quase com medo.

— Peço desculpas. Preciso voltar à UTI. Podemos nos encontrar amanhã? Posso ligar para você? — disse ele, colocando dinares de Bahrein sobre a mesa.

Ela sorriu e passou-lhe seu cartão, o número de seu celular de Dubai.

— A qualquer hora, doutor.

Ele se foi. Kate desligou o gravador e imaginou o que poderia ter acontecido na UTI para deixar assustado um jovem tão agradável.

O Nissan surrado não existia mais. Ele se desfizera do carro que a célula tinha lhe dado e comprara algo mais do seu gosto. O novo BMW 325 de Ahmed Rashid poderia ter sido estacionado na porta do hotel, graças a uma pequena gorjeta que dera ao porteiro, mas o carro não estava à vista em parte alguma. Um jovem em uniforme de camareiro correu até lá, chave na mão.

— Desculpe, senhor, mas tivemos que remover seu carro. Está logo depois da esquina. Gostaria que o trouxesse aqui ou prefere vir comigo?

Impaciente, Ahmed acenou para ele ir em frente.

— Vamos lá.

O camareiro foi à frente de Ahmed, dobrou a esquina e desapareceu. Ahmed pôde ver de relance o seu BMW enquanto ultrapassava a esquina do prédio. Especulou vagamente para onde teria ido o camareiro quando notou algo se movendo à sua direita. Enquanto girava a cabeça, viu o camareiro, com a mão estendida. Mas, em vez da chave do carro, o camareiro segurava algo maior, metálico e preto. Quando Ahmed percebeu que era uma arma, o camareiro subitamente cambaleou e caiu de joelhos, e depois sobre o próprio rosto. Ahmed agora encarava Saif, com a respiração ofegante, os olhos semicerrados e escuros.

Ahmed olhou para o camareiro caído. Uma faca estava cravada na base de sua cabeça, o sangue esguichando do ferimento e ensopando seu uniforme e o chão. Passou pela mente de Ahmed que Saif sabia do negócio dele: o camareiro, ou quem quer que fosse, já estava semimorto antes de bater no chão.

— Iraniano — disse Saif. — Da Qods. Ele seguira você há dois dias. Esperando pela oportunidade ideal.

E você esteve seguindo ele, pensou Ahmed. Ou a mim.

— Obrigado — foi tudo o que disse Ahmed, esperando que sua voz não soasse tão vacilante quanto ele se sentia.

Saif acenou com a cabeça.

— Vá embora. Vou limpar a barra e cair fora.

Ahmed entrou no seu BMW e dirigiu rapidamente pelo tráfego de Manama, combatendo o seu estado de choque, com uma cada vez mais forte sensação de vulnerabilidade e pavor. E se Saif não tivesse estado lá? Há quanto tempo os iranianos planejavam matá-lo? Tentariam de novo? Tinha sido idiota demais: o mestre espião amador. Ahmed sacudiu violentamente a cabeça, recusando-se a se entregar ao medo. Não havia tempo. Não agora. Então era com isso que seu irmão lidava em cada dia de sua vida. E agora era sua vez. Que bom.

Costurou rapidamente através do tráfego de fim de tarde, seguindo rumo sul, em direção a Sitra, a área industrial perto da refinaria. Quinze minutos depois, puxou outro telefone celular do console entre os assentos dianteiros e apertou uma tecla de discagem rápida.

— Dois quarteirões fora — disse e desligou.

Enquanto o BMW se aproximava do sombrio depósito, um portão metálico se abriu e fechou tão logo ele entrou. Subiu de dois em dois degraus as escadas dentro do depósito até um escritório na parte mais elevada de um ambiente escurecido.

— Você usou a frase-código de emergência, Fadl — disse Ahmed, atravessando a porta do escritório. — O que você entende por emergência?

— O dispositivo de Saif no escritório da Força Qods... ele o colocou na impressora deles, baixamos isto... duas horas atrás e... — Fadl estava nervoso, gaguejante. Passou um papel para Ahmed bin Rashid.

Ahmed pegou o papel e estudou Fadl. Ele estava certo de que a angústia do rapaz não tinha nada a ver com o que havia acontecido no hotel. Fadl não sabia. Ahmed decidiu não falar nada. Olhou para o papel.

— Isto é incompreensível, Fadl. O que eu supostamente devia... — disse Ahmed, apertando os olhos para o que parecia algum tipo de formato de mensagem.

Fadl ficou de pé junto a ele, e apontou para um parágrafo quase ao final da página e leu em voz alta:

— "Equipe Karbala seguir para local por 16 neste dia, embarcar e descer sem alarme, e içar vela não mais tarde 1730. Jamal 2157 irá prosseguir como normal para marcador vermelho 12, depois virar para norte em velocidade máxima para UAA. Abrir brecha DD se possível ou prosseguir para terra, depois ignição."

O doutor olhou fixamente para o jovem compenetrado à sua frente.

— O que isto quer dizer, Fadl? Quem é Jamal 2157? Você o conhece? E Karbala? Por que deveria me preocupar com o que acontece em algum santuário xiita no Iraque?

A porta se abriu e Saif juntou-se a eles.

— *Jamal* não é uma pessoa, irmão Ahmed. É um navio japonês com o número 2157 pintado no costado. A Força Qods despachou dois caminhões até um píer aqui em Sitra esta tarde. Taha, do nosso grupo, seguiu os caminhões. Ele disse que a Qods tinha iraquianos com eles. Disse que tomaram dois botes de serviço do porto para o navio uma hora atrás. Agora ele está num telhado perto da doca, mantendo vigilância.

Ahmed engoliu em seco.

— Deixe-me ver de novo a mensagem. Que tipo de navio é este? O que estão contrabandeando para Bahrein, explosivos?

— Que tipo?... Taha disse que é muito grande... — respondeu Saif.

Ahmed olhou ansioso em torno do escritório, repleto de livros, caixas e papéis.

— O computador está conectado à internet?

Ele digitou www.google.com e depois "Jamal 2157". Em vinte segundos, a tela mudou e apareceu uma lista de páginas da internet. Ahmed clicou na primeira. Outra tela apareceu com a foto de um enorme navio com cinco esferas se projetando do convés. No costado do navio vermelho estavam as letras brancas "LNG *Jamal*".

— Que Alá me ajude — arfou Ahmed. — Gás natural liquefeito! Onde está esse navio agora?

— Taha disse que está ao largo, atracado a uma doca ou porto flutuante especial qualquer. Vou chamá-lo. — Saif rapidamente trocou o chip de seu celular e pressionou um número.

Murmurou algumas palavras no bocal, ouviu por um minuto e depois desligou depressa. — Estão começando a movimentar o navio, a soltar as amarras. Eles não descarregaram explosivos em Bahrein. Taha... Taha acha que trouxeram explosivos de *fora* para o navio. Alguns caras da Qods deixaram o navio, só ficaram os iraquianos a bordo.

Fadl retirou um mapa marítimo da parede de escritório e o abriu na mesa diante de Ahmed.

— Eis onde eles estão agora — disse Fadl, apontando um canal ao largo da instalação de gás e petróleo de Sitra.

Ahmed olhou para o mapa de navegação e viu um triângulo vermelho com a anotação "R-12" a leste da localização do navio. Dali, o canal seguia para leste rumo ao golfo Pérsico. Diretamente a norte daquela bóia, contudo, estava uma anotação: "NOMAR: Área Militar Permanentemente Restrita." Acima da anotação Aviso aos Fuzileiros estava Juffair, e a base naval americana chamada UAA.

— Quem nós conhecemos na capitania dos portos, a polícia portuária? — perguntou Ahmed, seguindo para a porta.

— Temos uma fonte na polícia de tráfego... — dizia Saif.

Ahmed bin Rashid permanecia parado na porta do escritório no alto das escadas.

— Envie o sinal de emergência para todo o nosso pessoal, eles devem se entocar, desaparecer, sem comunicação por cinco dias. E caiam fora daqui, sigam para o interior, para a costa oeste. Agora!

Ele desceu as escadas correndo e procurou freneticamente no painel do BMW pelo cartão que Kate Delmarco lhe dera.

Enquanto o portão metálico se abria e ele levava o BMW para fora do depósito, digitou o número de Kate em Dubai.

Houve um longo tempo e muitos estalidos antes que tocasse. Ela atendeu ao quinto toque.

— Kate Delmarco.

— Kate, não diga nada, apenas escute. Sou o homem com quem você tomou café uma hora atrás. Não fale meu nome. Ainda está no jantar com seu namoradinho? Apenas sim ou não.

— Sim, sim, ainda estamos nos aperitivos, sim... — respondeu ela, vacilante.

— Me escuta. Você deve convencer esse cara de que neste exato momento um navio-tanque de gás natural liquefeito no porto, o LNG *Jamal*, foi capturado por comandos iranianos e está prestes a zarpar rumo à base naval americana e explodir o gás. A explosão atingirá quilômetros, como uma mini-Hiroshima. Não temos tempo para perguntas. Não desligue, apenas deixe o telefone sobre a mesa para que eu possa ouvir o que ele vai dizer.

Houve uma pausa. Ele ouviu música e tinidos. Depois, ouviu a voz de Kate e entendeu um pouco do que ela dizia: "Boa fonte, Johnny... inteligência... exatamente agora um navio-tanque de gás que foi capturado poderia estar, não, isso não, está realmente... exatamente agora... se dirigindo para a UAA... estou falando sério, muito... Olhe, apenas verifique, telefone, você pode telefonar... o que tem a perder?"

Com apenas uma das mãos segurando o telefone, ele dirigia cambaleante e em disparada rumo ao hospital. Se não conseguisse convencê-los, como achava que aconteceria, milhares de pessoas precisariam de cuidados médicos de emergência muito em breve. Apenas música e ruídos saíam do telefone.

Ele atravessou um sinal vermelho, furando o tráfego e quase sendo atingido por um ônibus. Deixou cair o celular no chão do carro. Parou quando encontrou uma vaga na calçada e procurou o telefone. Colocou-o no ouvido a tempo de ouvir uma voz masculina dizer, num inglês com forte sotaque americano, "...pode ser algo errado... estar certo ou lamentar... ir para Threatcon Delta... prometo... treinamento... SEAL... você fica onde está... voltarei..."

Então Ahmed ouviu Kate claramente; ela estava falando com ele:

— Ele acabou de sair. Está revoltado, mas seu oficial percebeu que alguma coisa estava errada e deu a ele ordem para que fizesse algo a respeito. Ele acha que armei para cima dele. Fiz isso?

— Não. Você, não. Eu é que fiz. Verei você agora. Se de onde está pode ver o porto, dê uma olhada. — Ele desligou e recomeçou a dirigir, agora com mais cuidado, para o hospital.

Kate estava num bar na Corniche. Olhou em torno. Do outro lado da rua, a um quarteirão de distância, estava a sede do Banc Bahrein Tower. Ela correu para lá. Atravessando a rua em disparada, entrou no saguão e notou o letreiro para um elevador que levava direto ao "Topo da Corniche". Minutos depois, saltando do elevador 53 andares acima, Kate Delmarco correu para o bar do terraço, foi até uma janela e examinou o horizonte.

— Quer uma luneta, madame? — disse o barman num inglês vacilante enquanto lhe passava um par de binóculos Nokia através do balcão. — Seu navio chega, não?

Unidade de Apoio Administrativo
Sudoeste Asiático (Base Naval dos EUA)
Juffair, Bahrein

A buzina finalmente parou.
— ...assumir Condição Força de Proteção Threatcon Delta, repito, Threatcon Delta... — uma voz divina parecia repetir o comando em todo canto da base. Fuzileiros saíram dos alojamentos da segurança, enfiando-se em jaquetas de fogo antiaéreo e carregando fuzis M16. Veículos com luzes azuis piscando se moviam do meio da rua em direção ao portão principal.

Na doca SEAL, o tenente Shane Buford falava ao telefone de alerta vermelho com o Centro de Operações do COMNAVCENT, do outro lado da base.

— Será difícil a coordenação com os helicópteros dos fuzileiros, comandante, se nos movermos assim tão rápido... Sim, sim, senhor. — Buford olhou para seu chefe, um amadurecido e famoso praça com o dobro da sua idade. — Chefe, despache todos os três lotes. Vamos nos juntar ao bote de serviço e seguir para o canal e... veja só... abordar o navio-tanque *Jamal*, transportando gás natural liquefeito, perto da bóia R-12.

"Imaginamos que o gás tenha sido capturado por homens fortemente armados e que podem ter explosivos. O grupo de fuzileiros FAST, se puder ser enviado, é capaz de descer dos helicópteros pendurados em cordas até o convés, se possível simultaneamente ao nosso ataque. E — o jovem SEAL sacudiu a cabeça — isto não é treinamento.

Dezoito SEALs desceram da doca para os botes infláveis Zodiac. Cada bote estava equipado com três metralhadoras pesadas. As amarras foram soltas e os botes partiram em segundos. Seguindo lado a lado, os Zodiac cortaram a água saindo da base para o canal. Buford olhou para trás, para os cascos cinzentos ancorados na área da doca principal. Viu a torre de um destróier classe Aegis, os mastros de dois caça-minas, a forma maciça de um reabastecedor de munição e um navio de provisões não-ancorado. Três lanchas da patrulha costeira estavam atadas uma à outra na extremidade de um píer.

Era hora do jantar e boa parte do pessoal da base, que vivia "na economia", estava em apartamentos privativos nas proximidades, mas pelo menos quatro mil americanos se encontravam na UAA no momento. Mais dois mil deviam estar num raio de poucos quilômetros, e poderiam ser atingidos caso explodissem o navio com o gás natural liquefeito.

Os botes Zodiac deslizavam velozmente através do principal canal de navegação, e Buford monitorava diversas freqüências nos seus fones de ouvido. Seu código de chamada era Alfa-Três-Um.

— Alfa-Três-Um, esteja avisado: capitania dos portos relata respostas suspeitas aos seus chamados para o *Jamal*. A lancha de patrulha da marinha de Bahrein está a caminho a partir de Juffair Leste.

E mais uma voz:

— Operações da UAA, aqui é D342 da Guarda Costeira. Estamos a cerca de três quilômetros da bóia R-12, temos o navio em questão à vista. Está seguindo para leste a oito nós.

Anos atrás, a Guarda Costeira tinha mandado uma equipe de segurança marítima para ajudar a patrulha portuária da Marinha em Bahrein. Ela ainda estava lá e utilizava botes da classe Defender de 25 pés, destinados a missões de segurança no porto.

Em cada um dos três botes Zodiac, os chefes repassavam as regras de combate com suas equipes.

— Possivelmente homens fortemente armados, talvez explosivos, mas não temos certeza, portanto, não atirem em um marinheiro mercante japonês sem antes identificá-lo como hostil.

O quarto bote inflável SEAL, o bote de serviço, estivera patrulhando a oeste da UAA. E agora podia ser visto se apressando para encontrar os três botes de alerta. Buford recebeu este comunicado numa freqüência tática:

— Alfa-Três-Quatro, junte-se com Alfa-Três-Três e mova-se para bombordo do navio-alvo. — Enquanto dizia isso, ele percebeu que não teriam a surpresa tática com que normalmente contavam ao abordar um navio. O sol já havia se posto, mas ainda havia bastante luz ambiente da cidade e da refinaria, que não estavam exatamente às escuras, como mandavam suas regras de proteção. O laptop de Buford, que ele prendera ao convés com uma tira, apitou, e ele olhou para baixo e viu um novo arquivo PDF com os planos de convés do *Jamal*. Acabavam de ser mandados para ele do N-2, na base.

"Operações UAA, aqui é do Delta 342 da Guarda Costeira, navio-alvo está se virando em direção ao canal de Juffair e fazendo esteira. Nos aproximaremos em três minutos. Quais são nossas ordens?"

Houve uma pausa antes que o Centro de Operações da UAA respondesse ao barco da Guarda Costeira. Depois: "Entendido, 342, comunique-se com navio-alvo por rádio, luzes, foguetes sinalizadores e alto-falantes. Avise-os de que estão entrando em área restrita e que devem se afastar a toda velocidade. Quando saírem da área, diga-lhes então que quer subir a bordo. Têm um oficial de Bahrein para a abordagem?"

O barco, como era norma em todos os da Guarda Costeira na região, levava um oficial convidado do país, que tinha a autoridade legal de soberania do estado em cujas águas navegavam. Com ele a bordo, podiam aplicar as leis locais e abordar qualquer um dos tripulantes mesmo sem a permissão do seu comandante.

Buford podia ver o barco cor de laranja da Guarda Costeira dois quilômetros adiante, mas o navio-tanque navegava com poucas luzes. Ele não conseguia distinguir o enorme navio com seus binóculos, por isso fez uso dos óculos de visão noturna que estavam em seu cinto. Na luz verde dos óculos, enxergou, distante, porém nítido, o grande navio-tanque com seus contêineres esféricos. O navio seguia direto pelo canal Juffair rumo à UAA. Uma luz brilhante que explodiu nos óculos de visão noturna o obrigou a afastá-los rapidamente dos olhos.

— O pessoal da Costeira está disparando sinalizadores para o navio — disse o chefe. — Ele parou de se comunicar com a capitania dos portos, ignorando suas chamadas.

Buford mudou para a freqüência da Guarda Costeira e ouviu em inglês.

— Navio-tanque *Jamal*, navio-tanque *Jamal*, aqui fala a Guarda Costeira dos Estados Unidos. Está entrando em área restrita. Mude para reversão a plena força. Repito...

Ele viu partir da proa do navio-tanque um clarão, depois uma linha de luz disparando à frente, e depois... uma bola de fogo onde antes estava o barco da Guarda Costeira, depois um baque surdo e um som crepitante movendo-se através da água. Alguém no *Jamal* havia disparado uma pesada arma antitanque portátil contra o barco, que tinha explodido, enviando pedaços inflamados para o céu e para os lados, à direita e à esquerda.

— Alfa-Três-Um para botes de patrulha Alfa: alvo é hostil, repito, alvo é hostil — chamou Buford nos fones de ouvido. — Mudança nos planos. Implementar Redskins Azul Dois, repito, Redskins Azul Dois. Alfa-Três, junte-se a mim no ponto; Dois e Quatro, aplicar tampão. — Buford se referia a uma manobra ensaiada do manual dos SEALs, usando o nome que dera a ela quando era armador do time da Springfield High, sete anos atrás.

Os botes Zodiac corriam a plena força, luzes apagadas, alterando seus padrões repetidamente para evitar que fossem alvejados por um artilheiro com artefatos de visão noturna postado na proa do *Jamal*, como o barco da Guarda Costeira.

Buford ouviu, em outra freqüência, o comandante de equipe da Esquadra de Segurança Antiterrorismo dos Fuzileiros:

— Onde diabo estão os helicópteros Black Hawks? Minha equipe está pronta para a ação. — Cerca de 36 fuzileiros estavam vestidos em uniforme à prova de balas e esperando, na área de pouso da UAA, pelo transporte que os levaria aos pontos acima do convés do navio-alvo. O plano era que, enquanto os helicópteros pairassem no escuro, os fuzileiros desceriam por cordas para o navio. Algo apenas levemente mais louco do que aquilo que Buford planejara fazer com os SEALs a certa altura da noite, que era lançar foguetes de cordas sobre o navio e depois subir escadas especiais sobre o convés, sessenta metros acima do mar.

Outra voz no fone de ouvido:

— Aqui é da lancha de patrulha da Marinha em Bahrein para o navio-tanque *Jamal*. Estamos seguindo para sua localização. Parem por completo e se preparem para ser abordados.

Buford conferiu o plano tático em seu laptop sem fio seguro. Os bareinitas estavam a 12 minutos dali. Buford estava a cerca de dois minutos de executar sua jogada.

Brrrt... brrrt..

Buford ouviu o disparo de armas e viu clarões a bombordo e estibordo do *Jamal*, mas nenhum outro míssil antitanque. Quem quer que estivesse a bordo do *Jamal* estava disparando armas automáticas, tentando manter afastados os homens-rãs que imaginavam estar no local. Se tivesse havido tempo, os SEALs conseguiriam, de fato, abordar o navio-alvo sobre trenós de mergulhador. Os atiradores pareciam saber disso.

Um clarão de explosão estelar iluminou o céu noturno, seguido por outro a estibordo. Os botes Zodiac podiam ser vistos claramente agora, mesmo sem os apetrechos de visão noturna. Outro míssil poderia chegar do *Jamal* a qualquer momento. O navio parecia enorme, enquanto sulcava o canal na direção dos Zodiac em velocidade máxima.

— Alfa-Três-Três, fogo à vontade, repito, fogo à vontade — disse Buford, que deu o sinal de prosseguir para seu chefe. Um segundo depois, houve um estampido, um zunido de ar, um choque de luz. O Zodiac empinou como um cavalo assustado. Então, a meio quilômetro de distância, outro Zodiac também disparou um míssil antitanque Javelin. Tão logo dispararam, os dois Zodiacs começaram uma ação evasiva antes que alguém na proa pudesse atirar contra eles. O míssil Javelin de Buford atingiu a torre de comando do navio, que se iluminou como uma árvore de Natal. Então veio o segundo Javelin e as chamas na torre de comando se elevaram. Se alguém estava na torre governando o navio e controlando a velocidade, tinha virado churrasco. Se os SEALs tivessem errado o alvo e atingido um dos esféricos tanques de gás que se projetavam do convés, toda a área do porto estaria em chamas. Isso poderia acontecer se o fogo na torre de comando se alastrasse. Mas o livro dizia que não se espalharia.

O *Jamal* continuou a chegar mais perto, avançando canal acima, rumo à base, em alta velocidade. Buford notou o Black Hawk em sua visão periférica e mudou para freqüência RÁPIDA.

— FAST Um posicionando-se para ataque implacável. Onde estão meus outros três pássaros?

— Ah, meu Deus — vociferou Buford, acima do ruído do Zodiac. Seu chefe sinalizou de volta.

— O que houve?

Buford gritou no ouvido do chefe, acima do barulho dos motores:

— O comandante do FAST dos fuzileiros parece ter se cansado de esperar por seus transportes e lançou um único esquadrão, com o único helicóptero que conseguiu. Pior ainda, ele só vai autorizar uma descida de corda na proa quando os Alfa Três-Dois e Três-Quatro estiverem prestes a disparar nos hélices do navio.

Buford era apenas um tenente da Marinha, e o comandante do FAST era um major dos fuzileiros, mas Buford teria de explicar ao seu oficial superior, lá no Black Hawk, que os SEALs nos botes infláveis, se aproximando por detrás do navio-tanque, já iam disparar foguetes nos hélices. Se feito adequadamente, não havia perigo de o combustível no navio pegar fogo, mas poderia ser um problema permitir que os fuzileiros descessem de corda no convés acima dos hélices.

— FAST Um, aqui é Alfa Três... — começou Buford, quando viu a luz saltar do convés do navio. A seguir, o Black Hawk explodiu num clarão amarelo-laranja e ele pôde ver a fuselagem partir-se ao meio enquanto os rotores ainda giravam. Os homens no *Jamal* haviam disparado um míssil Stinger ou um SA-14 russo sobre os fuzileiros, 12 dos quais estavam agora em chamas enquanto o helicóptero caía no mar.

Buford ouvia os disparos de seus dois Zodiac atacando os hélices. Se fossem bem-sucedidos em atingir os grandes hélices, o navio desaceleraria, mas seu impulso à frente continuaria a empurrá-lo canal acima em direção à base naval. Ele gritou para o chefe:

— Se pretendem explodir o gás, tentarão explodir agora. Temos que fazer uma abordagem imediata e impedi-los.

— Grupo de abordagem, sim, senhor — o chefe gritou de volta.

Buford combinou com os outros botes Zodiac para que todos os quatro lançassem seus ganchos de abordagem em partes diferentes do navio, depois recuassem para dar aos escaladores o fogo de cobertura das metralhadoras.

Enquanto seu bote se aproximava do navio, aqueles sessenta metros até o convés pareciam um quilômetro de aço se agigantando acima deles e movendo-se à frente. Buford gritou para três SEALs desde o seu Zodiac:

— Tragam o Pé de Feijão.

Eles surgiram com um artefato de titânio que parecia ter apenas dois metros de altura, mas suas duas grossas estacas continham extensões. Buford pressionou o botão de lançamento e as estacas se elevaram 25 metros no ar. Entre as estacas, degraus finos e estreitos formavam uma escada. Ventosas de sucção e ímãs nos lados das estacas estavam grudados ao navio. Eles moveram sua torre "João e o Pé de Feijão" de modo a se enganchar num embornal no costado do navio-tanque. Em seguida, começaram a subir, Buford primeiro.

O Zodiac recuou, para obter um ângulo de onde poderiam pegar qualquer pessoa no convés sob fogo. Normalmente, os SEALs teriam os seus próprios helicópteros, Little Birds, com SEALs sentados do lado de fora do trem de pouso, fornecendo fogo de cobertura. Infelizmente, os Little Birds estavam treinando em barcaças no golfo com grande parte da equipe SEAL. Buford foi deixado em casa para guardar o forte, literalmente.

Enquanto os botes Zodiac se afastavam do navio-tanque, Buford sobressaltou-se com um ruído e um movimento acima. Olhou da água para ver as chamas que partiam de dois F-16 bareinitas que disparavam a quinhentos pés acima do mar. Esperava que eles não fizessem nada senão mirar bem. Depois ouviu outro som mais familiar: Black Hawks. O restante do grupo FAST chegara em outros três ou quatro Birds, e até então não estavam sendo alvejados por Stingers.

Buford mudou rapidamente para a freqüência FAST.

— Comandante do FAST, aqui é Alfa-Três-Um, tenho 12 homens escalando os costados nas posições um, dois e seis. Preciso de fogo de cobertura de seus helicópteros. Sugiro colocarmos todos os homens a bordo em uma freqüência tática. Câmbio.

— Entendido, Alfa, desceremos de corda nas posições três, quatro e cinco. Dispararemos no convés perto de suas posições até que cheguem lá em cima — foi a resposta do fuzileiro no helicóptero líder, usando os números que os SEALs e fuzileiros empregavam para designar locais em um navio sendo atacado do ar ou da superfície do mar. — Alfa, temos seus homens agora na freqüência tática 198.22. Câmbio.

Buford e sua equipe escalaram o Pé de Feijão, engancharam o costado e puxaram a escada atrás deles. Depois subiram mais 25 metros e engancharam. Após a segunda subida da torre, lançaram cordas sobre o convés. Quando as cordas pareciam firmemente presas em algum ponto do convés, os SEALs começaram a escalar o último trecho da besta de aço.

Buford pôde ouvir disparos de armas leves. Imaginou algum líder terrorista dentro do navio acendendo cargas para explodir as cinco esferas gigantescas que continham o gás. A explosão criaria uma onda de deslocamento de ar que mataria centenas de pessoas na UAA. A qualquer momento...

Acima disso tudo, Buford ouviu uma sirene. Voltando-se, ele viu a lancha de patrulha bahreinita investindo a toda velocidade pelo canal, toda iluminada e com uma bolha azul piscando na sua torre como um carro da patrulha rodoviária. A seguir, ele ouviu alguém dizer no fone de ouvido:

— Pairando sobre os destroços do Defender... Sem brincadeira... é sério. — Eles não viam sobreviventes do barco da Guarda Costeira.

Metralhadoras nos botes Zodiac e nos Black Hawks rasgavam em pedaços a área de convés do *Jamal*, de onde alguém poderia disparar sobre os SEALs enquanto escalavam os costados, ou sobre os fuzileiros prestes a descer em cordas sobre o navio. Buford ouviu alguém dizer no seu fone de ouvido:

— Mantenha seu fogo longe das esferas.

Então, enquanto os SEALs se aproximavam do convés, ele ouviu:

— Cessar fogo, cessar fogo, alvejar apenas os hostis!

Finalmente, ele estava no convés. Os músculos de seus antebraços ardiam, seus bíceps e costas latejavam. Ele havia denominado as quatro unidades de assalto do SEAL, de quatro homens cada, vermelha, azul, verde e ouro. Ele e mais três homens de Zodiac eram ouro.

— Aqui é Ouro Um. Estamos no convés — disse Buford, mudando sua arma de assalto das costas para a mão direita. Os outros esquadrões SEAL logo confirmaram que também tinham chegado ao convés. Dezesseis SEALs estavam a bordo do *Jamal*. Nenhum fora perdido na perigosa escalada pelo costado do navio.

Os SEALs assumiram posição detrás de objetos no convés para fornecer fogo de cobertura enquanto os fuzileiros FAST caíam sobre o convés a bombordo e estibordo. Outro esquadrão FAST, Buford sabia, atacava a proa. Buford se encontrava no convés de popa. Sua visão da proa era obscurecida pela fumaça da torre de comando ardendo em chamas. Os mísseis Javelin fizeram um bom serviço.

— Esquadrão Azul, junte-se ao Ouro. Desceremos para descobrir os controles auxiliares na casa de máquinas — gritou no fone de ouvido. — Verde, Vermelho, reúnam-se aos FAST e desçam à meia-nau, procurem por armadilhas e marcadores de tempo, qualquer sinal de que alguém esteja tentando explodir o navio. — Depois transferiu todo o controle tático ao líder da equipe FAST, um capitão-fuzileiro. Uma vez lá embaixo, havia pouca probabilidade de que seu rádio pudesse transmitir a uma distância maior do que poucos metros.

Ele abriu uma portinhola e percebeu que as luzes estavam apagadas dentro do navio. Abaixou seu visor noturno e, usando sinais de mão, Buford e seu esquadrão se internaram no navio. Ele tentou se lembrar dos esboços do convés exibidos em seu laptop. Os dois esquadrões desceram uma escada de tombadilho na escuridão. Desceram três conveses, oferecendo cobertura mútua enquanto se moviam, tal como treinaram tantas vezes.

Buford abriu a portinhola no corredor. Se estivesse certo, a segunda porta à esquerda seria a sala de controle do leme auxiliar, e era dali que o navio podia ser governado. Segundo os dados que lera no laptop enquanto o Zodiac se deslocava para o *Jamal*, este navio também tinha dois mini-hélices de emergência a meia-nau. Ele queria acioná-los e pô-los em reversão a plena força.

Buford e o resto do esquadrão Ouro encontraram a porta e assumiram suas posições para investirem juntos, acima e abaixo, cobrindo-se mutuamente. Ele puxou para baixo a maçaneta e, num segundo, estavam dentro.

— Não atirem, não atirem! — gritou um asiático em camiseta. Buford não viu ninguém mais na sala através de seus óculos de visão noturna.

— Pertence à tripulação do *Jamal*? — gritou Buford, colocando sua arma no peito do homem. O asiático assentiu afirmativamente. — Onde ficam os hélices de meia-nau e os controles do leme? — rosnou Buford.

A mão do asiático apontou um interruptor.

— Não! — gritou Buford, empurrando-o. Queria ele mesmo ver os controles. Pareciam de fácil e intuitivo manejo. Tudo escrito em japonês e inglês.

— Isto deveria disparar a ação — disse ao resto do esquadrão enquanto apertava um botão que acionava os mini-hélices. Depois apertou o de reversão plena. — Isto ao menos deterá o que restou de movimento à frente e, em poucos minutos, começará a deslizar o navio para trás. Agora vamos procurar por explosivos.

O jovem tenente SEAL agarrou o trêmulo tripulante asiático pela camiseta e lançou-o de volta à cadeira em frente ao painel, exatamente onde estava quando os SEALs irromperam.

— Onde estão eles? Onde estão os terroristas? — gritou Buford para o assustado marujo. — Diga-me agora!

Quase em resposta, uma forma se moveu na escuridão. Detrás de um armário de arquivos, o som do disparo explodiu na pequena sala de controle. Acima dele, Buford ouviu um grito: "*Allah ahkbar!*" Ele gritou à sua direita, começando a erguer a arma enquanto tomava três balas no seu colete blindado, uma acima da outra. Uma quarta bala perfurou a pele no topo do nariz e sua cabeça explodiu enquanto o corpo caía para trás sobre o painel de controle.

Disparos de dois SEALs na sala de controle partiram o atirador ao meio. Com o som das trocas de tiros causando zumbido nos ouvidos e com a fumaça acre enchendo suas narinas, um SEAL apertou o botão de transmitir no seu microfone de queixo.

— Ouro Um morto em ação. Repito: Ouro Um morto em ação.

Ninguém no convés pôde ouvir o sinal, interrompido pelo aço do casco.

Ainda segurando os binóculos do barman e equilibrando-os com seu telefone celular, pressionada contra o vidro da janela no Topo da Corniche, Kate Delmarco estava ditando para um âncora da CNN em Atlanta. Ela estivera trabalhando nisso por meia hora, seus relatos também se transformando em boletins que a Associated Press divulgava na sua rede global.

— Os helicópteros ainda estão pairando acima do convés e vasculhando tudo com holofotes realmente possantes. As tropas dos helicópteros estão no convés há quase dez minutos, mas não posso distingui-las bem. O fogo parece ter cessado na torre. — Ela semicerrou os olhos. — Eu diria que o navio está definitivamente morto na água. Um monte de embarcações está agora em torno, e posso ver as luzes de outras a caminho. Uma delas tem uma luz azul girando, como uma radiopatrulha... Os aviões de caça permanecem circulando bem mais acima. Não posso confirmar o informe de que a base americana foi evacuada, mas este enorme navio-tanque de gás natural estava definitivamente seguindo para lá, e se tivesse sido explodido pelos terroristas, milhares morreriam, americanos e bareinitas. Devo destacar que ainda não sabemos a identidade do grupo terrorista, apesar dos rumores que possam ter surgido.

O barman, que nunca recebera gorjetas tão altas quanto as desta mulher americana, desligou seu telefone atrás do bar e escreveu um bilhete num guardanapo. Contornou o bar até a janela e colocou o guardanapo diante de Kate Delmarco. Dizia: "Homem do hospital ligou. Ele diz *shokran jazeelan*. Só lhe dizer *shokran*."

Não, pensou Kate, com lágrimas encharcando seus olhos. Muito obrigada, doutor, obrigada.

Do outro lado da cidade, num pequeno escritório na UTI do Centro Médico Salmaniyah, o Dr. Rashid enviava um e-mail criptografado a seu irmão Abdullah, em Riad.

> ...embora os iranianos possam tentar cavar prova. Aqueles que os americanos capturaram no navio-tanque são xiitas iraquianos, que os liderariam para o envolvimento da Força Qods iraniana.

A jornalista americana que conheci por sugestão de Nakeel, foi através dela que contei aos americanos sobre o ataque a tempo de poderem detê-lo.

Acho que eles acreditarão nela. Nakeel disse que ela tem boas fontes na inteligência e nas forças armadas. Devo perguntar a Nakeel como ele a conhece se lida apenas com o ramo imobiliário. Por enquanto, pelo menos, impedimos Teerã de encenar um massacre maciço de americanos e pôr a culpa em nós. Mas tenho certeza de que eles não vão parar. Haverá mais. A seu serviço, Ahmed.

5

5 DE FEVEREIRO

Vauxhall Cross, Londres
Quartel-general do Serviço de
Inteligência Secreto

— Sinto calafrios só de estar neste lugar, Pammy — confidenciou Brian Douglas a Pamela Braithwaite, assistente-executiva da diretora do SIS. — Tenho medo de trabalhar num palácio de vidro como este, é simplesmente vulnerável demais.

— Sim, bem, você deverá se lembrar, ou talvez não, Brian, que esteve no Dhofar com o pessoal de Omã, acredito, dirigindo operações no Iêmen à procura da al Qaeda em 2000, quando aconteceu — Pamela fechou os olhos para recordar a cena —, quando um míssil antitanque russo chegou arrebentando o oitavo andar daqui. Os irlandeses. Fez um estrago terrível, removemos todo mundo do andar por três meses. Agora, claro, temos câmeras de vigilância por toda a vizinhança e barcos da polícia no Tâmisa...

Barbara Currier, diretora do SIS, entrou carregando uma pilha de papéis, seguida por Roddy Touraine, chefe da Divisão Oriente Médio.

— Bem, Brian, você deixa Bahrein por um dia e o lugar vira um inferno num piscar de olhos — disse ela, estendendo a mão para Douglas.

— Fiquei surpreso pela rapidez da coisa, diretora, mas tínhamos dito aos americanos que não tardaria a chegar — declarou Brian na defensiva.

— Sente-se, sente-se — disse a diretora. — Sim, destaquei isso ao falar com o diretor da Inteligência Nacional deles esta manhã, no *vid link*. E ele reconheceu, o que é mais espantoso.

— O pessoal do meu posto trabalhou um bocado nas últimas 24 horas procurando mais detalhes, se quiser ouvi-los, diretora — ofereceu Brian, já pegando suas anotações.

Currier assentiu com entusiasmo enquanto se servia de uma xícara de chá Earl Grey.

— Aqueles que os americanos encontraram a bordo eram iraquianos, talvez sunitas, talvez xiitas. Não se sabe ainda. A maioria foi morta pelos fuzileiros no tiroteio, mas os SEALs capturaram um deles vivo, que disse terem recebido ordem para só explodir o navio quando tivessem conseguido abrir uma brecha em um destróier americano ou encalhado na base. Eles haviam posto cordas em duas das cinco esferas de gás natural com RDX suficiente para detonar uma tempestade de fogo que se espalharia por quase três quilômetros.

"Nosso rastreamento quanto a como eles entraram em Bahrein, onde permaneceram, *et cetera*, indica que foram facilitados por uma empresa de fachada chamada Medkefdar Trading, que, através do Hezbollah, descobrimos estar ligada à Força Qods iraniana.

"Os americanos foram alertados pouco antes do ataque por uma jornalista americana, que por sua vez alega ter sido avisada pelo que descreve como uma fonte da Islâmia; estamos verificando quem pode ser essa fonte. Podemos descobrir. Isto, contudo, confirma meu relatório anterior de que o terrorismo em Bahrein é do Irã e não da Islâmia — disse ele, dobrando suas anotações.

— Não é o que estou ouvindo do outro lado do oceano — Roddy Touraine replicou. — Um ardil, dizem eles. Os ianques ainda estão convictos de que isso é coisa do regime al Qaeda em Riad. — Roddy Touraine já havia se passado por um contador certa vez, e desempenhava bem o papel.

— Não é o regime al Qaeda, embora possa existir algum ex-al Qaeda envolvido — Douglas disparou de volta.

— *Ex*-al Qaeda? Existe algum *ex*-al Qaeda, diretora? — perguntou Touraine, retoricamente, a Barbara Currier. — Penso que uma vez al Qaeda, sempre al Qaeda. Pau que nasce torto morre torto.

— Você quer dizer: uma vez contato do Pentágono, sempre um adulador do Pentágono? — rebateu Brian.

— Basta, crianças — repreendeu a diretora, cortando o ar com a mão. — O que vem a seguir, é isto que quero saber. Como podemos deter esses ataques? Como provamos... *provamos*... qual é a mão que está por trás deles?

— Diretora, se me permite — começou Brian. — Como sabe, dirigi uma rede pequena e altamente eficaz vários anos atrás em Teerã. Eu os encontrava fora do país, mas, de tempos em tempos, eu ia lá disfarçado de homem de negócios. Meu sucessor fechou a rede porque um do grupo foi capturado e morto pela VEVAK, em Baku. Em vez de arriscar o resto, ele pôs a rede em hibernação.

"Até onde sabemos, o resto do grupo nunca foi revelado e continua em condições de saber muito do que precisamos agora. Eu gostaria de voltar, ativar um deles e ver o que podemos descobrir sobre o papel iraniano em Bahrein, o que estão fazendo no Iraque com as armas nucleares, a história toda.

A sala ficou em silêncio por um momento. Brian ouviu uma sirene seguindo pelo dique abaixo.

— Pessoalmente? Você quer ativá-los indo ao país pessoalmente? — perguntou Touraine, incrédulo. — Você não seria reconhecido? Já não foi fichado pela VEVAK?

— Se eu ficasse lá por muito tempo, eles poderiam comparar fotografias, mas só levará uns poucos dias, e não preciso de mais — insistiu Douglas. — Não existe outra maneira de contatar esta fonte ou as outras na célula, e agora eu sou o único aqui que poderia ser reconhecido na nossa rede. Sim, existe algum perigo, mas é moderado, e estou preparado para corrê-lo.

— Se o perigo for para você, ótimo — disparou Touraine de volta —, mas há perigo para a diretora, para o Serviço e para governo de Sua Majestade se os iranianos anunciarem ao mundo que capturaram um agente sênior do SIS vadiando nos prostíbulos de Teerã com documentos secretos do governo iraniano!

Agora só ouviam o ruído do sistema de aquecimento. Barbara Currier desenhava borboletas no seu caderno de notas.

— Precisamos correr riscos. Não estamos no Exército da Salvação — disse ela finalmente, levantando-se para apertar a mão de Brian e indicar que a reunião estava encerrada. — Mas não se deixe apanhar, Brian, combinado?

Pamela Braithwaite acompanhou Brian até os elevadores.

— Existem os homens de campo, Brian, e existem os caubóis.

Ele lançou-lhe um olhar.

— Imaginei que você fosse minha amiga.

— E sou. Por que você acha que ela aprovou esta sua pequena aventura? Eu disse a ela esta manhã que podia confiar em você. — Pamela sorriu. — Não prove que eu estava errada e Roddy certo.

Brian sorriu de volta.

— Obrigado. Sem você, estou certo de que Roddy teria destruído todo o plano. Não confio nesse sujeito. Sempre correndo para Grosvenor Square, contando tudo ao Tio Sam. Vou lhe dizer uma coisa: não vou passar os detalhes operacionais desta missão para aquele escroto.

Pamela voltou à suíte da diretora.

— Não, eu farei o necessário com Operações. Consiga sua cobertura, apoio, planos de emergência... certifique-se de que está autorizado a todas as pequenas coisas de que irá precisar...

ESCRITÓRIO DO COORDENADOR DE INTELIGÊNCIA E PRESIDENTE
Comitê de Inteligência Conjunta
Escritório do Gabinete
Whitehall, Londres

— Fico feliz que tenha vindo, Russell. Sempre disposto a retribuir um favor para Sol, a abater um pouco da minha dívida com ele. Estivemos imaginando como vai sua nova agência de análise, na esperança de podermos aprender uma coisa ou outra de vocês.

Sir Dennis Penning-Smith estava no final dos 60, a cabeça repleta de fios brancos espessos, vestido no seu terno de três peças e usando seus óculos com armação de aço; parecia perfeitamente ajustado a este velho prédio do governo em Whitehall. Ele parecia bicudo, como um pássaro; poderia ter sido um catedrático em Cambridge, pensou Rusty. Mas ele era tudo menos isso.

— Sir Dennis, como coordenador de inteligência do Comitê de Inteligência Conjunto, o senhor tem mais informação em análise do que poderíamos reunir em anos. Seu desempenho aqui no CIC é melhor do que qualquer coisa que Washington tenha produzido nos últimos vinte anos — replicou Rusty.

— Simpático de sua parte, Russell, muito simpático. Mas saiba que tivemos nossa parcela de erros. Não encontramos armas de destruição em massa no Iraque, embora tenhamos causado a insurgência e a guerra civil. E Washington nem sempre está fora de rumo. Ocasionalmente, o INR, o pequeno setor de análise de inteligência do Departamento de Estado, acerta em cheio. Pequeno, este é o tema comum. Quando se trata de análise, quanto menor, melhor. Menos pessoal, qualidade mais alta.

"Boa parte da fantasiosa informação baseada em tecnologia, de satélites e não sei mais o quê, é americana, mas graças a Deus vocês partilham quase tudo conosco. Contribuímos com alguma quebra de código e escuta, mas nosso lado da barganha vem sobretudo do que os rapazes e moças em Vauxhall Cross fornecem, o bom trabalho de espionagem, e partilhamos quase tudo isso com vocês. Por alguma razão, a CIA nunca se saiu muito bem com espionagens. Quando eles conseguem um espião, é quase sempre um desertor, um voluntário, não um recruta.

"Mas tudo o que é descoberto vem para cá e vai para vocês... todos os relatórios do espião, comunicações interceptadas, fotos de satélites e a informação de publicidade disponível. Essa é a fonte aberta. O melhor material quase sempre vem de fonte aberta, mas Washington não gosta disso, você sabe, acredita que é desinformação, e só seria válida se fosse roubada, comprada ou apanhada no ar.

"Temos uma pequena equipe interna de tributação que vê tudo que chega e depois esboça nossas estimativas... ou análises, como vocês chamam. Muitas vezes chamamos alguém do Ministério do Exterior para fazer o primeiro esboço. Dependendo do assunto, pedimos a um ou dois catedráticos de Oxbridge... todos perfeitamente avaliados, claro. Depois há um debate livre, com os ministérios da Defesa, do Exterior, do Interior, o SIS, todos emitindo opiniões de mesmo peso. Finalmente, a discussão chega diante do CIC, onde damos um polimento e enviamos através da parede.

Rusty franziu o cenho.

— Através da parede?

— Ah, sim, literalmente. — Sir Dennis se levantou e caminhou até o fundo do seu comprido e fino escritório. — Eu não sou todo-poderoso como o seu diretor de Inteligência Nacional, mas, quando uso o chapéu de coordenador de Inteligência, meu cliente número um é o primeiro-ministro. — Ele tirou uma chave do bolso e deu um empurrão na estante com rodinhas. Atrás havia uma porta, que ele foi abrir.

— Taí! — exclamou Sir Dennis. — Número Dez. — Então desapareceu através da porta e pôde ser ouvido dizendo:

"Penning-Smith aqui. Fechando retaguarda." Nenhum alarme ecoou, nenhum aparelho eletrônico deu qualquer sinal.

Quando Sir Dennis Penning-Smith reapareceu, MacIntyre ainda estava rindo.

— Quer dizer que você tem uma porta secreta que o leva ao outro lado da esquina da Downing Street? E se o primeiro-ministro estiver de pijamas?

— Não se preocupe — garantiu-lhe Sir Dennis enquanto fechava a porta e empurrava facilmente a estante de volta ao lugar. — Eles moram nos andares de cima. O importante neste pequeno truque de mágica, Russell, é ser conhecido na cidade como alguém que tem acesso direto ao primeiro-ministro sempre que quer. Tenho feito esta cena para cada membro do CIC, um de cada vez. — Bateu as mãos para espanar a poeira e sentou-se de volta na cadeira de leitura estilo Queen Anne.

— Eu mesmo faço uma pequena mágica — disse Rusty, sorrindo. — Mas que sem dúvida está num nível mais amador. Concordo com o senhor sobre o valor da inteligência de fonte aberta — continuou tentando pôr a conversa de volta nos trilhos. — É verdade que acabamos de fechar um contrato de vulto para um sistema automatizado de coleta, rastreamento na rede e catalogação. Se isso funcionar, será uma satisfação partilharmos com vocês, claro.

— Rastreadores automatizados, bem... Podemos ter visões diferentes do que seria uma fonte aberta, Russell. Deixa eu contar uma história sobre nossos amigos, os israelenses. Eles tiveram um problema certa vez com a Líbia. E quem não teve? Parece que o velho Muammar planejava comprar mísseis ou algo parecido da Coréia ou de algum outro lugar, não importa, e o primeiro-ministro de Israel queria ser avisado imediatamente quando as malditas coisas chegassem.

Sir Dennis estava aquecendo sua própria história.

— Então, eles reuniram sua própria versão do CIC e incumbiram cada agência de descobrir. Na semana seguinte, a Força Aérea relata ter feito vôos de reconhecimento sobre a baía de Trípoli sem encontrar nada de novo. O pessoal da inteligência naval estacionou um submarino ao largo da costa, que deslizou até o porto para dar uma olhada, e nada. Mossad subornou o costureiro de Kadafi, alguma rainha da Via Veneto, que costurou um transmissor num dos cintilantes mantos de Muammar, mas tudo que ouviram foi música dos Beatles. O *Álbum Branco*, aliás.

"Finalmente, Russell, o homenzinho da equipe de inteligência do Ministério do Exterior, Avi-qualquer-coisa, diz: "O navio de Pyongyang chegou na última quarta-feira, descarregou no Píer 12, e partiu no sábado." Como você sabe?, foi o que todos perguntaram. "Chamei o capitão do porto e perguntei", disse o pequeno araponga. Como você vê, isto é fonte aberta, sem vermes rastejantes envolvidos. — Penning-Smith sorriu e voltou a sentar.

MacIntyre tentava disfarçar seu riso.

— O senhor pode ter um ponto aqui, Sir Dennis. O que o preocupa agora? O que está procurando?

O presidente do Comitê de Inteligência Conjunto voltou a se levantar de novo e abriu portas que revelavam um quadro-negro, no qual ele, ou alguém, tinha escrito o plano para o primeiro quarto em giz vermelho, verde e branco.

— O próximo passo é "Islâmia mais Branca"? Quem vai emergir do Conselho Shura para governar o país e o que ele pensará fazer?

"Então, para permanecer na região, qual é a última nas 'Relações Irã-Iraque'? Podemos imaginar pontos de tensão que nos permitam interromper esta *entente cordiale* entre as maiores nações xiitas?

"Seguindo para leste, o sempre popular 'Produção de Heroína no Afeganistão', que está em alta. Como impedirmos que isto apareça em Brixton?

"Seguindo para o Oriente, 'Tendências da Economia Chinesa'. Serão eles capazes de continuar a esbanjar dinheiro na modernização das forças armadas e manter o povão feliz com engenhocas modernas?

"Depois, epa, você não deveria ter visto essa aqui: 'Próximos Passos da América: Aprender com os Fracassos?', um exame de quanto os problemas políticos com Iraque, Afeganistão, Paquistão, Irã e Arábia Saudita afetarão, quase a médio prazo, a tomada de decisão em Washington. Eu deveria, claro, perguntar isto a você — disse Penning-Smith, fechando as portas para o quadro-negro.

— Sério? Não sei se estamos aprendendo com o fracasso — replicou MacIntyre, não contestando a premissa. — Sim, tivemos um mau começo de século XXI. A Guerra do Iraque não terminou com o povo de lá nos amando e resultou nesta contínua insurgência sunita de baixo nível contra o governo xiita, que parece cada vez mais alinhado com Teerã. Ainda bem que finalmente saímos de lá.

"Sobre Teerã, nunca pudemos dizer quando eles tiveram armas nucleares ou onde as armazenam, mas agora estamos muito confiantes de que passaram com elas sob nossos narizes enquanto insistíamos em Bagdá.

"O Afeganistão deve ser melhor descrito como um estado novamente à beira do fracasso, descentralizado, mas o regime em Cabul está claramente desestabilizando a coalização fundamentalista no Paquistão, uma potência nuclear pública e notória. Esta coalizão militar-religiosa em Islamabad é o que mais me preocupa. Eles estão deixando de alimentar a al Qaeda, não falam com a Índia e parecem cortejar aquela nova gangue na Arábia Saudita.

"E depois vem a Arábia Saudita. Montamos naquele cavalo por muito tempo. Não tínhamos nossas próprias fontes no país para nos dizer que a oposição à Casa de Saud havia crescido, se organizado e se unido. Portanto, agora virou Islâmia e ainda é muito cedo para prever o seu futuro. Estou convencido de que, se os deixarmos quietos, ainda podemos impedi-los de se tornarem uma ameaça. A revolução deles ainda é nova, maleável. Eu adoraria ver o que sua estimativa diz sobre quem emergirá do bando para liderá-la — concluiu MacIntyre, abrindo as palmas das mãos. — Alguns desses caras já estiveram na al Qaeda, ou no clero, mas a maioria era de reformadores, democratas, ou simplesmente burocratas e militares descontentes, fartos da estagnação e autodestruição da Casa de Saud.

— Sim — disse Sir Dennis, checando seu livro vermelho de anotações Economist Diary. — Sim, de fato, vários problemas políticos. Sabe, Russell, você é o último compromisso marcado na minha agenda para hoje. O que acha de discutirmos isto tomando um drinque?

The Travellers Club
Pall Mall, Londres

Após uma curta viagem atravessando o trânsito pesado de Trafalgar Square, o motorista do Gabinete os deixou no que parecia um palácio florentino, numa silenciosa rua sem saída.

Depois de guardar seus sobretudos, eles subiram juntos a Grand Staircase, com MacIntyre tentando não parecer um caipira enquanto bocejava olhando os retratos, os candelabros e os frisos gregos na biblioteca.

— Sim, roubamos isto do Templo de Apolo. Os gregos querem de volta, os sacanas. — Enquanto sentavam-se em poltronas junto a uma janela, Sir Dennis tocou um grande botão vermelho. — O que acha de um Balvenie, Russell? — perguntou enquanto uma estante de livros deslizava para o lado, revelando uma copa e um mordomo, carregando seis copos numa bandeja. Três deles tinham água. Nenhum tinha gelo.

Sorrindo para outra porta que simulava ser uma estante, MacIntyre disse:

— Na próxima vez em que for aos Estados Unidos, Sir Dennis, terei que levá-lo ao castelo ao qual pertenço em Los Angeles. Também tem um bocado de portas falsas.

— É mesmo, um castelo? Que tipo de gente faz parte? — perguntou Sir Dennis, sentindo o aroma do puro malte.

— É preciso ser um mágico — replicou MacIntyre.

— Bem, então, Sir Dennis certamente dá aprovação — disse um homem que MacIntyre não notara se aproximar.

— Russell MacIntyre, permita-me apresentá-lo ao patife Brian Douglas, pertencente a outro clã, o SIS. Nosso homem em Bahrein, numa breve viagem em casa, é Brian — disse Sir Dennis, apertando a mão e entregando um copo a um homem bronzeado que parecia vinte anos mais moço. — Pedi ao jovem Brian que desse uma passada aqui para conhecê-lo. Pelo que Sol Rubenstein me conta a seu respeito, Russell, você e Brian têm interesses similares, incluindo os três Is: Irã, Iraque e Islâmia. E Brian está a ponto de tornar-se um viajante; posso dizer isto a Russell, Brian, pois sei que ele não vai relatar para Langley ou Foggy Bottom, não é mesmo, Russell?

— Ele quer dizer que estou voando para Teerã sob nome falso — disse Douglas, suavemente, por sobre o seu Balvenie, parecendo inquieto.

— E qual é o nome dessa vez, só para o caso de eu ler algo a seu respeito nos jornais? — persistiu Sir Dennis, pressionando o homem mais novo para que ele revelasse mais do pretendia.

— Ian Stuart, um sul-africano negociante de tapetes em Johannesburgo. É um novo personagem, mas bem fundamentado por nosso escritório lá — Douglas improvisou, não querendo contar ao americano qual era sua verdadeira cobertura —, e vamos esperar que nada seja publicado sobre mim, pelo menos não na imprensa.

— Russell, Brian me perguntou algo esta manhã que eu não soube responder e imagino que você possa — disse Sir Dennis, cruzando as pernas e voltando-se para o americano. Ele estava diferente agora, mais enérgico. — O que o subsecretário do Pentágono, Kashigian, estava fazendo no Natal, encontrando-se com os Guardas Revolucionários em Teerã? Não foi pela lista de viagem oficial da Defesa, acredito eu. O personagem dele era crível, Brian... um diplomata armênio, não era?

Agora Russell MacIntyre começou a entender o porquê deste encontro. Era um teste em vários níveis. Seria ele confiável a ponto de não reportar a Washington que o SIS estava mandando um agente sênior ao Irã sob cobertura? Provaria sua honestidade explicando a recente missão secreta de um alto funcionário dos EUA, também em Teerã? O problema era que MacIntyre não soubera da ida de Ronald Kashigian ao Irã. Agora tinha de convencer seus anfitriões disso sem que ficasse parecendo um inconseqüente.

— Se Kashigian esteve no Irã no Natal, eu lhe direi com toda franqueza que não fui informado disso. Nem Sol Rubenstein, posso garantir. Tem certeza de que era Kashigian e não um diplomata armênio? — disse MacIntyre, tentando soar tão honesto quanto possível.

Os dois britânicos entreolharam-se por um segundo. Sir Dennis acenou de cabeça para Brian Douglas.

— Ele voou num Gulfstream do Pentágono, sem identificação — disse Douglas, taxativo. — Sua viagem foi arranjada e coordenada pelo adido da Defesa dos EUA em Ancara.

— Merda — disse MacIntyre, franzindo o cenho. — Por que eles... nós... faríamos isso?

— É exatamente o que estamos especulando, Russell. Época estranha para uma abertura com os persas, após forçarem a Velha Europa a apoiar as sanções antinucleares apenas alguns anos atrás. — Sir Dennis quase resmungou enquanto se recostava na poltrona.

MacIntyre rapidamente reviu o que tinha sido dito.

— Espere um pouco. O único meio de vocês poderem saber disso é se estivessem grampeando ou espionando o adido da Defesa na Turquia. Imaginei que tivéssemos um acordo em vigor de que o Reino Unido e os Estados Unidos não espionariam um ao outro.

— Não espionamos a América — disse lentamente Sir Dennis. — Tal como vocês, ouvimos pessoas que às vezes falam sobre o que a América está fazendo. Alguns relatórios semelhantes da NSA também não deixam Fort Meade — acrescentou ele, referindo-se ao quartel-general, da inteligência de sinais, a NSA, em Maryland —, mas eles fazem com que sejam distribuídos a uns poucos de nós por nossa unidade de inteligência de sinais, a GCHQ, que vê tudo que a NSA vê. Tem sido assim desde 1943.

Russell imaginou quem tem autoridade de dizer à NSA que suprimisse um relatório. Alguém evidentemente o fazia.

— Estamos convencidos de que o Irã está por trás do atentado ao hotel em Bahrein, talvez do seqüestro daquele navio-tanque, embora todos os encontrados a bordo fossem iraquianos de alguma espécie — disse Brian rapidamente para MacIntyre. — Vou voltar para lá e reacender algumas brasas rapidamente, porque cada osso em meu corpo me diz que os iranianos estão preparando alguma coisa.

"A questão é, MacIntyre, que se algumas pessoas em Washington estão falando com algumas pessoas em Teerã, eu ficaria em risco se alguém em Washington soubesse que eu viajaria na clandestinidade — falou Douglas, com a mão cobrindo metade de sua boca.

— Então por que me contou? — disse MacIntyre, sacudindo a cabeça. — Não entendo.

— Estamos lhe contando isto, Russell — disse Sir Dennis —, porque Sol Rubenstein e eu andamos trocando idéias nestes últimos meses... com muita segurança, claro... sobre nossa preocupação mútua de que os iranianos estão ficando agressivos demais, exercitando suas plataformas móveis de mísseis nucleares, realizando manobras anfíbias com tanques, impondo suas vontades em Bagdá, até mesmo infiltrando seu pessoal no governo iraquiano quase abertamente.

"E a situação no golfo é muito frágil neste momento. Sol diz que vocês acreditam que ainda não deveríamos descartar a

Islâmia, diz que você é uma das poucas pessoas em Washington a acreditar nisso, forçando o velho Sol a defendê-lo junto ao diretor da Inteligência Nacional, do secretário da Defesa e da turma da Casa Branca — continuou Sir Dennis, dizendo a MacIntyre algo que ele nunca ouvira de seu chefe.

"Bem, por acaso concordamos com você, como vê, ainda que alguns níveis mais baixos em Vauxhall Cross e em outros lugares digam que não. Assim, este esbarrão acidental com o Sr. Douglas na biblioteca do Travellers é realmente uma espécie de tentativa de recrutamento de agente.

"Enquanto Sol o deixa esfriando fora da cidade, pensamos em colocar alguns requisitos de coleta de informação com você, como um viajante. Ver se algum dos diplomatas, espiões ou marujos americanos no golfo lhe dirão mais do que estão dizendo a nós. Ver se algum dos bareinitas se abrirá com você, já que é o seu grupo que paga boa parte da conta deles, não o nosso.

Sir Dennis não se parecia mais com o agradável e levemente distraído bacharel. Ele acabara de revelar uma aliança transatlântica pessoal com o chefe de MacIntyre, Sol Rubenstein, que Rusty nem mesmo imaginava existir. Tinha também revelado que Rubenstein estava gastando tempo desviando crítica de MacIntyre, sem sequer deixar que o objeto dessa crítica soubesse disso.

Agora Sir Dennis Penning-Smith tinha se revelado um executivo brâmane, um duro e realista intelocrata britânico.

— O que estão os iranianos preparando? Não que eu duvide por um minuto de que Brian revelará tudo quando retornar dos bazares de tapetes persas. O que acontecerá ao Bahrein se a Guarda Revolucionária do Irã quiser derrubar o rei? Se você estiver certo sobre a janela de oportunidades na

Islâmia, o que poderemos fazer com isso? Com quem falamos? Quem exatamente é o Fidel Castro desta revolução na Islâmia? O que vamos dizer ou fazer para evitar que este Castro se torne um aborrecimento agora que sua revolução acaba de ser bem-sucedida? Acho que não temos muito tempo antes que essa janela se feche na Islâmia. Se Douglas está certo, talvez não tenhamos tempo antes que os iranianos tentem alguma coisa através do golfo, em Bahrein.

Sir Dennis se levantou e puxou um livro da prateleira rotulada apenas com "De autoria dos sócios" e entregou-o a MacIntyre.

— É chamado *Areias da arábia*, escrito por um sócio do Traveller chamado Thesiger mais de meio século atrás. Vestido como um beduíno, Thesiger viveu com eles e amou o lugar. Lamenta a descoberta de petróleo, diz que arruinou tudo — disse o presidente do CIC, aparentemente se preparando para partir. — No que eu também acredito, a menos, claro, que se goste de dirigir automóveis, viajar de avião, e tudo mais.

"Vocês dois têm um bom jantar na minha conta, lá embaixo. Estou fora. Vou a um pavoroso jantar com minha contraparte italiana de visita. Não se preocupe quanto ao livro. Eu o substituirei. — Dito isso, e após rápidos apertos de mão, ele se foi, deixando os recém-apresentados Brian Douglas, principal espião da Grã-Bretanha no golfo, e Russell MacIntyre, o aparentemente controverso vice-diretor da novata agência analítica de inteligência dos EUA, sentados em meio às estantes com os copos vazios.

Enquanto o garçom surgia da copa com outra rodada, Douglas parecia um tanto menos animado do que estivera na presença de Sir Dennis.

— Essas viagens nem sempre funcionam, é claro. Houve outro sócio do Travellers Club, um sujeito chamado Tomkison, que foi para Socotra, ilha ao largo do Iêmen, fazer pesquisas para um tratado sobre o estranho sotaque e antiga versão do árabe que lhe disseram ser falados naquela aprazível ilha.

— O que aconteceu? — perguntou MacIntyre. — Foi decapitado?

— Não. — Douglas sorriu, provando o *scotch*. — Nenhum dos ilhéus disse nada, nem uma única palavra, até que ele foi embora.

— Algo me diz que você fará melhor do que esse Tom-não-sei-o-quê — disse Russell, brindando à perspectiva de viagem do seu novo conhecido.

— Será uma viagem rápida. Tem de ser. Não posso dar tempo para que eles se lembrem do meu rosto nos arquivos empoeirados. E a fonte poderá falar ou não. Não há necessidade de esperar cerca de uma semana para descobrir — disse Douglas, mais para si mesmo do que para MacIntyre. — Estou voltando por Dubai, sob o pretexto de uma necessidade de troca de avião para Durban. Poderíamos nos encontrar lá para comparar anotações no Dez pras Oito, na cidade velha? É uma casa de curry muito pequena — continuou Douglas, passando um pequeno cartão através da mesa. — Eu vou ter que preparar um relatório para Sir Dennis e Sol sobre o que descobri e sobre o que você foi capaz de pinçar.

— Claro que estarei lá. Vou para o Kuwait primeiro, mas o trabalho por lá já estará encerrado e precisarei dar uma parada nos Emirados, de qualquer forma — disse MacIntyre, depois fez uma pausa, pondo em ordem o que acabara de ser dito. — Você se reporta diretamente a Sir Dennis? Você é um chefe de posto do SIS; ele é do Escritório do Gabinete. E você diz que seu relatório não vai só para Sir Dennis, mas também para o meu chefe? Que história é essa?

Brian Douglas enrubesceu e esvaziou seu copo.

— Bem, o SIS tem seus próprios esquemas de comunicação e Sir Dennis tem o dele. Como você poderia suspeitar ao dar uma olhada neste lugar, existem redes de velhos companheiros durões. Dennis e Sol são apenas dois de um imenso clube de intelocratas. Apesar do seu ar blasé, Sir Dennis acaba de sair ansiosamente para se encontrar com um dos melhores sócios deste clube na casa do embaixador australiano, supostamente para obter um relatório sobre planejadas atividades navais chinesas no oceano Índico, uma preciosidade que Canberra coletou de uma fonte tão boa que eles não estão dispostos a correr o risco de partilhar a informação com Londres. Mas esta noite eles contarão tudo para Dennis — disse Brian, recolocando o copo vazio na bandeja. — Vamos descer para o jantar? Há um monte de coisas que quero repassar com você.

Olhando acima, para um busto do deus grego Hermes, Russell MacIntyre sentia-se como se sentira na primeira noite em que fora aprovado como sócio do Castelo Mágico. Ele acreditava conhecer algo sobre prestidigitação, até ver o desempenho dos associados representando um para o outro. E aí... E aí... Ele sacudiu a cabeça.

Quando MacIntyre e Douglas deixavam a biblioteca, a estante falsa deslizou de volta para o lugar. O Balvenie e os copos vazios tinham desaparecido.

6

8 DE FEVEREIRO

Elevado para a Islâmia

— Dr. Ahmed bin Rashid — disse o patrulheiro de fronteiras de Bahrein, lendo o novo passaporte islamiano de Ahmed na entrada do elevado.

Ahmed se lembrou do tempo em que mal havia formalidades na travessia. A revolução que destronara os Saud havia mudado tudo isso.

— Quanto tempo vai ficar, doutor, e qual é o propósito da sua viagem? — perguntou o guarda de fronteira, em árabe, enquanto olhava a tela de computador no painel do novo BMW.

— Volto amanhã. Emergência familiar, seu guarda — replicou Ahmed, educadamente. O guarda escaneou o passaporte num computador. Ahmed notou no espelho retrovisor que uma câmera de TV mudava de posição para gravar a placa traseira do BMW. Outra câmera olhava para ele através do quebra-vento. O guarda esperou um momento. O computador na cabine da guarita bipou, o guarda então pressionou um botão sobre um dispositivo manual. A barreira em V, uma placa metálica, foi erguida na frente do carro, baixou, uma luz verde reluziu e Ahmed estava livre para percorrer os 25 quilômetros do elevado.

O controle de fronteira no lado da Islâmia era muito mais rápido. Ele exibiu o passaporte especial verde-e-ouro que seu irmão lhe dera e foi autorizado a atravessar. Após chegar de volta à terra árida, virou para leste e dirigiu 15 minutos até a al-Khobar Corniche e o Golden Tulip, o hotel junto ao edifício da Aramco.

A Aramco, maior companhia petrolífera do mundo, agora sob controle total do governo da Islâmia, não havia mudado de nome. Tudo mais, ele notou, parecia ter ganho novas denominações. Os letreiros que diziam King Fahd Causeway, King Khalid Street, Prince Turki Street, tudo tinha sido removido ou repintado. Ele pôde ver o novo padrão. As ruas estavam sendo denominadas em homenagem aos primeiros califas, que sucederam um ao outro na liderança da Umma após a morte do Profeta. Agora eram Alen Nakr Khalifa Causeway, Umar I Street, Muawiyah Abu Sufyan Street e Uazid I Street. Não restaria nada denominado em homenagem aos primeiros califas xiitas, como al Hasan e al Husayn, ele pensou, muito embora os habitantes aqui na Província Oriental fossem esmagadoramente xiitas.

O e-mail criptografado do seu irmão dizia que ele estaria na Aramco a maior parte do dia, revisando a segurança para a maciça infra-estrutura petrolífera, mas que se juntaria a Ahmed no Golden Tulip para um jantar antecipado. Às seis horas, um dos guarda-costas de Abdullah foi até o quarto de Ahmed para escoltá-lo até um pátio privado, perto da área de churrasco da piscina.

Enquanto os garçons preparavam uma pequena mesa para dois, Abdullah entrou.

— Meu heróico doutor — disse ele, agarrando seu irmão mais novo. Ahmed beijou levemente cada face do irmão, num sinal de amizade e respeito. Quatro dos guarda-costas de Abdullah se posicionaram em volta do pátio, de costas para Abdullah, vigiando.

— Até os encrenqueiros do Conselho Shura concordaram em que eu deveria parabenizá-lo por sua ajuda em descobrir a trama dos persas para explodir a base americana. Certamente levaríamos a culpa. Até o porta-voz da Casa Branca já admite que os homens a bordo eram iraquianos. — Abdullah serviu-se de um pouco de pasta de berinjela. — Mas que iraquianos eram esses, você já sabe?

— O que acho e o que posso provar são duas coisas diferentes — começou Ahmed. — O instinto me diz que eram a brigada de mártires que os Guardas Revolucionários do Irã estiveram treinando, mas ainda não temos a prova. Os iranianos envolvidos saíram de Bahrein em vários barcos pequenos sem deixar pistas. Abdullah, esses iranianos da Força Qods são muito bons no que fazem.

— Sim, sim, eles são. E por enquanto não é de nosso interesse verificar que não tiveram sucesso. Devemos manter o rei no trono em Bahrein — confidenciou Abdullah. — Sim, sei que ele é de uma casa real, mas andou combatendo a corrupção, incluindo o povo na tomada de decisões. Se fosse derrubado do trono, o que iria substituí-lo, Ahmed? Apenas outro governo fantoche iraquiano, como em Bagdá, nada de amigos nossos — disse o chefe de segurança da Islâmia, batendo na mesa com o dedo indicador. — Esta manhã votamos retomar as transferências de fundos secretos para o governo de Bahrein, para projetos sociais e empregos nas comunidades xiitas mais pobres.

O sol tinha se posto e uma brisa leve e fresca soprava do norte. Dois garçons acenderam lâmpadas de aquecimento e depois se retiraram para deixar o xeique sozinho com seu convidado.

— Então o Shura se comporta melhor do que falamos da última vez? — perguntou Ahmed.

— Raramente. — Os garçons trouxeram a entrada de garoupa grelhada. Abdullah cortou lentamente o filé com um garfo. — Uma facção forte, liderada por Zubair bin Tayer, deseja a imposição estrita das regras da Sharia, e manter todas as mulheres dentro de casa, você conhece o resto da história, e depois — disse Abdullah, largando seu garfo sobre a mesa —, depois vão querer que a gente exporte a revolução, que a gente leve o uaabismo para todo o Islã, que a gente fique forte o bastante para enfrentar os infiéis. Estes são os que insistiram para completar o projeto de mísseis chineses. Agora dizem que deveríamos ter armas nucleares em vez de mísseis. Da China, da Coréia, do Paquistão, ou construídas por nós mesmos.

Ahmed estava estupefato. Pôs as duas mãos sobre a mesa, quase como se para se equilibrar.

— Irmão, foram esses os erros da Casa de Saud. Isso leva à estagnação ou coisa pior. Certamente o povo não apoiará isso na eleição.

Abdullah não comentou nada, depois fitou o irmão nos olhos.

— Eles também não *querem* eleição, ou talvez apenas uma eleição que aprove o governo deles. E só os eruditos islâmicos reconhecidos poderiam votar depois disso.

— Um homem, um voto, um tempo — disse Ahmed suavemente, quase para si mesmo.

— O quê? — perguntou seu irmão.

— É o que os americanos disseram sobre as eleições na Argélia: só homens podiam votar, e só lhes seria permitido votar uma vez... eles desistiriam do seu direito de votar de novo. Isso não pode acontecer aqui! — disse Ahmed.

— Os americanos! — cuspiu Abdullah. — Os americanos pensam que democracia resolve tudo. Eles demoraram mais de cem anos para permitir que todo seu povo votasse: os pobres, as mulheres, os negros. E resolveu seus problemas? Eles desperdiçaram muito tempo e dinheiro nas suas eleições. É um jogo que eles nunca param de jogar. E seus resultados são tão diferentes? Derrubamos um governo hereditário aqui. Eles ainda têm isso: pais sucedidos pelos filhos, esposas procurando substituir os maridos.

"Eles têm uma população de 325 milhões de pessoas e quantas famílias governantes? — perguntou Abdullah, acenando com a mão. — Eles não têm pobreza, não fazem seu povo pagar por doutores, por universidades, no país supostamente mais rico do mundo?

"Depois acham que são tão superiores que devem reformular o mundo árabe à sua terrível semelhança. Como? Bombardeando nossas cidades, matando nossas mulheres e crianças? Aprisionando nosso povo para sempre? Estuprando-o?

— disse Abdullah, repetindo um discurso retórico que Ahmed já ouvira antes.

Ahmed replicou:

— Com todo respeito, não é que estejamos ficando iguais aos americanos. Isso é apenas o que foi prometido ao nosso povo: mais liberdade, mais progresso, mais oportunidade, participação, propriedade do seu país. — Ahmed usava frases que ouvira seu irmão falar antes da revolução. — Prometemos não ser igual aos Saud. Eles atrasaram nosso povo ao gastar o dinheiro do petróleo, exportando sua visão uaabita do Islã, que grande parte de nossa própria gente não segue. Eles esbanjaram comprando armas caras dos americanos, dos ingleses, dos franceses, dos chineses. Eles jogaram fora as habilidades de nossas irmãs e fecharam as portas às suas reuniões familiares secretas.

"Você lutou, irmão, e tirou vidas, apenas para que alguns novos Saud subam ao poder e mantenham nosso povo como cidadãos de segunda classe?

Abdullah olhava fixamente para o irmão, mas Ahmed não podia parar. Há muito pensava dizer coisas assim para ele.

— Sim, eu vivi nos Estados Unidos, mas também estive na Alemanha e em Cingapura, fui a conferências médicas na China e na Grã-Bretanha. As coisas são criadas nesses lugares. Tecnologia e medicamentos. O que nós criamos nos últimos mil anos? O mundo está nos deixando para trás porque amarramos este *tijolo* uaabita em volta de nossos tornozelos. Nossos eruditos só estudam o Corão, que é bom, mas não precisamos de tantos especialistas em Corão em uma única geração.

Ahmed puxou um livro azul que guardava sob seu manto.

— Este relatório da ONU é para os árabes. É a classificação que fazem de nós em relação ao resto do mundo. Não estamos muito bem. Os vencedores no mundo moderno são sociedades esclarecidas, países que enfatizaram o aprendizado, a partilha de informação, a pesquisa.

"Veja estes números — disse, folheando rapidamente. — Dois por cento de nosso povo têm acesso à internet, em comparação com 98% na Coréia. Por ano, para cada milhão de pessoas, são cinco livros em árabe traduzidos, em comparação com novecentos em espanhol. Mesmo em nossa própria língua, só publicamos 1% dos livros do mundo. Um em cada cinco livros publicados em árabe é sobre religião. Gastamos menos de um terço de nosso PIB em pesquisa. Talvez isto explique por que um em quatro dos nossos universitários formados deixam o mundo árabe tão logo possível. Nós não criamos conhecimento; nós não importamos conhecimento. Só importamos bens duráveis. Não é assim que funciona o mundo moderno, por isso estamos na rabeira.

"Podemos ser modernos e islâmicos. Os cientistas islâmicos que conheci no Canadá, na Alemanha e na América são devotos. O Islã é a religião de mais rápido crescimento na América! Lá, ninguém impede que os muçulmanos sigam os ensinamentos do Profeta, bênçãos e paz sobre ele. Além disso, o Profeta nunca ensinou que deveríamos converter ou matar os cristãos e judeus. E se tentássemos, mesmo que levasse séculos, só conseguiríamos devastar este pequeno planeta. Alá quer isso? Armas nucleares, se conseguirmos, arruinarão o nosso país.

"Se você deixar essas pessoas no conselho agirem a seu modo, continuaremos a ser escravos de nosso próprio petróleo, incapazes de não fazer nada senão observar como aquilo que

Alá pôs no subsolo vem para fora dele. E o dinheiro que ganhamos com ele continuará a ser desperdiçado em tolices supostamente 'religiosas'. Não somos um país, somos um depósito de petróleo! E se isto é tudo que temos, outros virão, os escorpiões virão buscar seu alimento, o precioso líquido negro. Eles nos manterão escravizados, comprando deles tudo de que precisamos, incluindo armas de que não temos necessidade.

"Podíamos, em vez disso, usar nossa riqueza para nos unirmos ao século XXI, para reviver o tempo da grandeza, quando os árabes inventaram a matemática, a astronomia, a farmácia e as outras ciências. *Você* poderia fazer isso, irmão.

Com medo de ter ido longe demais, Ahmed se interrompeu abruptamente e baixou a cabeça, fugindo ao insistente olhar silencioso de Abdullah.

Em algum lugar do hotel, uma TV estava ligada. Ahmed podia ouvir um noticiário e também o rugido do gás inflamado no calefator acima de sua cabeça.

— Você acha, irmãozinho, que enquanto esteve esquiando na neve, dançando nas boates, eu estava arriscando minha vida, me escondendo em porões, matando homens que não conhecia, para criar uma sociedade na qual nosso povo desperdiçaria sua vida? Você acha? — A voz de Abdullah se elevou com a pergunta, depois afundou para um sussurro. — Eu fiz coisas terríveis, pelas quais rezo para que Alá me perdoe, mas, quando leio o Corão, não tenho certeza se perdoará. Bem aqui em Khobar, em 1996, enquanto você ainda era quase um bebê, eu estava numa célula que ajudou o Hezbollah e a Força Qods do Irã a atacar a base aérea americana.

Era a primeira vez que Ahmed ouvia esta história, a primeira vez em que seu irmão abria o jogo sobre sua vida como terrorista.

— Qods — replicou Ahmed. — Esses são os homens que tentaram explodir a base naval americana em Bahrein. Você trabalhou com eles?

— Não, trabalhei para Khalid Sheik Muhammad, o homem de operações de bin Laden. E trabalhei porque pensava que ele queria expulsar as tropas estrangeiras do país — admitiu Abdullah, relutante. — O pessoal da Qods pediu a Khalid que ajudássemos numa operação que estavam planejando em Khobar, contra a base estrangeira. Assim, os ajudei a se estabelecer numa fazenda não muito longe daqui. Khalid disse que devia muito à Força Qods, por isso ajudei.

Ahmed tinha medo de dizer alguma coisa que impedisse o irmão de continuar. Mas não podia deixar de perguntar.

— O que a al Qaeda devia à Qods?

Abdullah ficou em silêncio, como se estivesse tentando reavivar lembranças bastante escondidas recentemente.

— Conheci bin Laden, conheci seu cérebro, o Dr. Zawahiri, e seus músculos, Khalid Shiek Muhammad. O próprio Osama não era tão importante para as operações como aqueles dois. Eles o usavam como o símbolo, o unificador. Fui ao Afeganistão para vê-los. Por quê? Porque eles eram os únicos que realmente se opunham à monarquia Saud. Ninguém mais fazia nada para tirar aqueles sanguessugas do nosso povo. Eu não sou antimonárquico. Sei que a Inglaterra e os pequenos estados do golfo têm boas monarquias, mas não tínhamos! Os Saud estavam roubando, passando nosso povo para trás. Deixaram que os estrangeiros montassem suas próprias bases militares na terra das Duas Mesquitas Sagradas, não para nos ajudar, mas para proteger o petróleo para eles!

Ahmed sentiu que Abdullah sentia culpa sobre seu passado. Seu tom era o mesmo que usava quando explicava ao pai deles que tinha amassado o carro. Ahmed tentou mudar a conversa do papel do seu irmão para seu próprio interesse atual, os iranianos.

— E você conheceu a Qods nos acampamentos de bin Laden?

— Não, não. Eles nunca eram visíveis. Se você fosse bom em alguma coisa especial e confiável, o mandariam ao Irã para treinamento avançado com a Qods ou com o pessoal do Hezbollah de Mugniyah. O Dr. Zawahiri tinha um escritório em Teerã e ia bastante lá, desde os dias em que dirigiu a Jihad Islâmica egípcia. Muitos dos irmãos vinham para os acampamentos afegãos voando para Teerã, onde o pessoal da Qods os pegava através da imigração e os mandava de ônibus para a fronteira — relembrou Abdullah. — Mas o fato de que a Qods estava ajudando a al Qaeda com dinheiro e treinamento nunca foi comentado, porque mesmo o presidente do Irã não sabia. E os americanos também não, claro.

Ahmed sacudiu a cabeça espantado. A Força Qods da Guarda Revolucionária era realmente um serviço dentro de um serviço, só se reportando ao grande aiatolá, o líder supremo iraniano.

— O que aconteceu, Abdullah, entre você e a al Qaeda? Por que rompeu com eles e começou seu próprio movimento dentro de nosso país?

Abdullah deu de ombros, como se para dizer que essa pergunta era bem conhecida, ou deveria ser óbvia.

— Depois do 11 de Setembro, rompi com bin Laden. Achei que tinham ido longe demais, matando gente inocente. Então, depois que os americanos invadiram o Iraque, fui para lá e trabalhei por um curto tempo com aquele louco Zarqawi. Por quê? Pela mesma razão pela qual nosso tio lutou no Afeganistão. Pela mesma razão por que me opus aos Saud. Para retirar as tropas estrangeiras. Eu participei, aprendi e depois liderei, tudo para podermos ser nossa própria nação, uma grande nação, não uma base militar americana, não uma máquina de fazer dinheiro para uma família.

Ahmed sentia-se muito orgulhoso do irmão, que tinha visto os excessos e erros dos outros e criado seu próprio movimento para libertar o país natal. Havia também algo de similar com al Qaeda no que Abdullah fizera, porque ele tinha feito o trabalho pesado das operações e deixara que teóricos como Zubair bin Tayer assumissem a face pública do movimento.

— E você foi bem-sucedido — acrescentou Ahmed.

— Sim, mas hoje estamos enfraquecidos. Os Saud tomaram nosso dinheiro. — Abdullah voltou a um dos seus temas atuais, o financeiro. — Os americanos congelaram a maior parte deste dinheiro, provavelmente para que possam levá-lo para seus cofres. Mas, com o que têm, os Saud estão comprando encrenca para nós. Eles querem voltar e reinar de novo, e matar a mim e a todo o conselho. Não sei quanto tempo me resta. Todo dia recebo relatórios. — Ahmed ergueu a vista e seus olhos se encontraram. Abdullah apontou com a cabeça na direção de um dos guarda-costas.

Abdullah continuou:

— Aceito muitas coisas no Shura com que pessoalmente não concordo, coisas que não sei se serão boas para o futuro de nosso povo. Aceito por enquanto porque estamos enfraquecidos e não podemos deixar que divisões internas nos enfraqueçam diante de nossos inimigos, que você pode chamar de nossos escorpiões.

Ahmed pensou por um momento e depois replicou humildemente:

— Sei que a única coisa certa que tenho a falar sobre essas questões é que o sangue de nosso pai corre em nossas veias. Não mereci uma voz ativa, como você. Mas adoro esta terra, e amo você e não quero ver seus esforços desperdiçados. Se você não detiver seus inimigos no conselho agora, eles irão formatar a Islâmia num molde que endurecerá rápido. Depois virão atrás de você, porque não faz parte do que eles querem construir. E o que eles querem construir enfraquecerá a Islâmia e atrairá meus escorpiões em bando, especialmente se tentarem obter as armas nucleares. — Ahmed esticou-se através da mesa e apertou o antebraço de seu irmão. — Se acha que vai ser morto, morra por algo em que *você* acredita, não pelo que *eles* acreditam.

Abdullah pôs a mão direita gentilmente em cima do firme aperto que Ahmed colocara sobre seu antebraço esquerdo.

— Então esta é a sua prescrição, doutor? De que eu deveria ser morto?

— Não, minhas prescrições raramente são letais para meus pacientes. — Ahmed sorriu. — Minha prescrição aqui é preventiva. O novo exército acompanharia você, e você já dirigiu tudo da polícia. Use esse poder enquanto o detém. Use-o para o bem de nosso povo, que ainda não foi plenamente libertado. Se o povo estiver com você, realmente com você, vai manter os escorpiões afastados.

— *Inshallah* — disse Abdullah enquanto abraçava seu irmão. Os dois caminharam de volta ao Golden Tulip, de mãos dadas. Os guarda-costas foram com eles, à frente e atrás. Na mesa do pátio ficaram os restos da comida. Abdullah colocara o relatório azul da ONU dentro de seu manto.

— Suba comigo e conheça minha equipe, que passou o dia inteiro examinando os livros da Aramco. Diga a eles algumas de suas teorias. — Abdullah os guiou na direção do elevador. Fora do salão de jantar do restaurante no terraço havia uma suíte privativa com o chão coberto de tapetes e travesseiros. Um queimador de incenso no canto esquerdo espalhava um aroma doce. Quando Abdullah entrou no cômodo, todos os homens que estavam sentados em círculo, fumando narguilés, se levantaram.

Abdullah entrou no círculo formado por esses homens, apertando mãos e beijando faces, apresentando-os um por um ao seu irmão, o médico-espião.

— Então vocês examinaram a segurança da nossa companhia petrolífera e examinaram os livros — disse ele, sentando-se no chão em meio a uma pilha de travesseiros. — O que descobriram? Os Saud sugaram todo o petróleo e o levaram com eles para a Califórnia? — Um criado trouxe um narguilé para Abdullah e ajudou a acendê-lo.

— Não, xeique, nem mesmo os Saud poderiam roubar todo o nosso petróleo — replicou Muhammad bin Hassan, provocando o riso dos homens. Ele tinha sido sócio na principal firma de contabilidade e consultoria de Londres, e retornara após a revolução a pedido do homem com quem jogara futebol quando garoto em Riad, Abdullah bin Rashid. — Nossas reservas declaradas são de 290 bilhões de barris. Uma outra de 150 mil a 200 mil jaz em campos inativos.

— Tenho certeza de que é uma grande soma, Muhammad, mas o que isto *significa*? Como se compara com os demais? — perguntou Abdullah enquanto exalava a fumaça de tabaco sabor maçã.

— Significa que somos donos de mais de um terço do petróleo que resta no planeta, outro um terço está em algum lugar do golfo, e o terço final está espalhado pela Rússia, Venezuela e Nigéria. Mas o nosso é o de produção mais barata. Ele vem borbulhando logo debaixo da areia. A Rússia e os Estados Unidos da América gastam enormes somas para descobri-lo nos seus territórios e extraí-los de debaixo do gelo ou do fundo do mar. É a demanda deles e o seu custo de extração que fez o preço disparar para noventa euros o barril. O nosso petróleo também é barato de refinar, ao passo que o de boa parte do mundo necessita de um custoso refinamento.

"As taxas de consumo atuais também estão a nosso favor. A China e a América importam mais de dez bilhões de barris por ano, e estão aumentando os volumes pedidos. A chave está aqui: grande parte dos produtores de petróleo bombearam todo o petróleo extraído a baixo custo e podem ver o dia em que o terão bombeado por completo. Na nossa atual taxa de produção, temos mais de cem outros anos de petróleo. Quando todos os outros tiverem caído fora, ainda estaremos cheios de reservas para vender fartamente.

Houve sorrisos em volta da sala, exceto para Ahmed, que olhou para seu irmão pedindo permissão para falar.

— Ahmed, o que acha destas boas notícias? — perguntou Abdullah.

— Com todo o respeito a Muhammad, não tenho certeza de que sejam notícias realmente boas — disse ele, tentando. Os sorrisos congelaram. — Não vamos falar de hoje e amanhã — continuou. — Vamos nos imaginar de volta ao tempo de nosso avô. Digamos que ele era um negociante de camelos, o que realmente era. Se uma peste tivesse exterminado os camelos em algum lugar, vovô não ficaria com medo de que as outras tribos viessem roubar os seus? — Houve acenos de cabeça ao redor do círculo.

Ahmed incrementou sua história.

— E sem que nosso avô soubesse, homens no exterior enxergariam isto como uma oportunidade para importar Land Rovers e ensinar as outras tribos a dirigi-los no lugar de usar camelos. Portanto, mesmo se vovô resistisse e gastasse um monte de dinheiro defendendo seus camelos, a curto prazo ninguém se importaria, porque todos teriam Land Rovers e Mercedes. — Os homens riram.

— Então, qual é o seu ponto, Ahmed, você que ultimamente dirige um BMW, segundo ouvi dizer? — perguntou Muhammad, olhando para Abdullah.

— Seus medos de escorpião: vá em frente, irmão, explique para nós — encorajou Abdullah.

— Meu ponto é que o petróleo remanescente atrairá todos os tipos de escorpiões, como Estados Unidos e China. Seremos um alvo e um peão em muitos jogos. Enquanto isso, alguns países desenvolverão alternativas para o petróleo, e, depois de travarem guerra em nosso país para obter seu petróleo, não terão a necessidade de suprimento dos últimos cinqüenta anos. O petróleo será inútil, como os camelos.

— Camelos não são inúteis! — gritou um homem em protesto.

— Ahmed, respeito você como médico, mas não como economista — disparou de volta Muhammad. — Já faz anos que eles vêm se iludindo com alternativas. Suas pilhas de hidrogênio combustível para carros consomem muito mais energia para conseguir a mesma potência de carros movidos a gasolina. Eles não podem fazer voar seus aviões ou navegar seus navios com energia de hidrogênio ou solar. A energia nuclear cria lixo radioativo, que é perigoso. A importação de petróleo americana sobe quase 2% ao ano e a da China mais de 10% ao ano.

— Talvez, Muhammad, mas Ahmed está certo. Se terminarmos sendo o único país com uma imensa quantidade de petróleo, os escorpiões virão à procura dele — disse Abdullah, lentamente, enquanto agitava a cinza do seu tabaco.

— Mas é aí que você entra — disse Khaleed. — Você é o encarregado das nossas defesas e confio inteiramente em você. Como zagueiro no futebol, nunca pude bloquear seus chutes ao gol — provocou Khaleed, sentindo que a conversa ficava séria demais para aquela hora e lugar.

— Isso eu só conseguiria se nossos inimigos fossem tão fáceis de driblar como você era, Muhammad — brincou Abdullah de volta. — Mas talvez devêssemos pedir ao doutor que desenvolva uma nova armadilha para escorpião, como aquela arma americana contra as baratas... como é mesmo?

— O Motel das Baratas — explicou um homem em inglês. — Elas se hospedam, mas não saem.

— Sim, mas não *queremos* que eles entrem, Jassim, essa é a questão — replicou Abdullah, rindo. — Ahmed, o que precisamos que você desenvolva é um portal para mantê-los de fora, um portal do escorpião. — Toda a sala riu com o humor do xeique e, enquanto o faziam, Abdullah lançou jacosamente o braço em volta de seu irmão e sussurrou para ele: — Pense nisso. Eu pensarei no que você disse sobre o relatório da ONU. Você me deu um plano.

A sala se acalmou.

— Agora, Jassim, vamos ouvir seu relatório sobre a segurança da infra-estrutura do petróleo, depois falaremos sobre os operários que substituíram os americanos — disse Abdullah, cancelando o resto da agenda daquela noite.

QG do Comando Central dos EUA
Base da Força Aérea MacDill
Tampa, Flórida

— Sentido no convés — berrou o sargento, enquanto o comandante-em-chefe do Comando Central dos EUA entrava na sala de guerra na penumbra. Quarenta e dois oficiais, incluindo almirantes e generais, ergueram-se de seus assentos no pequeno anfiteatro. Nas 12 telas de plasma diante deles, demonstrações computadorizadas indicavam a atual posição das forças no oceano Índico, no mar Vermelho, no golfo Pérsico, do topo do mundo, nas montanhas Hindu Kush, ao fundo do mar Morto.

— Fiquem sentados — murmurou o general quatro-estrelas Nathan Moore enquanto deixava-se cair na cadeira tamanho gigante reservada ao comandante-em-chefe. Houve um som de arrastar de pés e rangidos enquanto os oficiais se sentavam e puxavam suas cadeiras à frente para arremedos de carteiras escolares diante de cada fileira. — Estamos satisfeitos por estarmos reunidos aqui hoje pelo subchefe de estado-maior das

Forças Armadas Egípcias, marechal Fahmi. Bem-vindo, senhor. Antecipamos esta Conferência de Planejamento Combinado da semana e, mais importante, para o maior exercício Bright Star até agora. Por favor, comece.

A sede do Comando Central dos EUA era um indefinido prédio comercial em uma base da Força Aérea projetando-se em Tampa Bay. Quando o Comando Central foi formado, em 1981, para coordenar as poucas forças americanas no Oriente Médio, nenhum país na região permitiu que os EUA criassem um quartel-general local. Frustrado, o Pentágono havia temporariamente colocado o quartel-general numa base de F-16s na Flórida. O Comando de Operações Especiais havia também transferido seu quartel-general para a base. Agora, três ou quatro guerras mais tarde, os F-16s e outra atividade de vôo na base aérea MacDill tinham ido embora, mas o CENTCOM continuava lá. Agora também tinham um sofisticado quartel-general "avançado" no Catar e uma base naval em Bahrein, no golfo Pérsico (ou, como o Pentágono chamava, o golfo Arábico).

Enquanto um jovem oficial da Força Aérea caminhava para o pódio, o logotipo do CENTCOM (uma águia americana voando sobre a península Arábica) se desvaneceu da tela principal e foi substituído por um grande mapa meteorológico. O que se seguiu foi igualzinho ao boletim do tempo na Edição Internacional da CNN: "Chuvas fortes continuam a cair em Mumbai... Quinze centímetros de neve em Cabul... Tempo ensolarado em Dubai... Ondas de um metro e meio no litoral de Alexandria..." A platéia, cabeças baixas, examinava seus livros de instrução.

Ao lado, mais acima, estava um general do Exército, o J-2, chefe da divisão de inteligência do CENTCOM. Devido à presença dos egípcios, a reunião de inteligência foi curta, sem as habituais fotos de satélite em close-up que o J-2 chamava de "Instantâneos Felizes", ou as suculentas mensagens interceptadas com que ele gostava de enfatizar suas reuniões matinais.

— E agora passemos a Bahrein — disse o J-2, enquanto uma foto do portão principal decorativo do quartel-general de Brad Adams aparecia na tela principal. Adams imaginou poder ouvir globos oculares se movimentando enquanto, estava certo, todos no recinto escurecido olhavam para ele. — Continua a investigação sobre a identidade dos terroristas que seqüestraram o navio-tanque com gás natural liquefeito, o *Jamal*, numa evidente tentativa de explodi-lo dentro da Unidade de Apoio Administrativo do CENTNAV, quartel-general da Quinta Esquadra. Os relatórios iniciais indicam que os seqüestradores eram iraquianos, sob outros aspectos não-identificados. A Inteligência da Defesa no Pentágono especula que estavam trabalhando para o regime de Riad chamado Islâmia...

Sentindo a tensão no recinto, o comandante-em-chefe interrompeu.

— Deixem-me dizer o seguinte sobre esse, hã, episódio: a equipe do almirante Adams fez um excelente trabalho ao interromper este ataque, excelente. Aqueles SEALs e fuzileiros... e, hã, claro, os guardas costeiros que morreram, capitão Barlow... onde está ele? — O comandante-em-chefe olhou em volta na penumbra, procurando o oficial da Guarda Costeira. — Um tremendo serviço. Milhares de vidas salvas. É assim que se faz proteção de força, almirante — disse ele, olhando abaixo, para a fileira onde Adams estava sentado, tendo um oficial da marinha egípcia a sua esquerda. — Você deveria se orgulhar de como treinou suas forças, especializou-as, planejou, de modo a conseguir aquele tipo de resultado sem sequer estar lá. Meus parabéns.

Adams engoliu em seco.

— Obrigado, senhor. — Enquanto o diretor de operações, o J-3, um general duas-estrelas do Exército, caminhava para o pódio a fim de dar início às instruções do Exercício Bright Star, o oficial à direita de Adams deslizou um bilhete dobrado para debaixo do livro de instruções do comandante da Quinta Esquadra. Desdobrando-o, Adams leu: "Isto foi um cumprimento ou uma reprimenda?" O autor, general Bobby Doyle, do Corpo de Fuzileiros, era o novo diretor de política e planejamento, o J-5. Ele também freqüentara a Escola Nacional de Guerra, junto com Adams, cinco anos antes, onde os dois haviam competido pelo troféu da classe tênis. Doyle havia vencido.

— Como sabem, senhores, a série de exercícios Bright Star Egito-Estados Unidos começou no início dos anos 1980... — O J-3 passava orgulhosamente um documentário de curta-metragem sobre os primeiros exercícios. Ele finalmente mudou para o planejamento da operação iminente. — Mais ampla do que nunca, incorporando inserções anfíbias e aerotransportadas de múltiplas unidades americanas tamanho-brigada, apoiadas por bombardeiros da América continental e ataques aéreos dos porta-aviões — disse ele, apontando para símbolos que apareciam no amplo mapa do mar Vermelho na tela central, casando-se com as divisões blindadas egípcias e movendo-se terra adentro...

Adams escrevinhou algo no bilhete de Doyle e devolveu-o. "E o cavalo que você montou."

Ao ler a resposta, Doyle rasgou outra página de seu bloco do CENTCOM e passou um bom tempo escrevendo. A instrução do J-3 mergulhava agora em detalhes que ninguém precisava ouvir: "...operações sustentadas no deserto... 240 mil toneladas...."

Até que Adams abriu discretamente o segundo bilhete de Doyle: "Você e eu, jantar, 2100, restaurante Colombia, Ybor City, reservas já feitas. À paisana. Encontro lá." Adams deu um risinho, pensando no que seria a noite e se o seu fígado agüentaria.

"...veículos blindados Stryker, que serão desembarcados de navios-contêineres..." continuou o J-3, tediosamente.

Um jato de luz penetrou no teatro quando uma porta foi aberta no corredor do subsolo atrás do complexo. Adams espichou o pescoço para ver quem chegava atrasado, porque, quem quer que fosse, cedo ou tarde seria alvo certo da ira do comandante-em-chefe.

— Por aqui, Sr. secretário... — dizia uma jovem no Protocolo. Um civil desceu a fileira até um assento vazio à esquerda do comandante-em-chefe. Ninguém se levantou e a reunião não foi interrompida, até que o comandante-em-chefe percebeu que seu convidado havia aparecido.

— Ah, Sr. secretário, deixe-me apresentá-lo ao marechal Fahmi, que... — O J-3 fez uma pausa enquanto os VIPs no recinto conversavam.

Adams voltou-se para Doyle e vociferou:

— Por que ele está aqui?

Doyle respondeu com um rápido bilhete: "Subsecretário da Defesa Ronald Kashigian = Dr. Maligno."

— OK, OK — dizia o comandante-em-chefe, batendo no microfone diante do seu assento com o dedo indicador. — Vamos ser breves. General, o senhor está dizendo que aquele combustível... — Adams sentiu uma onda esmagadora de fadiga de fuso horário e imaginou como agüentaria o jantar com Doyle. Para ficar acordado, ele enfiou na palma da mão direita um lápis gravado com o logotipo do CENTCOM.

Restaurante Colombia
Ybor City, Tampa

Ao descer do táxi na rua 21, um pouco antes das nove da noite, o comandante da Quinta Esquadra poderia passar por um vice-presidente de vendas, na cidade para uma convenção. Ele estava sozinho e vestia uma camisa pólo que revelava sua pança. Em geral, ele viajava com ajudantes-de-ordens e guarda-costas. Lá nos Estados Unidos e em trajes civis, ele se parecia com qualquer um, não com um almirante três-estrelas.

No saguão, o maître reconheceu Adams tão logo ele cruzou a porta.

— Almirante, obrigado por juntar-se a nós. Por aqui. O general Doyle já chegou.

Adams tentava imaginar como havia sido identificado por alguém que nunca vira mais gordo, mas o anfitrião não lhe deu chance de perguntar.

— Pouco movimento neste início de semana, por isso alguns dos salões estão fechados, mas vocês terão uma mesa bem privativa, logo atrás do Golfinho. — Entraram num brilhante pátio em estilo espanhol com teto de clarabóia enquanto o maître continuava: — Cópia de uma fonte encontrada nas ruínas de Pompéia. Se o senhor nunca esteve aqui antes, recomendo com entusiasmo a nossa paella à valenciana.

Adams avistou Doyle sentado, mastigando um charuto.

— Acho que você está violando as regulamentações do fumo, Dr. Maligno, não está? — Adams brincou com o bem-arrumado fuzileiro e deu-lhe um soco de mentira enquanto sentava.

— Está brincando comigo, rapaz? Ybor City é o lar dos charutos. Costumavam fabricar um quarto de bilhão por ano aqui. Bilhão. Enrolados nas coxas das virgens — disse Doyle, oferecendo a Adams um Cohiba guardado em uma charuteira forrada de couro. — Para depois do jantar. Contrabandeado de detrás das linhas em Cuba. Você sabe, da última vez em que realmente invadimos Cuba, foi aqui que o exército americano concentrou-se em massa, com os Rough Riders e tudo, aqui em Ybor City, onde terminava a ferrovia do norte.

— Charutos ilegais. Agora você não escapará do meu relatório — replicou Adams, aceitando o charuto. — Vamos experimentar a paella? Ouvi dizer que a daqui é muito boa.

Quarenta minutos depois, Adams sentia-se empanturrado, mas o vinho dera-lhe um segundo alento. De repente, houve música, e dançarinos de flamenco entraram através de três das quatro portas no Pátio Room. Doyle puxou sua cadeira para sentar-se junto a Adams, aparentemente para poder observar os dançarinos, mas, como a música abafava sua conversa, o fuzileiro perguntou:

— Você sente algo estranho a respeito dessa operação Bright Star?

— Bem, deduzo que ela vai estourar todo o orçamento de exercício do CENTCOM para este ano, mais algum dinheiro extra do Comitê dos Chefes Conjuntos — replicou Adams, observando a dançarina principal. — Por quê?

— Por quê? Porque é igual ao meu pau, é tão grande como ele, eis por quê. — Doyle riu. — Não, falando sério. Este exercício é grande demais, desnecessário demais, real demais.

Adams desviou seus olhos da dançarina por um momento e relanceou para o fuzileiro, que continuou:

— Enquanto você esteve cochilando durante a reunião de hoje, paspalho, o General Baba-Ovo expôs alguns dados muito interessantes. Estão trazendo muita merda com eles para conduzir duas semanas de operações de combate sustentado. Por que diabo estão fazendo essa porra? Você sabe quanto vai custar bancar tudo isso lá?

Adams parou de olhar para a dançarina.

— Me diga você.

— Consegui as perguntas, otário — disse Doyle, inclinando-se para mais perto de Adams. — Por que nós e os egípcios precisamos realizar uma operação conjunta? Estamos esperando que a Líbia atravesse o Saara para roubar a porra da Esfinge?

"Por que, como vi ontem no mapa de exercício de duplo aperto de mãos secreto, não é a sua esquadra que vai estar no mar Vermelho, sendo em vez disso enxotada como um piquete de grevistas para o oceano Índico, hem, parceiro?

"Por que o Dr. Maligno está aqui para esta conferência de planejamento de exercício em vez de estar em Washington polindo os sapatos do secretário da Defesa, ou seja lá ao que costuma se rebaixar para agradá-lo? Já lhe digo: porque o Dr. Maligno e seus amigos dessas fundações intelectuais acham que os milicos são meras peças de xadrez que podem mover à vontade para implementar suas teorias fajutas. Eles não entendem que nós, as peças de xadrez, sangramos, enquanto eles ficam se exibindo nessas porras de programas de entrevistas na TV.

"E segure mais esta: por que meus amigos na Equipe Seis dos SEALs estão fazendo o papel de força de reconhecimento no exercício e por que o chefe da equipe detalhou mapas do litoral em torno de Jidá e Yanbu em seu quarto no alojamento de oficiais solteiros? Sacou agora, Einstein?

Adams tentava encontrar seu caminho através da lógica do general Doyle.

— A Equipe Seis dos SEALs é um trunfo nacional. Não deveria estar em um exercício regional como esse. — O almirante estreitou os olhos para seu velho amigo. — Jidá e Yanbu ficam no mar Vermelho, mas este é o lado errado do mar Vermelho, é o... — Agora ele percebia o que o fuzileiro estava dizendo. As dançarinas de flamenco encerraram seu número com um floreio.

— Ai, meu Deus — Adam deixou escapar, exatamente quando a música terminava.

— Sim, sim. Elas são muito boas — replicou um garçom.

Depois de pagarem a conta, os dois oficiais desceram a Sétima Avenida à paisana, fumando seus Cohibas.

— Você acha mesmo que eles vão invadir a Arábia Saudita? Lar das Duas Mesquitas Sagradas? — perguntou Adams. — O mundo islâmico irá à loucura!

— Acho. Creio que o secretário Conrad realmente pensa que podemos reinstalar a Casa de Saud. Ele nos fizeram passar por cima das Lições Aprendidas na ocupação do Iraque. Por quê? Então por que não fazer isso de novo quando ocuparmos a Islâmia? — perguntou o general Doyle, baforando seu charuto.

— Bobby, a ocupação do Iraque quase arruinou o Exército e o Corpo de Fuzileiros. Sugou-os ao máximo e quebrou por completo a Guarda Nacional e o corpo de reservistas. Nunca mais houve recrutamento. Temos sete mil garotos que agora são veteranos aleijados ou caolhos, e nada conseguimos por isso — disse Adams, sentindo a raiva elevar-se nele. — Eu servi lá. Assim como você. Vi companheiros morrendo, e para quê? Porque tínhamos um secretário da Defesa que não raciocinava, não tinha plano algum, colocava pouquíssimos soldados. Acha que o povo americano vai aturar isso de novo? Sem chances.

Doyle se afastou da calçada, indo para a porta de uma loja que estava fechada.

— Por que acha que estão agindo assim? Se Conrad ou o presidente fossem para o Congresso e dissessem, vamos invadir e ocupar outro país árabe, eles conseguiriam um voto por isto? Merda, o mais provável é que ganhassem um impeachment. — O fuzileiro cuspiu um pedaço do charuto. — Eis a razão de todo esse jogo de intrigas palacianas. Necessitamos de uma força de invasão ao largo do litoral saudita para quando, enfim, não sei, algo aconteça. Talvez os egípcios estejam nessa também. Talvez se juntem a nós como em 1990, está me entendendo?

"Mas já conheço isso. Fui para Fallujah com minha brigada em 2004 e vi o que fizemos. Você sabe que os três-estrelas no comando dos fuzileiros no Iraque foram contra tomar de assalto a cidade, não sabe? Lá não havia armas de destruição em massa. Eles não estavam escondendo Saddam ou Osama. Quando entramos em Fallujah pela segunda vez, nós arrasamos o lugar. Uma cidade de 250 mil habitantes. Imaginamos que esta porra nos tornaria mais populares? Não é de admirar que os iraquianos tentassem explodir nosso quartel-general em Bahrein.

"Você sabe, vamos pagar toda essa pequena leviandade para obter acordo pelo petróleo deles. O que eles fazem? Explodem seus próprios oleodutos, reservatórios, toda a infra-estrutura. Se entrarmos na Arábia Saudita, eles se auto-imolarão também. Então ninguém terá porra nenhuma de petróleo. Mude-se para a Flórida, é o que eu digo. O inverno aqui é agradável.

Doyle se aproximou de Adams e pôs um dedo no peito do almirante.

— Ainda me lembro de Dorian Dale, o meu G-3. Sua mãe trabalhou quase até a morte para formar aquele homem na Howard, ela e o Corpo de Treinamento de Oficiais da Reserva. Ele podia ter sido o próprio Colin Powell, só que teve a cabeça arrancada dos ombros em Fallujah. O sangue esguichou pra todo lado. Por quê? Porque um grupo de lunáticos escapou de uma fundação de intelectualóides e tomou conta do Pentágono, foi por isso, porra! — Doyle bufou. — Não podemos deixar que isso aconteça de novo. Temos que pôr um fim nesta merda, Adams. É nosso dever. É nosso dever para com nossos soldados. É nosso dever para com nosso país, como militares.

Adams desviou o olhar, depois voltou-o para seu amigo.

— Bobby, por toda a minha vida, desde os 17 anos, bati continência e obedeci ordens, inclusive ordens estúpidas pra cacete. Nesta altura de minha vida, se tentasse sair da linha, provavelmente eu aproveitaria a oportunidade. — Ele suspirou. — Temos um sistema neste país. Os militares estão sob controle civil. Eles às vezes cometem erros, mas são pagos também para isso, têm acesso a tudo e alguns deles conseguem ser eleitos. Ninguém vota em nós.

"O presidente e o secretário Conrad são caras espertos que vêem muito mais informação do que nós. Fazer um grande exercício da Islâmia exatamente agora, para intimidá-los a não se meter conosco, não faz sentido para mim.

"Além disso, Bobby, o que você está falando soa como fazer algo, não sei o quê, mas algo que viola o regulamento. Isto não é apenas desistir da próxima promoção, é desistir de tudo, não só para nós, mas também para nossas esposas, família. Consegui pôr meus dois garotos na Penn por causa da herança. São cem mil por ano em bolsas de estudos e empréstimos.

Eles voltaram para a calçada. Adams falava com a cabeça baixa enquanto desciam a rua. Percebeu que Doyle parecia andar mais devagar.

— Muito bem, Bobby, vamos supor que você esteja certo sobre esta invasão. — O almirante falou cuidadosamente. — O comandante-em-chefe sabe? O que podíamos fazer para impedi-la se você quiser? Você nem mesmo pode provar que vão fazer isso.

— O comandante? Nathan Bedford Moore? — disse Doyle, sarcástico. — Não sei o que ele sabe nem o que não sabe. Mas sua prioridade número um é número um. Ele vê o secretário Conrad se tornando o próximo presidente do Comitê Conjunto. Ele não vai remar contra a maré. Diabo, ele convidou Conrad para ver o pretenso exercício, para estar a bordo do *George H.W. Bush*, subindo e descendo o mar Vermelho com as tropas.

"Não sei o que fazer, Adams. Não sei mesmo — disse o fuzileiro, olhando para o almirante. — Por isso tive de falar com você: porque é o único em que posso confiar a este respeito, e imaginei que você saberia o que fazer.

O almirante olhou fixamente para Doyle, sem saber o que dizer. Depois puxou seu quase acabado Cohiba, atirou-o ao chão e esmagou sob seu calcanhar. Ele olhou de volta para Doyle.

— Havia um lema acima do portão da faculdade. Creio que era de Aníbal, o general com os elefantes, que quase derrotou os romanos. Dizia: *"Inveniemus Viam aut Faciemus."* Descobriremos uma maneira, ou então inventaremos uma.

Doyle pôs a mão no ombro do seu amigo.

— Bem, parceiro, você *faciemus* melhor.

Do outro lado da Sétima Avenida, um casal de aparência civil beijava-se na calçada. Na verdade, eram ambos sargentos lotados em uma unidade pouco conhecida de Fort Belvoir, no norte da Virgínia, o 504º Batalhão de Contra-inteligência.

Upper Pepper Street
Cidade do Cabo, África do Sul

— Bem, posso imaginar por que a chamam de montanha da Mesa... é mais plana do que um linguado — refletiu Brian Douglas em voz alta, olhando da janela do último andar e se esticando após o longo vôo desde Londres. — Uma cidade magnificamente linda.

— É por isso que adoro este lugar, tem uma vista tão linda — replicou Jeannie Enbemeena enquanto voltava à sala com a mão cheia de papéis. Tinha seus 30 e poucos, era baixa e uma negra bastante atraente nascida em Natal, que trabalhava com o SIS há seis anos. Por dois anos estivera dirigindo os pequenos serviços da África do Sul e dando apoio à inteligência britânica desde uma propriedade na Cidade do Cabo, sem nenhuma ligação óbvia com a embaixada em Johannesburgo. — Nunca esteve aqui antes, Sr. Douglas?

— É a primeira vez. Sou um arabista, você sabe — disse ele, pegando os documentos falsos que Jeannie lhe entregava. — O que faz, Srta. Enbemeena, se posso perguntar, quando não está criando personagens e servindo de anfitriã para arabistas andarilhos?

— Fico de olho na mesquita malaia rua abaixo. Colocamos alguns dos regulares lá para uma célula da al Qaeda que está tramando explodir coisas em Kuala Lumpur e Cingapura. O bando aqui fez uma farra de pequenos atentados dois anos atrás, contra o American Express e o Barclays — ela sorriu —, mas fui para a escola em Durban, e nossos rapazes de lá fizeram um bom trabalho nos seus documentos e história de retaguarda. Eu, pelo menos, acredito. Você agora é Simon Monley, novato no ramo de frutas e nozes que busca uma fonte confiável e barata de pistache. E onde mais senão no Irã, a capital mundial do pistache?

— E como o negociante Simon sai daqui para lá? — Brian deu um risinho.

— Mandaremos você dos arredores de Durban num táxi aéreo que possuímos, sem ninguém fazer perguntas. Depois será levado ao aeroporto principal de Durban, onde pegará o vôo semanal dos Emirados para Dubai, tem duas horas de folga para compras no free-shop e depois pega a Iran Air para Teerã, onde Marty Bowers o encontrará assim que você passar pela alfândega — disse Jeannie, lendo suas anotações.

— Marty quem? Me encontrar? Estou operando sozinho nisto... ninguém do posto de Teerã sabe que estou no país! — explodiu Brian.

— Cessar fogo! — disparou ela de volta. — Meu Deus, colega, não mate a garçonete pelo erro do cozinheiro! Londres nos disse para mandar alguém da base de Durban que pudesse tomar parte da sua história de cobertura, para estar lá se for o caso, exatamente porque você não vai para a embaixada ou se encontrar com quaisquer dos outros rapazes e garotas que trabalham no posto.

"A cobertura habitual de Marty Bowers é a de que dirige uma firma de importação em Durban. Fizemos dele um dos investidores e sócios da Manley Fruits and Nuts. E ele não ficará grudado em você. Deverá passar a maior parte do tempo como turista. Ordens de Londres. — Seu sorriso retornou.

— Londres — suspirou Brian Douglas. — Somente Londres poderia vir com essa de Manley Fruits and Nuts, o oximoro perfeito. O passaporte e a foto de Simon Manley estão no banco de dados do governo sul-africano?

— É claro, invadimos todo o banco de dados deles e inserimos a história de sua vida. Agora, então, Simon Manley, você é careca com colarinho de frade de cabelo grisalho, tem olhos castanhos e usa óculos — disse Jeannie, seguindo para a outra sala. — Portanto, me acompanhe, Sr. Manley...

Duas horas depois, a basta cabeleira ruiva se fora, o cabelo que restou foi tingido, os olhos azuis ficaram castanhos, com óculos de armação de tartaruga, e leves pedaços de material cor de carne tinham sido aplicados no nariz e orelhas com uma poderosa cola de resina epóxi. Quando Brian Douglas emergiu da sala dos fundos, onde o técnico em disfarces havia operado prodígios, Jeannie Enbemeena estava atônita.

— Meu Deus, não é que virou o autêntico Simon, comerciante de nozes? — disse ela. — Não tenho necessidade de saber, mas posso perguntar por que tivemos de fazer tudo isto com você? Você era, se posso dizer assim, um homem para lá de atraente.

— Você está certa sobre a parte em que não tem necessidade de saber — disse Brian enquanto coçava sua cabeça de repente calva. — Mas há alguma chance de que o Teerã tenha meu rosto arquivado, e com o novo software de comparação fisionômica comercialmente disponível, eles seriam capazes de imaginar quem realmente sou antes que eu parta.

7

11 DE FEVEREIRO

*Base naval UAA dos
EUA — Bahrein*

— Aquele lá é o navio-tanque de gás natural liquefeito, Sr. MacIntyre. Os japoneses estão mandando, de avião, uma nova tripulação e contratando alguns rebocadores pesados para puxar o navio. Há muita água rasa ali onde ele foi parar. — O capitão John Hardy, o J-2 do NAVCENT, falava pelo microfone preso à sua cabeça, e apontava para o *Jamal*, enquanto o Osprey V-22, o avião com decolagem vertical da Marinha, se elevava do heliponto da UAA Os dois enormes rotores eram direcionados direto para cima, fazendo o avião operar como um helicóptero. Ele se moveu para longe da água, estremecendo enquanto fazia a transição de helicóptero para avião, os rotores gigantes girando 90 graus para uma posição horizontal. — O Pentágono tentou enterrar o programa Osprey tantas vezes que deviam tê-lo rebatizado de Fênix — brincou Hardy —, mas não se preocupe, temos milhares de horas de operações bem-sucedidas e apenas seis ou oito desastres.

— Isto é uma baita visita guiada, capitão. Muito obrigado

— Bem, o almirante disse ter vindo altamente recomendado, Sr. MacIntyre, e pediu para lhe dizer que lamenta não poder vir recebê-lo. Mas deixou este bilhete. Acho que diz que quer vê-lo quando ele regressar da América, se puder esperar uns dois dias.

O Osprey circulou em volta do navio-tanque.

— Parece muito bem guardado — disse Rusty MacIntyre, pressionando o botão, que balançava no cordão abaixo de seu capacete para falar.

— E está. Dois barcos de patrulha bareinitas e três dos nossos, mais mergulhadores, mais helicópteros, mais um destacamento do exército de Bahrein na abordagem do lado da praia. Não estamos oferecendo quaisquer chances. Ele ainda está carregado com gás congelado. — Hardy pareceu tremer ao mencionar o gás. — Se tivesse sido explodido, a bola de fogo tomaria a maior parte da base.

— Quem são "eles", capitão? Já ouvi várias teorias diferentes — disse Rusty, enquanto o Osprey voava sobre a fileira de navios americanos atracados às docas abaixo.

— Os SEALs capturaram alguns dos terroristas vivos. Eram iraquianos, aparentemente buscando vingança tardia pela ocupação americana. De qualquer modo, é isso que o Pentágono pensa — replicou Hardy cuidadosamente.

— Mas ouvi dizer que eles eram xiitas, portanto não eram homens inclinados a vingar Fallujah. Talvez trabalhassem para a polícia secreta, a nova Muhabarat do Iraque? — sugeriu Rusty.

— Talvez — disse o capitão, olhando por sobre seus óculos de sol, que deslizaram nariz abaixo. — É nisso que minha fonte acredita, a que me preveniu sobre o ataque terrorista. Diz que definitivamente não foi a Islâmia. Diz que foram os islamianos que contaram a ele sobre o ataque. Só sei que os caras que capturamos eram iraquianos.

— Muhabarat do Iraque, que está sob a tutela da Guarda Revolucionária iraniana e da sua Força Qods... — disse MacIntyre, olhando para o navio-tanque, agora diretamente abaixo da aeronave.

— Como eu disse, Sr. MacIntyre, talvez seja verdade, mas o Pentágono acredita que eles são iraquianos ligados à al Qaeda, ligados à Islâmia, mesmo se nós sabemos que *não* há xiitas na al Qaeda do Iraque. — Hardy voltou a pôr seus óculos escuros.

MacIntyre olhou direto para seu guia turístico.

— Quem quer que sejam, desconfio de que vão tentar outra vez. Estão planejando novas medidas de segurança?

— Claro — disse Hardy, sorrindo. — Também planejamos lançar em breve a maior parte da força ao mar para um exercício de vulto. Com a base tão vazia, eles podem se afastar por uns tempos.

— É, o exercício Bright Star, antecipado para este mês — disse MacIntyre, deixando o oficial de inteligência da Marinha saber que ele estava a par do plano. — Não parece um tanto incomum encher o golfo de unidades para um exercício no mar Vermelho, especialmente se são os iranianos que estão agitando as coisas por aqui?

— Está fora de minha alçada, senhor. Ou pelo menos não é minha área de especialização — respondeu o capitão Hardy enquanto o Osprey aumentava a velocidade e se afastava para o golfo. Hardy espiou pela janela lateral do V-22. — Por outro lado, aquele navio lá na névoa é da minha alçada. É o *Zagros*, o grande destróier da marinha iraniana, Sovremenny classe II, fabricado em Petersburgo. Equipado com mísseis antiáereos e antinavios, e todo tipo de aparelhos de escuta. — Hardy entregou a MacIntyre os binóculos 7x35.

— É um grande navio — disse MacIntyre, focalizando os binóculos. — O que está fazendo tão perto de Bahrein?

— Meu palpite educado é de que esteja monitorando nossas comunicações, checando visualmente a movimentação dos nossos navios enquanto entram e saem do porto, e provavelmente destacando uns poucos mergulhadores com trenós submarinos para vigiar a costa. Nossos SEALs perseguiram alguns na semana passada.

— Vigiando a costa de Bahrein, capitão, debaixo d'água? Bem, por que estariam fazendo isso? — perguntou MacIntyre, devolvendo os binóculos.

— Ouvi dizer que a Equipe Seis SEAL está fazendo o mesmo no mar Vermelho para a Bright Star. É o que se faz antes de conduzir desembarques anfíbios. Para ter certeza de que nada debaixo d'água prenderá as lanchas de desembarque.

— Os iranianos têm lanchas de desembarque? — perguntou MacIntyre, casualmente, enquanto o Osprey voava baixo, ao lado do *Zagros*, e os marujos iranianos no convés acenavam para o avião americano de aparência engraçada.

— Uma porrada delas. Navios de desembarque de tanques classe Karbala, feitos em casa. Aerodeslizadores. Canhoneiras semi-submersíveis. Dê o nome que quiser. — Hardy sorriu para MacIntyre. — Exercitaram todas elas certa vez, poucos meses atrás, invadindo com sucesso. Seus desembarques no Irã não tiveram oposição.

— Então você diz que estão planejando desembarques em Bahrein? Alguma idéia de quando? — perguntou MacIntyre.

— Sou da inteligência, Sr. MacIntyre. Isto significa que analiso capacidades, não intenções. Todos querem que a inteligência preveja o futuro, mas esse não é o nosso trabalho. Mas, em termos das capacidades deles, eu diria que deveriam estar em prontidão máxima em uma ou duas semanas. — Hardy deixou suas palavras no ar por um minuto e depois acrescentou: — Mas não sei o que eles têm em vista, senhor. — O V-22 deu uma guinada e seguiu para o litoral do Catar. — À nossa esquerda está a maior fonte de gás natural liquefeito do mundo, Catar, que também é o lar do quartel-general avançado do Comando Central dos Estados Unidos. Bem mais valioso do que Bahrein, mas quem sabe? Os iranianos podem estar fazendo um mero treinamento, tal como nós.

Restaurante Rooftop
Hotel Ritz-Carlton
Manama, Bahrein

— Sra. Delmarco? Rusty MacIntyre. Desculpe o atraso — disse ele, estendendo a mão. — Fiz um pequeno passeio aéreo panorâmico e meio que perdi a noção do tempo.

Kate esperava no bar.

— Está tudo bem — disse ela, fechando um livro. — Isso me deu uma chance de terminar. Tome, talvez você goste de ler. *O mundo à noite*, de Alan Furst. Todos os seus livros são sobre a

Europa no final dos anos 1930, sobre como as pessoas comuns, gente humilde, sabiam que uma guerra era iminente, mas nada faziam a respeito. Foram todas varridas pela guerra. Uma coisa muito convincente.

— Talvez eu devesse ler isto — disse Rusty, aceitando o livro. Ele tentou adivinhar a idade de Kate e calculou que tinha mais ou menos a sua idade, tirando ou acrescendo uns dois anos. Ela tinha presença, estilo.

— Quer dizer que você esteve naquela engenhoca tipo Júlio Verne que pousou na base naval pouco tempo atrás? Você tem coragem. Sim, dá para ver um bocado aqui do alto. — Kate Delmarco deslizou de sua banqueta. — Estou com fome. Vamos para uma mesa.

O maître, que parecia conhecer Kate, acomodou os dois numa mesa de canto, de onde podiam ver o golfo nas duas direções.

— Pelo que sei, você viu muita coisa aqui recentemente — disse Rusty enquanto o garçom aparecia com os cardápios.

— Sim, apenas sorte, acho — disse Kate, sorrindo inocentemente.

— Foi um tremendo de um furo. Você passou mais de uma hora ao vivo com a CNN. Mas não foi apenas sorte, e você não esteve aqui no bar por acaso. Foi você quem ligou para o capitão Hardy avisando que o ataque era iminente. — Rusty pousou o cardápio e olhou fixamente para Kate Delmarco.

— Johnny é um falastrão. Esse tipo de conversa poderia causar minha morte, Sr. MacIntyre. — A voz de Kate baixou uma oitava.

— Não culpe o capitão Hardy, o que fiz foi apenas atirar no escuro e, por acaso, acertei. — Rusty quase suspirou através da mesa. — Quando Brian Douglas sugeriu que você era alguém que eu deveria ver enquanto estivesse aqui, imaginei que seria mais do que a habitual correspondente internacional americana. E acertei sobre isso, também.

Como entrada, o garçom trouxe uma pequena travessa de tabule, pasta de grão-de-bico, azeitonas, queijo feta e pasta de berinjela. Um caça-minas americano fez fumaça e zarpou de uma doca lá embaixo.

— Bem, imagino que Brian Douglas seja mais do que o habitual não-sei-o-quê de petróleo da embaixada britânica, especialmente se conhece o vice-diretor do... Como é mesmo o nome, Rusty?

— Centro de Análise de Inteligência. Temos os redatores, o pessoal da peneira, mas não os espiões. Brian e eu nos conhecemos numa conferência de pesquisa de petróleo em Houston, no ano passado — tentou MacIntyre, pouco convincente.

— Certo — disse ela, sarcástica. — Onde ele está, a propósito? Faz dias que não retorna meus telefonemas. Tenho uma coisa para passar a ele. — Enquanto falava, Kate Delmarco tirou um pequeno bloco da bolsa e colocou-o na mesa junto a si.

— Bem, como você já viu, através da intencionalmente frágil cobertura de Brian, ele estará em Londres por cerca de uma semana. Portanto, o que você está esperando para contar a alguém de uma agência de inteligência ocidental? — MacIntyre não via nenhum sentido em continuar a charada e esperava que sua doçura lhe garantisse algum crédito com uma repórter que parecia ter fontes muito boas.

— Bem, isso foi sincero. E não costumo dizer isso das ordens de serviço emitidas por Brian. Obrigada, Rusty. — Ela ficou pensando se tinha dado pistas demais sobre sua amizade com Brian. Especulou sobre o quanto ele contara ao americano. — Eu soube que o ataque era iminente porque alguém ligado à inteligência da Islâmia me contou. E fui apresentada a essa pessoa por um magnata do ramo imobiliário de Dubai, a quem Brian Douglas sugeriu que eu deveria conhecer. Resumindo, nosso amigo em comum, Brian, deve saber que esse Dr. Ahmed bin Rashid, do Centro Médico Salmaniah, é irmão do chefe da inteligência da Islâmia. Portanto, por que não poderia me contar isso sem rodeios?

MacIntyre fez uma pausa, tentando encadear os assuntos.

— Como eu disse, não sou um cara operacional. Escrevo análises, ou melhor, tenho uma turma de sujeitos realmente espertos que escrevem análises baseados nas coisas que gente como Brian coleta. Então, só me resta presumir... Mas acho que isto tem algo a ver com negatividade. O que o Dr. Rashid teria feito se você ligasse e dissesse: "Posso entrevistá-lo? Você foi mesmo rejeitado como um espião dos britânicos?"

— Ele ficaria irado. — Kate riu. — Você está certo. Mas com o cara de Dubai sendo nosso amigo em comum, ele se tornou quase uma fonte para mim. Eu o vi umas duas vezes desde o seqüestro do navio-tanque. Ele está preocupado. Isto é o que eu diria ao misterioso Brian Douglas, se ele não estivesse em Londres.

— Preocupada com isso? Que os britânicos e os bareinitas saibam quem ele é e o que está fazendo aqui? — perguntou Rusty.

— E mais um monte de coisas — disse Kate, olhando suas anotações. — Que o Conselho Shura na Islâmia possa fazer algo em breve, algo realmente estúpido, que irá provocar os americanos. Que é dominado por fundamentalistas que perpetuarão alguns dos erros cometidos pelos Saud. Que suas fontes que mantêm vigilância sobre os iranianos aqui acham que algo grande está prestes a acontecer. Ele é um homem muito nervoso, o nosso doutor. Eu não gostaria que estivesse cuidando de mim numa UTI.

— Eu gostaria de conhecê-lo — disse MacIntyre.

— Impossível. Você quer me ver morta? "Com licença, Ahmed, apresento-lhe o meu colega espião de Washington." Nunca mais ouvi falar dele — disse Kate, fechando seu bloco e colocando o guardanapo sobre a mesa.

Rusty MacIntyre pegou o guardanapo.

— É espantoso que usem guardanapos de papel num lugar sofisticado como este — disse ele e rasgou-o em quatro pedaços.

— O que... o que você está fazendo? — gaguejou Kate.

MacIntyre segurou os pedaços do guardanapo na mão direita, moveu a esquerda acima dela e depois, olhando direto para Kate, disse:

— Devo me encontrar com Ahmed. — A seguir puxou o guardanapo da sua mão direita e devolveu-o a Kate em um só pedaço. Ela arfou. Ele tomou o guardanapo de volta, passou-o por suas mãos e repetiu: — Devo me encontrar com Ahmed. — O que apareceu da sua mão direita foi um guardanapo no formato de uma rosa.

— Não acredito — disse a repórter, aceitando o papel-rosa.

— Desculpe-me pelos truques de mágica — disse MacIntyre. — Eu só queria ganhar sua atenção. Kate, se Ahmed está certo e as coisas estão a ponto de acontecer na Islâmia e no Irã, talvez não haja mais tempo para sutilezas. Além do mais, Brian ainda vai demorar alguns dias. Preciso fazer isso agora. Diga a Rashid que sou seu editor de Nova York, diga que sou seu irmão mais velho, diga...

— Bela tentativa. Irmão mais velho. Gosto disso. Sou no mínimo cinco anos mais velha que você. — Kate pensou por um momento. — Se eu fizer isso e perdê-lo como uma fonte, você terá de realizar algum outro truque de mágica para me compensar, e esta mágica deverá incluir material tão bom quanto o que eu obtinha de Ahmed. Negócio fechado?

— Fechado. Veja se consegue um encontro meu com ele para esta noite — apressou MacIntyre.

— Vou tentar, mas ele trabalha até tarde no hospital. — Ela pegou seu celular. — Você vai permanecer aqui no Ritz?

— Não. Vou ficar no quarto de hóspedes da residência do embaixador americano. É... mais seguro — admitiu Rusty, enrubescendo levemente.

Enquanto Kate Delmarco ligava para o Dr. Rashid e deixava uma mensagem para ele, dizendo que precisavam se encontrar esta noite, se possível, Rusty MacIntyre verificava no BlackBerry seu e-mail criptografado. Havia três mensagens e apenas quatro pessoas tinham aquele endereço. Uma era de Sarah, que tinha ido para Somalilândia fazer uma pesquisa sobre refugiados e estaria de volta a Washington em dez dias. O filho do vizinho cuidaria do gato. Outra mensagem era de Brian Douglas, sugerindo que se encontrassem no Jaipur, uma "espelunca de curry" em Dubai Creek em três dias, quando estaria de volta de seus "feriados consumistas", como chamava sua viagem para Teerã. Mesmo usando um e-mail criptografado, Brian era cuidadoso.

A terceira mensagem chamou a atenção.

Rusty, tudo bem de modo que escrevi esta à mão e pedi à Srta. Connor que enviasse para você. O teclado desta coisa é muito pequeno. De qualquer modo, a história é a seguinte: a fonte do secretário Conrad na China diz agora que as tropas chinesas voarão para a Islâmia no dia 28, um dia depois que a esquadra chinesa tenha chegado a vários portos do país. Ainda não podemos confirmar isto com nenhuma outra fonte, portanto, Conrad pode estar blefando. Sem qualquer conexão aparente, um dos militares na nossa equipe diz que soube por um amigo do CENTCOM que a data para o exercício dos Bright Star com os egípcios foi de repente alterada de 15 de março para 25 de fevereiro. Não faço a menor idéia do motivo. Tenha cuidado por aí, mas descubra o que puder e volte logo para cá. Talvez não tenhamos tempo de sobra. R.

— Alô? Desculpe interromper... — dizia Kate. E então, enquanto Rusty olhava por cima do BlackBerry: — Deixei uma mensagem. Se ele ligar de volta e concordar em se encontrar com meu editor, ligarei para você.

— Que dia é hoje? — perguntou Rusty, distraído.

— Onze de fevereiro, aqui — alfinetou Kate.

— Certo. Desculpe. Então... esta noite. Preciso muito vê-lo esta noite. — Três caças F-16 de Bahrein voaram baixo sobre o porto, para fora do golfo, em direção ao *Zagros*.

Aeroporto Internacional Imã Khomeini, Teerã, Irã

— Simon, velho companheiro. Como foi o vôo? Um frio terrível aqui comparado com o lá de casa, não é? — disse ruidosamente um homem corpulento, que vestia um pesado sobretudo e se aproximava de Brian na cintilante catedral com alta abóbada de vidro que era o saguão de desembarque.

— Limpopo realmente nos venceu? Meu Deus, você sabe, deixei Durban por um tempinho e nosso time começa a perder para os de Limpopo. Logo estaremos rebaixados para jogar com os de Mpumalanga. Deixa que eu levo isso — continuou impetuosamente. Este, aparentemente, era Martin Bowers, da base do SIS em Durban, representando o papel de importador de nozes e sócio do sul-africano Simon Manley.

Brian Douglas deixou seu amigo recém-encontrado levar a bagagem. Olhou com espanto para o moderno aeroporto.

— Sim, é uma maravilha, não é? Disseram-me que o antigo era uma autêntica lixeira, Mehrabad, mais conhecido como "Merdabad". Ainda bem que nunca tivemos de usá-lo — continuou Bowers, enquanto se acotovelavam em meio à multidão junto à porta da alfândega. — Este fica a apenas 45 quilômetros ao sul da cidade, o que significa menos de duas horas de viagem a esta hora do dia. Quando vi o trânsito aqui, nunca mais me queixei de Durban. Eis por que fiz um alarde e consegui um motorista para nós: não poderíamos nos deslocar em segurança com esses taxistas loucos.

Ótimo, pensou Brian, um motorista contratado para levar dois estrangeiros do aeroporto internacional é provavelmente o gancho para ser relatado ao VEVAK, o Ministério do Serviço de Inteligência. Deixe o VEVAK saber que dois sul-africanos brancos não tinham medo de contratar um motorista e que só falassem de tráfego, futebol, rúgbi e pistaches. Alguém tentando evitar chamar a atenção do VEVAK optaria por tomar o ônibus superlotado no centro da cidade. Simon Manley e Marty Bowers nunca sequer pensaram no VEVAK. Talvez Bowers estivesse sendo exageradamente fanfarrão no seu papel.

Quando entraram no carro, Bowers começou:

— Vamos ficar no Homa Hotel, que dizem já ter sido um Sheraton. Muito bonito e na rua principal, ou quase... Valiasr, creio que a chamam assim. Agora deixe-me contar sobre Teerã...

Brian Douglas, agora Simon Manley, desligou-se da explanação que não passava de uma encenação para o motorista. Preferiu pensar na Teerã que conhecia tão bem, os becos do bazar, as ruas pobres ao sul da cidade, as entregas de informação nos parques da montanha, uma hora ao norte da mixórdia esparramada e poluída que era agora a capital da Pérsia, ou República Islâmica do Irã.

Ele pensou na rede de fontes iranianas que havia dirigido com sucesso até que, após ser transferido para a chefia do posto de Bahrein, sua melhor fonte no Irã tinha sido morta a tiros na rua pelo VEVAK. Baleada até a morte, após depositar os planos para um novo sistema de defesa aérea do país num ponto de entrega em Baku, dois dias antes. Até então esta fonte havia trabalhado bem, em boa parte porque não estava envolvida com a embaixada britânica em Teerã. O VEVAK mantinha estreita vigilância sobre todos os funcionários da embaixada. Sua rede de espiões iranianos sobrevivera porque somente Brian e alguns poucos em Vauxhall sabiam quem eram eles, e os encontros quase sempre aconteciam fora do país: Ancara, Istambul, Dubai e, claro, Baku.

Após o golpe, Londres interrompera todos os contatos até que o comprometimento da fonte fosse avaliado. Nunca chegaram a uma conclusão. Meses se passaram e Brian fora transferido para Bahrein como chefe de posto para o baixo golfo, incluindo os postos em Doha, Dubai e Mascate. A redução do modelo havia forçado o SIS a ter agentes seniores nos quatro postos. Agora, passados três anos, ele nem sequer sabia se os membros da rede ainda estavam vivos, se permaneciam nos seus antigos endereços ou nos cargos que os tornaram tão valiosos. Mais importante, não podia saber se eles ainda aceitariam o convite para um encontro. Pensou nas câmeras na cabine do Controle de Fronteira no aeroporto e, sem se dar conta, sacudiu seu nariz recém-reformatado.

— Então aqui estamos, no Homa — disse Bower, interrompendo os devaneios de Brian. — Esta cadeia é de propriedade da companhia aérea. Não é o que eu chamaria de um cinco-estrelas, mas "cinco-estrelas iranianos" são o melhor que eles têm. O que eu consideraria como duas-estrelas.

O quarto era simples e relativamente limpo. Sua janela dava para a praça Vanak e pouco impedia o ruído do incessante tráfego de Teerã. Ele fez uma rápida inspeção em busca de vigilância de áudio e vídeo, sem ser tão óbvio acerca do que estava fazendo. Se já soubessem quem era ele, os aparelhos de vigilância seriam bons demais para ser detectados. Se achassem que ele era um comprador de nozes sul-africano, haveria alguns artefatos de baixa qualidade colocados lá por pura precaução de rotina. Como não via nada imaginou estar limpo ou então sob monitoramento sofisticado.

Naquela noite jantou com Bowers num lugar perto da praça Vanak, um restaurante com uma mistura de gente local e empresários estrangeiros. Recomendação do porteiro do hotel. Quando voltaram para o Homa, foram até a recepção.

— Poderiam mandar me acordar às oito da manhã? — perguntou Brian em inglês. E virou-se para Bowers. — Nos encontramos lá embaixo para o café da manhã, às nove, já que nosso primeiro encontro não é antes das onze. — Bowers marcara uma visita a um exportador de pistache perto do bazar.

Ao cair na cama, Brian Douglas ajustou o alarme do seu relógio de pulso para cinco e meia.

Café do Golfo
Corniche
Manama, Bahrein

Russell MacIntyre voltou a consultar o seu relógio, impaciente.

— Você disse que ele apareceria por volta das onze, não? Já são quase onze e meia.

Kate Delmarco bebericou seu Tanqueray com tônica.

— Falei que ele sai do plantão às onze, a não ser que alguém esteja morrendo nas mãos dele. Seja como for, as pessoas aqui trabalham num ritmo diferente. Não estamos em Washington.

— Srta. Delmarco, meu nome é Fadl. — O rapaz havia surgido do nada. Usava jeans e uma camiseta que dizia "California University" com um mapa da Califórnia embaixo. — O Dr. Rashid gostaria que seu convidado viesse comigo. Eu o levarei a ele, senhor.

— Bem, ambos queremos... — começou Rusty.

— Só o senhor. O Dr. Rashid foi taxativo — insistiu Fadl. — A mulher, não.

— Certo. Bem, Kate, nos encontramos mais tarde no Ritz. Ligarei para seu quarto e seguimos para o bar do terraço. — Rusty queria se certificar de que alguém realmente o visse mais tarde naquela noite para convencê-lo de que tudo permanecia bem. Esperava que Kate entendesse sua mensagem.

— E se eu não ouvir sua última ligação? — perguntou Kate, sorrindo. Ela estava apreciando ver MacIntyre embaraçado. Estava até surpresa por ele ter concordado em ir junto com aquele rapaz que nunca tinha visto antes.

— Ligue para onde estou hospedado. Peça que deixem uma luz acesa para mim.

MacIntyre seguiu Fadl e embarcou numa minivan, que parou enquanto eles chegavam ao meio-fio. Havia mais dois homens dentro. Fadl os apresentou.

— Este é Jassim. Ele vai revistá-lo. Nada de câmeras, gravadores, você entende.

Jassim olhou detidamente para o BlackBerry e retirou a bateria.

— Você terá de volta quando o devolvermos à residência de seu embaixador, Sr. MacIntyre. — Tudo isso por ser o editor de Kate no *New York Journal*, pensou MacIntyre.

Seus esforços para conversar com os três rapazes falharam por completo, apesar de pelo menos dois deles serem aparentemente fluentes em inglês. Pelo menos, pensou, ainda não estava com os olhos vendados. Apesar de sua capacidade de observar para onde estavam indo, Russell MacIntyre duvidava de que pudesse reconstituir a rota por becos e transversais sem placas de rua. Finalmente, a minivan parou num beco empoeirado margeando prédios de apartamentos em ruínas.

— Ele está esperando por você — disse Fadl, puxando a porta para trás.

— Onde? — perguntou MacIntyre olhando para uma mal-iluminada passagem de pedestres entre os edifícios, diretamente à frente da porta da van.

— Por aqui, para o Mustafa Café — disse Fadl, apontando na outra direção da rua, onde uma frente de loja estava acesa e um pequeno anúncio da Pepsi brilhava opacamente, tendo o nome da loja escrito abaixo em árabe.

MacIntyre saltou e atravessou o pequeno cruzamento de três ruas até a loja. Uma das ruas era de terra. Na outra, o calçamento era falhado. Os carros estacionados eram velhos e surrados. A iluminação era ocasional. Não era uma área valorizada. Enquanto ele abria a porta, um sininho tilintou para avisar ao proprietário que alguém entrava. Era um misto de café e loja de conveniências. Não o tipo de lugar que ficasse aberto até meia-noite.

— Sr. MacIntyre, por aqui — disse um homem da mais afastada das quatro mesas ao longo da parede. Ele se levantou e caminhou na direção do americano, estendendo a mão. — Obrigado por ter vindo ao meu setor da cidade. Espero que não se importe. Sou o Dr. Ahmed bin Rashid. Soube que queria me ver.

Eles se apertaram as mãos e sentaram-se à pequena mesa. Rashid bebia uma Pepsi e tinha uma segunda garrafa aberta e um copo à espera de seu convidado. MacIntyre notou que não havia ninguém mais na loja.

— Dr. Rashid, a América tem muitas organizações de inteligência. Sou de uma delas — disse MacIntyre, pondo seu cartão comercial sobre a mesa. Duvidava que muitos recrutamentos tivessem sido feitos exatamente dessa maneira. — Nosso trabalho não é conduzir operações, mas sim interpretar informações que outros coletam. Às vezes, porém, quando não estamos obtendo a informação de que necessitamos, saímos em campo nós mesmos para descobrir. Estou aqui para descobrir, de você.

Ahmed examinou o cartão e em seguida apresentou o seu próprio. Dizia "médico atendente de cardiologia, Unidade de Tratamento Intensivo, Centro Médico Salmaniyah". Notando o sorriso de Rusty enquanto lia o cartão, Ahmed acrescentou:

— E, como sabe, meu irmão é Abdullah bin Rashid, membro do Conselho Shura da Islâmia. O que gostaria de saber, Sr. MacIntyre?

— Sobre o Shura e sobre como a América poderia lidar com ele de uma maneira que evite um longo período de hostilidade. Pessoalmente... e enfatizo que esta é apenas a minha opinião... pessoalmente acho que nossos países poderiam se reconciliar. A não ser, claro, que o Shura pretenda adotar políticas que a inviabilizem.

— E quais seriam essas políticas, Sr. MacIntyre? — perguntou Ahmed, rígida e formalmente.

— Políticas que imponham uma estrita abordagem uaabita, negando direitos humanos e exportando terrorismo. Políticas que pudessem envolver a introdução de armas de destruição em massa, ou restringir a exportação de petróleo para um mercado. Mas não estou aqui como um politiqueiro ou negociador. Como disse, estou aqui para saber coisas, Dr. Rashid.

— Você precisa vir a um café numa ruela suja em Manama para aprender sobre a Islâmia porque não pode saber através de sua embaixada em Riad. Vocês a fecharam, por medo e falta de compreensão. — Ahmed mudou de posição na cadeira. — Muito bem. Aqui está o que deve aprender. Os pronunciamentos de seu governo, particularmente do Pentágono, parecem dizer que vocês não têm por que aceitar o que aconteceu no meu país. Os Saud deixaram o poder, Sr. MacIntyre, e carregaram o dinheiro do povo com eles. E os ministros do seu país se associam com os Saud para trazê-los de volta ao trono. Isto faz com que alguns no Shura procurem meios de proteger nosso país da América. Isto fortalece as mãos da facção que também quer as políticas uaabitas que vocês combatem.

MacIntyre falou, lenta e suavemente:

— Dr. Rashid, não estou tão certo de conhecer todas as facções no Shura, mas sei que seu irmão, Abdullah, foi integrante da al Qaeda. Não sei se ele matou pessoalmente algum de meus companheiros americanos, mas posso afirmar que a presença, no seu governo, de gente que é ou foi terrorista dificulta a manutenção de relações normais entre nossos países.

Ahmed se levantou abruptamente, seu manto branco rodopiando atrás dele. Parou junto ao mostruário vazio de carne *halal*, cruzou os braços diante do peito estreito e olhou para baixo, para o americano.

— Vocês negociam com os primeiros-ministros de Israel, ex-combatentes terroristas que mataram soldados britânicos. Vocês negociam com líderes palestinos que chamavam antes de terroristas. Conversam com terroristas irlandeses na Casa Branca. E Samuel Adams, o homem que depois deu nome à *cerveja*, ele não foi terrorista? Meu irmão atuou para libertar o nosso país de um regime opressivo e ilegítimo que estava roubando o patrimônio do povo. Sim, ele precisou se associar com algumas pessoas repugnantes no processo. Nunca se associou com gente repugnante, Sr. MacIntyre?

— Estou certo de que o governo americano, já no seu terceiro século, cometeu uma série de erros. Também fez mais para promover a democracia e os direitos humanos do que qualquer outra potência mundial desde a aurora dos tempos — replicou Rusty, reflexivamente. — E Sam Adams foi um patriota.

Ahmed continuou:

— Meu irmão é um patriota. Abdullah viu as tropas americanas depois de sua primeira guerra com Saddam, como as tropas permaneceram em nosso país, ao contrário da promessa de retirada após a guerra. Ele viu os Saud sendo apoiados pelos Estados Unidos apenas para que vocês pudessem ter acesso ao petróleo. Vocês desperdiçam mais petróleo do que ninguém. Poderiam fazer diversas outras coisas com toda a sua tecnologia, mas realmente não tentam, fazem vista grossa para outras fontes de energia. Por quê? Porque acham que têm acesso especial ao maior suprimento de petróleo do mundo. Deixam que alguém mais seja eficiente. Quem se importa com o que os Saud fazem com o dinheiro? Quem se importa se eles administraram mal o reino?

MacIntyre virou-se para encarar Rashid e cruzou as pernas para parecer relaxado, tentando desfazer a tensão.

— Houve ocasiões em que os terroristas renunciaram ao terrorismo, sobretudo depois que chegaram ao poder e entraram em conversações de paz. Receberíamos isto bem dos líderes da Islâmia. Mas também estou falando sério quando digo que não sabemos nada sobre facções nem sobre se estamos fazendo coisas que ajudem a facção errada, exatamente porque não sabemos quem é quem ou o que acontece no Shura. Seus encontros não são exatamente transmissões no canal C-Span ou na al-Jazeera. Talvez, se pudermos abrir um canal de conversação, estaríamos melhor informados.

Rashid descruzou os braços e voltou à pequena mesa.

— Tudo bem, Russell. Vamos conversar. — Ele se sentou e tomou um gole de Pepsi. — Já que a América age como se pretendesse subverter nosso regime e alcançar um contragolpe e a restauração dos Saud, os adversários de meu irmão estão negociando com os chineses. Li no *Washington Post* da semana passada que vocês descobriram novos mísseis chineses em meu país. Não há ogivas nucleares neles. Mas tem gente no Shura que poderia decidir obter algumas, se forem provocados.

"Como a América bloqueou os ativos dos Saud, mas não irá devolvê-los a nós, fica mais difícil para meu irmão argumentar que impor a lei da Sharia e outras regras uaabitas vão nos fazer ser rejeitados pelo resto do mundo moderno. Seus oponentes assinalam que já somos rejeitados e incapazes de nos beneficiar plenamente das revoluções tecnológicas. A América faz pressão junto aos europeus para que mantenham as sanções econômicas sobre nós.

Rusty via aquele jovem doutor como uma estranha mistura, um médico altamente ocidentalizado, mas também porta-voz para um governo islâmico radical que havia chegado ao poder matando. Rusty queria saber mais sobre ele.

— Portanto, Dr. Rashid, você me diz que seu irmão se opõe a usar a lei religiosa Sharia como a base do sistema legal da Islâmia? Que ele se opõe a exportar a filosofia uaabita de ódio aos não-muçulmanos?

O Dr. Rashid tornou a se levantar e caminhou em círculos, pensando ou tentando se acalmar antes de voltar a falar.

— Então vocês querem nos ver exportando o uaabismo? Quer dizer, como os seus amigos Saud fizeram? O que sabe sobre uaabismo? Na sua mente não passa de um movimento ligado à al Qaeda? Sabe que os chamados uaabitas nem sequer usam esse nome, essa frase?

— Não, não sabia disso — admitiu Rusty —, mas sabia que os sauditas pagavam para a construção e operação de mesquitas e madrassas... escolas... em sessenta países, mas que se certificavam de que todas ensinassem o ódio aos não-muçulmanos, morte a Israel, morte à América.

Ahmed riu.

— Não apenas ódio aos *não*-muçulmanos. Elas ensinam o ódio aos muçulmanos xiitas e até mesmo às principais escolas do pensamento sunita, porque os sauditas os consideram politeístas.

Rusty estava confuso e exibia isso no seu rosto.

— Politeístas muçulmanos? O que quer dizer? Eu pensava que o monoteísmo fosse um dogma central do Islã.

O Dr. Rashid não respondeu. Sacudiu a cabeça em desagrado. Finalmente, disse a Rusty por quê.

— Vocês não têm uma pista, não é? Chegam ao nosso mundo e fazem exigências sobre nossas vidas e sobre a maneira de agir de nossos governos, e continuam sem saber nada da nossa cultura, nossa religião, nossa história.

Rusty revidou:

— Escute, doutor, não preciso ser um historiador especializado em milhares de anos de disputas religiosas e trivialidades para saber que matar americanos é uma tarefa considerada nobre. Torne-se um homem-bomba e terá 72 virgens esperando por você no céu. Isso não é religião, isso é lixo! — Ele ouviu sua própria voz, alta demais, agressiva demais. — Muito bem, o que mais acha que não sei e que deveria saber?

Ahmed sorriu.

— Vamos começar com as relações entre os Saud e o uaabismo. Ela não reside apenas na adoção de alguns dos reis Saud. Sem o uaabismo, talvez nem existisse uma Arábia Saudita.

— Tem razão. Eu gostaria de ouvir mais desta história — admitiu Rusty. — E, sim, provavelmente já deveria saber dela.

O Dr. Rashid começou lentamente, como se ensinando a uma criança:

— Quase trezentos anos atrás, os Saud eram a maior família numa área que circundava a pequena cidade de Diriyah, na região do Najd, não distante de Meca. De uma cidade próxima chegou Muhammad ibn Abdul Wahhab. Ele pregava uma versão dos ensinamentos de Ahmed ibn Taymiyyah, um radical de quinhentos anos antes. Ambos tinham o que chamavam de uma interpretação corânica pura, rejeitada por todas as quatro escolas do pensamento muçulmano.

"Wahhab convenceu os Saud de suas crenças e de que deveriam sair matando aqueles que se opusessem àquelas crenças. Eles o fizeram e consolidaram o poder na sua região, acabando por tomar Riad e massacrar muitos.

"A filha de Wahhab então se casou com o filho de Saud. As espadas cruzadas no selo real saudita pertencem às casas de Saud e Wahhab. Os Saud fundaram o evangelismo uaabita a partir de então.

Rusty viu as peças se juntando. Por que ninguém em Washington lhe contara este antecedente? O uaabismo era tão importante para a Casa de Saud como a Declaração de Independência ou a

Constituição eram para alguns americanos, e quase tão recente. E não era uma disputa de mil anos de idade.

— Agora, Russell, vem a grande ironia. Ibn Taymiyyah e os Salafis, incluindo Wahhab, ensinaram que era dever dos muçulmanos derrubar governos corruptos e ateus. Assim, bin Laden usou uma teoria salafita ou uaabita para justificar a derrubada dos Saud, que tanto promoveram o uaabismo. Entendeu agora?

— Acho que estou começando a entender — respondeu Rusty, cuidadosamente. — Mas seu irmão e os cupinchas dele que destronaram os Saud, e que colaboraram com a al Qaeda, não eram todos salafitas ou uaabitas?

— Alguns homens no movimento contra os Saud são. Outros são secularistas. Alguns são o que vocês considerariam como a corrente principal sunita.

Rusty havia começado a perceber que o Conselho Shura da Islâmia era ainda mais esfacelado do que Washington imaginava. As diferenças na coalização anti-Saud eram profundas.

Terminado o seu sermão, o Dr. Rashid voltou a sentar-se perto de Rusty.

— OK, Ahmed. Posso chamá-lo assim? — disse MacIntyre, sentindo que o gelo entre eles havia quebrado. Rashid assentiu. — Ahmed, você está certo. Não sabemos o que deveriam ser. Mas entendemos de segurança internacional, e vocês têm gente no governo que os levaria à ruína. E, sim, provavelmente nós também. É típico de pessoas como nós ajudarmos nossos governos a fazer a coisa certa. Temos um bocado de danos a reparar, mas primeiro temos de impedir que outros danos aconteçam. Se ogivas nucleares aparecerem na Islâmia, todas as apostas estão fora. Sei que você sabe disso. Portanto, se você acha que um dano está prestes a acontecer em algum ponto, precisaremos pensar juntos sobre como evitar que aconteça.

Houve uma longa pausa. Rashid não parecia embaraçado por estar ganhando tempo para pensar em como responder. MacIntyre ouviu o motor da velha geladeira trepidar. Finalmente, o jovem doutor ergueu a vista.

— Se o Shura acreditasse que o Irã está a ponto de fazer alguma coisa contra nosso país, poderia recorrer ao Paquistão, à Coréia do Norte ou à China e obter ogivas para os mísseis. Eles fariam isso apenas para dar um xeque-mate nas armas nucleares do Irã. O Irã está a ponto de fazer alguma coisa, Russell?

Agora foi a vez de MacIntyre pensar cuidadosamente na sua resposta.

— Vemos sinais de que as forças armadas do Irã estão exercitando suas capacidades de intervenção, mas não sabemos se pretendem usá-las. Nós também nos exercitamos o tempo todo. Nem sabemos onde o Irã poderia agir, nem mesmo sabemos se vai agir. Alguns de nossos analistas acham que os iranianos poderiam tentar novo ataque a Bahrein. A verdade é que não sabemos. — Enquanto dizia isso, pensou em Kashigian. Se os britânicos soubessem que Kashigian estivera em Teerã, a Islâmia também saberia. Ele acrescentou: — Pelo menos, não sei.

— Vocês estão nesta confusão porque ainda precisam de nosso petróleo, depois de todos esses anos — disse Ahmed, sacudindo a cabeça em descrença. — E como vocês não apresentam alternativas, colocam meu país em risco ainda maior, com cada um lutando por seu petróleo. É o fracasso de vocês que está causando isso, você sabe.

— Talvez — replicou Rusty.

— Presumo que a Srta. Delmarco lhe disse que foi minha gente quem infiltrou os iranianos aqui. Foi assim que descobrimos sobre o plano deles para seqüestrar o navio-tanque — continuou Rashid prosaicamente. — Graças aos homens que ainda temos infiltrados, acreditamos que estão planejando um ataque através do golfo para o fim deste mês. Preferimos imaginar que seja um ataque sobre nós, uma vez que um movimento aberto contra Bahrein seria um ataque contra a Marinha dos Estados Unidos.

— E se o Shura acreditar que acontecerá? Eles tentarão obter ogivas nucleares? — perguntou MacIntyre.

— Alguns tentariam, sim — replicou Rashid. — E se os americanos pensarem que a Islâmia está a ponto de obter armas nucleares? Eles nos atacariam?

— Alguns atacariam, sim — ecoou Rusty.

Os dois se entreolharam no sombrio café-mercearia.

— Então devemos manter contato estreito e pensar em como podemos impedir essas coisas, caso estejam prestes a acontecer, talvez ainda este mês — disse Ahmed.

— Sim. Também ouvimos que algo pode acontecer este mês. E no nosso calendário estamos em fevereiro, mês muito curto e que já vai pela metade.

Trocaram um aperto de mãos, quase caloroso. Rusty saiu da loja para descobrir que a minivan se fora e um táxi Mercedes estava à espera. Ele embarcou.

— Para o Ritz, senhor, ou o Ambassador? — perguntou o taxista em inglês.

Quando Ahmed bin Rashid saiu da loja, entrando na fraca iluminação da praça, foi filmado por dois homens escondidos no porta-malas de um velho Chevrolet Impala estacionado no outro lado da rua. Eram da contra-inteligência das forças armadas dos EUA.

8

12 DE FEVEREIRO

Hotel Homa
Teerã, Irã

Brian Douglas foi despertado pelo alarme de seu relógio de pulso às cinco e meia. Vestiu rapidamente um conjunto de velhas roupas que comprara anos atrás em Teerã. Ele havia removido as etiquetas, para o caso de alguém perguntar como um visitante de primeira viagem tinha tais roupas. Sobre elas, pôs um sobretudo surrado e um chapéu muito usado nas ruas de Teerã no inverno. Desceu as escadas de sua suíte no quarto andar e saiu pela porta junto à cozinha, evitando qualquer um que estivesse monitorando o saguão.

O tráfego já era pesado, mesmo antes das seis horas, mesmo antes do sol nascer. Os ônibus verdes e os táxis laranja tossiam sua contribuição para a poluição diária. O céu estava baixo, pesado e cinzento. A neve de três dias antes transformara em lodo marrom ou esbranquiçado as paredes onde os limpa-neve as tinham varrido. O ar cheirava a umidade e óleo diesel.

Ele caminhou com rapidez, verificando discretamente para ver se havia alguém em seu encalço, e passou pela embaixada brasileira. Depois seguiu na direção do parque Mellat e do metrô. O parque datava dos anos 1960, quando começara como um jardim inglês. Agora suas sempre-verdes eram um raro e agradável sinal de vida no meio do inverno.

Por fora a estação do metrô parecia uma casamata de concreto, mas por dentro brilhava, limpa e repleta de cor. Arte moderna cobria as paredes do saguão das bilheterias. A escada rolante para a plataforma era envolvida por um tubo de aço polido, e a própria plataforma era ampla e bem iluminada. Poucas pessoas estavam esperando pelo trem, mas ele logo chegou. Douglas sorriu ao ver que a chegada do trem o lembrava de que os vagões eram adornados de vermelho, branco e azul.

Ele só percorreu uma parada e saltou na estação Imã Khomeini, o principal ponto de baldeação para as três linhas subterrâneas. O esplendor da estação o fez lembrar do metrô palaciano de Moscou. A magnificência do novo aeroporto e do impressionante metrô eram certamente o contrário da sitiada Teerã dos anos 1980 e 1990. A riqueza do petróleo do século XXI estava começando a ser investida em infra-estrutura moderna.

Agora o rush matinal começava a ficar sério. As pessoas se moviam com rapidez e em número crescente. Douglas subiu uma escada rolante para o piso principal. Quiosques enfileiravam-se no corredor, vendendo flores, pastéis, cigarros e revistas. Ele foi até o último quiosque. Enquanto comprava um jornal, olhou discretamente para os donos da banca de jornais. O pai estava lá. Ainda estava lá.

Brian esperou para pagar ao homem mais velho atrás do balcão. Com a cabeça baixa, olhando para as revistas, Brian Douglas perguntou na língua farsi:

— Vocês têm o jornal médico *Baghiatollah Azam*?

Após um momento, o homem mais velho falou suavemente enquanto punha o troco sobre o balcão.

— Não. Para consegui-lo você tem que ir à livraria da universidade. Sabe onde fica?

— Sim, obrigado, é na Mollasadra — disse Douglas num sotaque de Teerã e rapidamente desceu o corredor para juntar-se à enorme multidão que agora enchia o mezanino do terminal. Mais um homem grisalho no meio de tantos, ele desapareceu de imediato.

Às oito horas, um Brian Douglas meio grogue atendeu, no terceiro toque, ao serviço de despertador do hotel e perguntou, em inglês, como estava o tempo. Às nove, ele se encontrou com Bowers para o café da manhã.

Gabinete do secretário de Defesa
Pentágono, Suíte E-389
Arlington, Virgínia

— Já esteve aqui antes, almirante? — perguntou o sargento. Adams fez que não com a cabeça.

— A maior secretaria em Washington, talvez no mundo. Remonta ao primeiro secretário da Defesa, na década de 1940. O trabalho acabou com ele. Ficou maluco, dizem. Internou-se no Bethesda e não saiu mais. Pulou da janela do seu quarto no último andar da torre. Pelo menos foi o que ouvi.

Adams não ouvia o que dizia o recepcionista no escritório externo da Secretaria. Especulava sobre a razão de estar ali. Depois da conferência de planejamento da Bright Star, em Tampa, ele voou até Washington para se encontrar com amigos no Quartel-General da Marinha. Era sempre bom mostrar a cara lá de vez em quando, para ouvir as fofocas de corredor, quem ia ser promovido, quem estava obtendo qual missão. Agora que era um almirante três-estrelas, suas opções de promoção se haviam estreitado. Havia uma chance de que pudesse chegar à quarta estrela, chefiar um dos Comandos Combatentes Unificados, como o Comando do Pacífico. O comandante-em-chefe do Pacífico era apelidado de vice-rei por ser o procônsul de Washington no Pacífico. Mas para ser um real candidato ao posto era preciso ser mais visível em Washington do que ele tinha sido. Era preciso ter passado tempo no estado-maior Conjunto, no...

— Almirante Adams? — perguntou um oficial da Força Aérea, interrompendo a auto-avaliação de Adams. — Major Chun, senhor. Desculpe por tê-lo feito esperar, senhor. Por favor, me acompanhe.

Adams seguiu o jovem oficial até um pequeno escritório sem janelas no qual aparentemente estava a segunda camada na enorme suíte que abrigava o secretário da Defesa Henry Conrad e seu estafe imediato. Adams sabia que o Gabinete pleno do secretário era uma pequena agência, com mais de dois mil funcionários. Situava-se no topo de uma pirâmide de mais de um milhão de civis e quase dois milhões de pessoal militar no Departamento. Na base dessa pirâmide situavam-se mais de cinco milhões de empregados do "setor privado" de empreiteiros da Defesa. O homem dentro daquelas paredes tomava decisões que afetavam cada uma dessas oito milhões de pessoas, e muitas outras.

— Almirante, lamento profundamente, senhor, mas parece que o secretário não terá condições de recebê-lo esta tarde. Houve uma mudança em cima da hora na sua agenda, isto acontece o tempo todo, ele teve de ir à Casa Branca esta manhã, e então sua audiência com Dotações foi transferida... — o major Chun falava detrás de uma pequena mesa atulhada de pastas e pilhas de papéis.

— Pare, major — disse Adams suavemente, erguendo a mão direita. — Vamos por partes, filho. Por que fui chamado aqui, para começar? Eu estava lá na colina, no quartel-general da Marinha, quando recebi o telefonema de um ajudante-de-ordens no escritório do chefe de Operações Navais, todo agitado, dizendo que eu precisava dar com os costados aqui o mais rápido possível. Major, nunca me encontrei com o secretário nem sequer estive no terceiro convés do Anel E.

O major Chun revirou os olhos e riu.

— Almirante, não passo de um simples contínuo por aqui. Faço o que o coronel manda. Ele faz o que o ajudante militar, o general Patterson, o manda fazer. E o general, senhor, faz o que o secretário da Defesa ou o secretário Kashigian ordenam. E assim vai ladeira abaixo, senhor, queira me desculpar.

— Major, nem sempre fui um almirante. Em outra vida, quando era mais novo do que você é agora, fui ajudante-de-ordens do comandante-em-chefe do Pacífico, em Honolulu. Nunca vi o sol. Nunca fui à praia. Era como se estivesse no Kansas. — Adams sorriu, relembrando por que sempre tentara missões embarcadas depois disso.

— Sim senhor, almirante. Bem, senhor, tudo o que sei é que era o primeiro da agenda esta manhã, supostamente para ter uma audiência... quero dizer, um encontro com o secretário da Defesa. Só vocês dois e o Sr. Kashigian. Mas agora não sobrou tempo, porque ele está voando daqui esta noite para a reunião ministerial da Otan, na Turquia. Assim, em vez disso, fui incumbido de levá-lo lá embaixo para uma reunião de instrução e depois registrá-lo no vôo para a Turquia esta noite. Imagino que irão conversar no avião.

A mente de Adams disparava. Um encontro privado com o secretário da Defesa podia significar uma entrevista para um posto de quatro estrelas, mas a Marinha ainda não tinha indicado ninguém. O ano ruim começara.

— Turquia, hã? Bem, eu ia seguir num vôo comercial de volta a Bahrein esta noite, acho que a Turquia está na direção certa. E quanto à reunião de instrução?

— Nada sei sobre ela, senhor, mas vai ser numa área para assuntos sigilosos bem escondida — disse o major, verificando um e-mail na tela do seu computador. As Instalações Especiais de Informação Compartimentada eram casas-fortes protegidas de intrusão física ou eletrônica, onde informação extremamente sensível era estocada e onde instruções tipo "você nunca ouviu isto" eram fornecidas. — É melhor eu levá-lo até lá embaixo, almirante. Fica meio complicado quando se passa do primeiro andar.

O major Chun escoltou Adams três andares abaixo pelas escadas rolantes. Ninguém com quem cruzaram pareceu impressionado em ver um vice-almirante. Em Bahrein ele era um deus na base e a bordo de seus navios, mas aqui não passava de mais um três-estrelas. Desceram os dois pisos seguintes por uma escadaria parcamente iluminada, lembrando Adams de que, apesar dos nichos de luz colocados nos corredores, este ainda era um edifício construído no início da Segunda Guerra Mundial.

No mezanino, Chun manobrou rapidamente através de um labirinto de corredores estreitos. Os cinco anéis concêntricos, que davam alguma lógica aos números das salas nos andares acima do térreo do Pentágono, desapareceram todos no sombrio complexo subterrâneo.

— Agora vejo por que disse que seria bem escondida a reunião, major. Diga-me, como é trabalhar para o cachorro grande? Vários caras da sua patente dariam seus dentes caninos por uma chance como a que você conseguiu — disse o almirante, tentando ser informal com o oficial inferior.

— Bem, senhor, aqui entre nós, eles podem consegui-la. A única hora em que vejo o cachorro grande ultimamente é depois das onze da noite, quando ele manda todos os outros ajudantes para casa e fico amarrado ali para atendê-lo. Às vezes ele trabalha até uma da manhã, dando telefonemas para todo o país, para o mundo inteiro. Tem sido uma verdadeira loucura isso aqui nos últimos meses. Ele está sendo pressionado, senhor, mas não sei por quê. Dá pra ver nos olhos dele. Há um fogo. Ele nunca relaxa. Mesmo quando ia jogar golfe em Houston no mês passado, com aqueles executivos da grande companhia de petróleo, me colocava nas ligações seguras que recebia no telefone por satélite a cada minuto.

Chegaram diante de uma porta metálica. Uma câmera olhava para eles do lado direito da porta. À direita havia um telefone e uma pequena caixa de alumínio pregada à parede. A caixa não tinha tampa, e o major Chun colocou a mão dentro dela e digitou números num teclado escondido dos olhos dos passantes. A porta se abriu com um estalido.

— Almirante, eu o deixarei aqui, senhor, com o Dr. Wallace, para dar as instruções. Se puder, senhor, apareça quando tiver terminado. Terei suas ordens e agenda prontas para pegar o avião esta noite e ser alojado na Turquia amanhã — explicou o major, entregando Adams a um civil que parecia estar no final dos cinqüenta, com cabelo grisalho encaracolado, óculos sem aro e um terno marrom mal-ajustado. Adams imaginou se seria capaz de encontrar o caminho de volta para o gabinete do secretário, muitos andares acima.

Doutor Wallace pediu a Adams para assinar um papel numa pasta em cuja capa se lia "Programa de Acesso Especial, Só Para Olhar, Opala". O papel tinha sido preparado com o nome de Adams, patente, número de serviço e data de nascimento já preenchidos.

— Agora posso dar suas instruções — disse Wallace, caminhando para uma pequena sala semelhante a um teatro fora do *foyer* da casa-forte. Havia três fileiras de assentos estilo cinema, mas nenhuma platéia. Adams escolheu o assento da ponta na segunda fileira.

O Dr. Wallace caminhou até um púlpito, apertou um botão e a ampla tela ganhou vida com a imagem de um dragão amarelo no convés de um junco chinês. O dragão e o barco estavam enquadrados numa tela de fundo em vermelho berrante. As palavras "Programa Especial de Acesso" e "Opala Top Secret" apareceram. O civil também ficou subitamente animado, caminhando diante do púlpito, juntando os dedos para formar uma pirâmide.

— Agora vamos dizer tudo o que sabemos sobre a esquadra chinesa. E é um bocado de coisa.

A tela mostrou o vídeo de um enorme porta-aviões movendo-se lentamente no que parecia ser a baía de Sydney. O vídeo foi claramente filmado de um helicóptero.

— O *Zhou Man* chegando para uma estadia amistosa no ano passado na Austrália. Estava esvaziado. Apenas uns poucos aviões a bordo para a visita. Nada de armas nucleares. Umas poucas antenas faltando. A maior parte dos instrumentos eletrônicos desligada. Ainda assim, um navio muito impressionante, não acha, almirante?

— Eu diria que parece tão grande quanto o *Stennis*, o *Reagan* ou o *Bush*. Só que mais novo. Mais macio — disse Adams, começando a entender o que estava fazendo ali. — Como comandante da Quinta Esquadra não preciso me equiparar com a modernização da esquadra chinesa, Dr. Wallace, mas já sei que isto nos surpreendeu.

Wallace sentou-se na cadeira à frente de Adams e virou-se de lado para encará-lo.

— Surpreendeu alguns na nossa Marinha, almirante, não a mim. Eu disse a eles que os chineses estavam chegando lá. Você pode ver isto agora. Os chineses compraram dos australianos o *HMAS Melbourne*, um porta-aviões de catapulta a vapor. Diziam que era para um parque temático marítimo. Depois conseguiram da Ucrânia o *Varyag*, um porta-aviões de sete mil toneladas, e o transformaram em um cassino. — Um lampejo brilhou nos olhos do civil. — Especialistas da nossa Marinha diziam que a Rússia nunca venderia tecnologia de porta-avião para uma esquadra concorrente do Pacífico. Bem, a Rússia não vendeu. A Ucrânia, sim.

"A Ucrânia tinha toda a perícia em porta-aviões e todas as habilidades necessárias para aviação de caça. E a Ucrânia não tem nenhuma esquadra no Pacífico com que se preocupar, tem?

"Portanto, a marinha do Exército de Libertação Popular pôs no mar três grandes porta-aviões movidos a energia convencional, saídos do estaleiro Delian, não com jatos de decolagem vertical, como supunham nossos especialistas navais, mas com caças lançados por catapulta. Sukois e Yaks, da Ucrânia.

Adams sentia-se como se estivesse trancado numa sala escura com um cientista louco. Ele recostou-se na cadeira de cinema com assento dobrável.

— Mas um porta-aviões é apenas um superpetroleiro com convés plano. Trata-se aqui de sua eletrônica, sua eletrônica de aviação, e sua escolta.

"A escolta do *Zhou Man* estava visitando Melbourne, Brisbane e Perth enquanto ele se encontrava em Sydney — disse Wallace, saltando e pressionando um botão para colocar outra imagem. — Aqui está o *Ping Yuen*. Parece um destróier Aegis de defesa aérea classe Burke, não é? Tubos de lançamento vertical para mísseis supersônicos, radar de série defasada. O estaleiro de Jiangnan construiu seis até agora.

Adams estava impressionado.

Wallace não havia terminado.

— Aqui, chegando ao porto de Brisbane, está o *Fu Po*, um submarino de ataque nuclear de oito mil toneladas, tão bom quanto os Victor III russos. Mísseis de cruzeiro de longo alcance que poderiam afundar um porta-aviões. Eles já têm dois em operação.

Toda esta informação ele já teria se tivesse lido o seu *Jane's Intelligence Report*, pensou Adams. Então, por que estou trancado com o Doutor Ciência numa caixa-forte, tendo minha vida devassada como se pleiteasse admissão em algum clube secreto?

— OK, eles têm feito grande progresso, mais do que alguns esperavam em tão curto tempo, mas o que pode ser tão secreto...? — perguntou Adams.

— Estava esperando sua pergunta — disse Wallace, reassumindo o controle. Na tela surgiu uma foto de um oficial de marinha do ELP posando com a Ópera de Sydney ao fundo. — O que dizemos às pessoas é que a AID tem grandes fontes dentro da China. Bem, isto não é realmente verdade. Almirante Fei Tianbao, comandante da escolta do *Zhou Man*. Ele adorou a Austrália quando estiveram lá, naquela escala de cortesia diplomática. Passou um bom tempo por lá. Conheceu primos distantes que viviam no país. Os australianos acabaram gostando dele também.

Foram exibidas fotos de Tianbao em jantares, bares, eventos esportivos.

— Eu não devia revelar o nome dele, almirante, mas algum dia você poderia encontrar esse homem, por isso achei que deveria saber.

Adams notou que no fundo, à direita de cada foto, havia a designação ASIS C=0091N. O Serviço de Inteligência australiano. Eles haviam atraído o almirante chinês.

— Poucas pessoas no edifício foram colocadas a par deste compartimento, mais uns poucos na Casa Branca e na comunidade de inteligência. Ninguém no Capitólio sabia daquilo. Devo dizer apenas que temos uma fonte estratégica no ELP, com acesso comprovado, com um registro de relatórios confiáveis, que nos contou o que vou mostrar agora.

Um novo slide mostrou o sul da China, no alto à direita, e o Irã, no alto à esquerda, com o oceano Índico ao fundo.

— O estaleiro de Huang Hai não vem construindo belonaves. Só constrói navios-contêineres para transportar carros e caminhões. Aqui está um deles.

Um navio comprido azul e branco, parecendo um caixote, apareceu na tela.

— Eles têm quase quinhentos pés de comprimento, carregam dois mil carros e beliches para mil e trezentas pessoas. A empresa China Shipping Group é dona de oito. Os oito estão programados para zarpar este mês de Zhanjiang, no sul da China, para Karachi, no Paquistão, e Port Sudan. Levando automóveis chineses exportados.

"Mas nosso amigo, o almirante Tianbao, diz que serão carregados com tanques leves do ELP, caminhões e soldados encaminhados para Jizan e Jubail, na Islâmia.

Setas vermelhas cruzaram o mapa, do oceano Índico até os portos do mar Vermelho e do golfo Pérsico.

— Onde se juntarão a mais tropas trazidas de avião da China. E fica ainda melhor.

Wallace estava tão agitado que parecia não conseguir manter os pés firmes no chão.

— As duas escalas de amizade simultâneas da marinha do ELP estão programadas para acontecer entre o final deste mês e o início do próximo. A escolta do porta-aviões *Zhiu Man* para Karachi e a escolta do *Zhen He* para Durban e a Cidade do Cabo. Os verdadeiros portos de escala, diz o nosso Tinbao, serão Damman e Jidá.

Setas azuis apareceram no mapa e se moveram rapidamente em direção aos portos da Islâmia no mar Vermelho e no golfo Pérsico.

— O almirante Tianbao não sabe por que tudo isso está sendo feito, mas sabe que os dois grupos de escolta estão navegando com aviões e mísseis a bordo, com plena carga de combate. E acompanhados por dois submarinos nucleares.

Hotel Ritz
Manama, Bahrein

O táxi Mercedes o deixara no Ritz na noite anterior. Quando foi para o bar do terraço não encontrou ninguém, exceto o barman, que já estava encerrando suas atividades.

— Sr. Rusty? — perguntou. — A Srta. Delmarco deixou este bilhete para o caso de o senhor voltar aqui.

Estava escrito num bloco de anotações do *New York Journal*: "Se receber este, você está a salvo. Ótimo. Você esqueceu o livro que lhe dei. Apareça e pegue-o. Estarei ocupada até as duas, reescrevendo uma matéria com Nova York. Dê as caras e me diga o que aconteceu. # 1922. KD."

Rusty ficou surpreso ao perceber que o bilhete o deixara nervoso, com o tipo de agitação que não sentia há muito tempo. As coisas com Sarah tinham ficado mesmo tão ruins? Passara tanto tempo desde que havia sido divertido, desde que tinham transado, tanto tempo desde que ele sentira o tipo de expectativa que estava sentindo agora?

— Sei que já está fechando — disse para o barman, precisando de um apoio —, mas daria tempo de eu tomar um Balvenie?

Ele bebeu apressado, rápido demais para fazer justiça ao fino uísque escocês. Ainda assim, estava contente pelo drinque, pela calidez que sentiu.

— Posso usar o telefone? — perguntou, tentando parecer casual.

Sentia-se um idiota.

Kate atendeu à ligação.

Rusty limpou, de propósito, a garganta.

— Aqui é Rusty. Rusty MacIntyre.

— Sim — disse Kate. No seu estado levemente febril, Rusty podia ter jurado que ela estava sorrindo. — Noite bem proveitosa?

— Bem — replicou Rusty —, foi interessante.

— Por que não vem até aqui e me conta a respeito? — ofereceu Kate. — Ou vem até aqui e não conta?

Rusty fez uma pausa, só por um momento.

— Por que não?

Ele estava exausto, confuso com a diferença de horário, fraco — ou pelo menos foi esta a desculpa que deu a si mesmo. Sentado na sacada da suíte de Kate, tomando o café da manhã juntos, ele sentia um pouco de culpa, mas sobretudo confusão.

— Kate, às vezes acho que está acontecendo tanta coisa em meu trabalho, em minha vida, que não consigo me organizar, não consigo decidir o que é importante. Cometo erros — balbuciou Rusty.

— E a noite passada? Foi um erro? — disse Kate, deixando que os óculos de sol escorregassem pelo seu nariz.

— Não. Talvez. Quem sabe? De qualquer modo, eu não estava falando sobre isso. Estava querendo dizer que todo o resto é um erro. Tem gente em Washington querendo me destruir, e o que eu fiz para merecer isso? Meu trabalho, é só o que tenho feito, é só isso que estou fazendo. Poderia ter continuado na Beltway, ganhando três vezes mais pela metade do trabalho — disse Rusty, passando os dedos pelos cabelos ruivos despenteados.

— Então por que não volta? — perguntou Kate, olhando fixamente para o porto.

— Porque estou tentando tornar as coisas melhores depois das merdas que fizeram, depois do 11 de Setembro, depois da ocupação do Iraque, depois do golpe na Islâmia. Temos que obter melhor análise de inteligência ou continuaremos a cometer erros dolorosos e custosos. Acreditei poder ajudar a nos manter no rumo certo. Soa arrogante?

Kate fez que não com a cabeça.

— Por que *você* não volta? — Rusty devolveu a pergunta que Kate fizera. — Para os Estados Unidos. Por que ficar aqui em Dubai fazendo reportagem quando deveria estar dirigindo os repórteres direto de Nova York?

Kate riu.

— Você está parecendo meu irmão. "O que uma garota como você está fazendo sozinha numa lixeira árabe quando deveria ser uma executiva?" Bem, para começar, Dubai é um local maravilhoso para se viver. Em segundo lugar, tenho um bocado de amigos aqui e por todos os cantos do golfo. Mas, principalmente, porque aqui é onde está a notícia. A América e o mundo árabe são a notícia deste início de século, Rusty, caso não tenha notado. E você não sabe o que é dirigir uma redação em Manhattan. Sou repórter. Não quero ser gerente. Além disso, quantas mulheres você viu ultimamente como editoras de noticiário internacional? Em alguns lugares, o jornalismo ainda é um Clube do Bolinha com um pesado telhado de vidro.

Mas você precisa entender, meu caro, estou muito satisfeita pessoal e profissionalmente. Quem quer os pesadelos de filhos viciados em drogas e maridos bêbados e frustrados de meia-idade? Isto é ser arrogante ou egoísta?

Rusty pensou por um momento.

— Não, eu diria que é livre-arbítrio, uma escolha, uma escolha informada. Você deve apenas se certificar de que não esteja se iludindo em acreditar numa justificativa que desenvolveu para sobrepujar as outras. E, francamente, isto não soa como se fosse arrogante ou egoísta.

Kate ergueu um copo num brinde.

— A dois caga-regras não-arrogantes.

Rusty brindou, depois acrescentou:

— Mas ainda acho arrogante pensar que um cara pode descarrilar uma locomotiva que esteja barricando os trilhos do jeito que sinto estar agora. Sinto uma guerra se aproximando, Kate, e não vai ser boa para o vermelho, branco e azul. Enquanto isso, estou aqui. Sarah está sabe Deus onde...

— Rusty, somos todos humanos, não santos. — Kate se inclinou através da mesa e pôs sua mão na dele.

— Preciso parar de me preocupar comigo mesmo imediatamente, Kate, e imaginar o que está acontecendo. Apesar da noite passada, não estou aqui em férias. Meu chefe e alguns outros esperam que eu preencha lacunas ao vir para cá e ficar bisbilhotando antes que algo aconteça. Mas tenho a sensação de que tudo está a ponto de acontecer, e não posso fazer todas as peças se encaixarem, muito menos pará-las.

Kate Delmarco remexeu na sua ampla sacola de palha e sacou um bloco amarelo. Estava coberto de anotações e círculos, setas ligando pensamentos.

— É assim que eu faço: fluxo livre de factóides. Depois, como se diz, é só ligar os pontos.

— E já conseguiu reunir todos num quadro nítido?

— Ainda não, mas o que Ahmed lhe disse ajudou. As coisas ainda estão no ar em Riad. Nenhuma facção solidificou o controle por enquanto.

— É, talvez, mas os acontecimentos podem forçá-los a isso. — Rusty se levantou e apoiou-se no parapeito, olhando para a água. — Tenho que pegar um vôo para Dubai hoje. Preciso me encontrar com alguém lá esta noite.

— Que coincidência! Também estou voltando para lá. A sucursal precisa de mim. Estamos no mesmo vôo, da Gulf Air, às duas? — Kate olhou para sua passagem na bolsa de palha.

— Não. A Marinha está me mandando de avião para um pequeno serviço de apoio, e você não vai voar comigo nele. Não temos por que dar munição a eles. — De pé atrás dela, Rusty beijou seu cabelo levemente, sentindo o aroma de xampu cítrico. — Ligo pro seu escritório amanhã.

Saindo do hotel, ele passou pela fila de táxis e atravessou a rua para a Corniche. Caminhou dois quarteirões pela calçada de ladrilhos, depois sentou-se num banco de cimento com um alto encosto curvado. Ele sacou o BlackBerry do paletó, ligou o PGP criptografado e digitou rapidamente, usando somente os polegares, no pequeno teclado:

Para Rubenstein
Assunto: Atualização

1. As forças armadas dos EUA aqui estão preocupadas com que o Irã tenha exercitado forças de intervenção e possa planejar uma incursão a Bahrein, ou possivelmente ao

Catar rico em gás. Mas ainda duvido que o Irã escolheria uma briga conosco. Eles devem saber que viremos para o resgate, mesmo se o Irã já tiver armas nucleares.

2. O maior problema pode ser a ligação Islâmia-China. A liderança em Riad ainda não está consolidada, mas se eles virem o Irã se tornar agressivo nas vizinhanças, aqueles no Conselho Shura que desejam pôr ogivas nucleares nos seus novos mísseis chineses irão prevalecer. Mesmo se isto não acontecer, o relatório da AID sobre a China estar planejando o envio de mais consultores militares ou seja lá o que for para a Islâmia, isto aumenta as chances de um acordo exclusivo de fornecimento de petróleo com Pequim. Se este petróleo for retirado do mercado, os preços ficarão mais altos do que os 85 dólares o barril de agora. A idéia de Conrad de assustá-los com uma grande Operação Bright Star ao largo de seu litoral pode ter o efeito contrário do pretendido. Pode gerar um consenso no Shura por maior presença chinesa para protegê-los de nós.

3. Por falar no secretário Conrad, se é verdade, como descobri em Londres, seu capacho Kashigian esteve secretamente em Teerã, talvez tentando intimidá-los frente a frente, temos um problema no nosso governo sobre quem deve fazer o quê e com aprovação de quem.

4. Ainda tenho a sensação de que não reunimos todas as peças e tenho este pavor, esta sensação de algo iminente. Desculpe por estar divagando. Distúrbio de fuso horário. Sigo hoje para Dubai. Espero descobrir mais sobre o que o Irã está aprontando de um Viajante, que deve chegar esta noite de Teerã. Aliás, obrigado por não me con-

tar tudo sobre o seu parceiro Sir Dennis. Algo mais que não me contou?

Rusty

Após clicar Enviar, olhou as novas mensagens em sua caixa de e-mail. Uma era de Sarah. "Chegada a Berbera. Cara, como precisam de ajuda aqui. O gerente local do projeto já me pediu para ficar mais um mês. Eu o manterei informado."

Rusty não precisou esperar para saber. Não tinha nenhuma dúvida de que Sarah permaneceria pelo tempo que quisesse. Sua esposa estava mais interessada em salvar o mundo do que em salvar seu casamento. Não era um pensamento generoso, Rusty reconhecia, e talvez o mesmo pudesse ser dito sobre ele, mas era assim que se sentia.

Sua cabeça doía. Suas costas doíam. Fez sinal para um táxi.

9

13 DE FEVEREIRO

O Grande Bazar
Teerã, Irã

— Nunca senti tantos aromas diferentes ao mesmo tempo — disse Bowers enquanto seguia com Brian Douglas pela estreita e congestionada ala entre duas fileiras de barracas. — Jasmim, cominho, castanhas assadas, incenso, café... é inebriante.

— É, tem razão — replicou Douglas, enchendo os pulmões. — Acho que precisamos arranjar um bom fornecedor com alguém daqui. Olhe para todos esses pistaches. Iriam adorar em Johannesburgo. — Douglas não havia notado vigilância quando eles deixaram o hotel, ou no metrô, mas o Ministério de Inteligência e Segurança (MOIS), ou VEVAK, como conhecido na língua persa, era muito bom, e o fato de que não pudesse ver ninguém na sua cola não significava que não pudesse estar sendo seguido.

Eles percorreram as alas de cima a baixo, fazendo perguntas em inglês, provando alimentos, examinando vestígios. No final de uma ala, notaram um letreiro indicando os sanitários.

— Você espera um pouco — Douglas pediu a Bowers. — Minhas tripas estão a ponto de explodir. Alguma coisa que comemos na noite passada. Ou foi a água. Chegarei a tempo. — Passando pela ala lateral em direção aos sanitários, Douglas moveu-se rapidamente, passou por trás de uma alta pilha de caixotes e abriu uma porta de fundos numa barraca de tapetes. O homem mais velho da banca de jornais do metrô estava sentado numa pilha de tapetes, bebericando chá. Um cachimbo estava junto ao chá. O local era parcamente iluminado pela única lâmpada que pendia do teto de lona. Um rádio tocava alto. Douglas trancou a porta atrás de si.

— Então você voltou — foi a saudação do velho, que não saiu de cima dos tapetes.

— Obrigado por me receber, Heydar. Já faz muito tempo — disse Douglas, indo sentar-se na pilha mais baixa de carpetes, em frente ao homem.

— Um longo tempo no qual muitos foram mortos. E antes torturados. Alá seja louvado, eles não entregaram o nome de meu filho. Mas, se o tivessem feito, como vocês nos teriam ajudado a sair dessa, quando já haviam cortado todo o contato? — Heydar Khodadad havia envelhecido. As rugas em seu rosto eram pronunciadas. Os olhos estavam afundados nas órbitas.

— Eles não entregaram você, Heydar, porque não sabiam seu nome, nem o do seu filho. — Douglas estava falando em farsi, rápida e fluentemente. — Compartimentei as coisas exatamente para que assim acontecesse. Se algum de vocês fosse descoberto, os outros ficariam a salvo. Vocês estavam mais seguros aqui, atuando inocentes, do que se tivéssemos tentado uma extração. Cortei todos os contatos para que o VEVAK não pudesse ligar vocês a mim, à rede. Mas você recebeu o dinheiro, não?

O homem mais velho fez que sim com a cabeça.

— *Moteshakkeran.* — Obrigado.

— Como está Soheil? — perguntou Brian, servindo-se de um copo de chá da chaleira ligada a uma serpentina elétrica.

— Meu filho está a salvo. Ele odeia o que faz, as pessoas para quem trabalha. Mas, o que se pode fazer? Se largar o trabalho, irão suspeitar dele, acusá-lo de desleal. — Heydar estava se abrindo. Brian completou o copo do velho e ouviu enquanto ele prosseguia. — Essas pessoas são muito cínicas. Elas afrouxam um pouco para desafogar, fazem a coisa parecer um pouco mais livre, fingem que vai ter eleição. Tudo continua sendo governado por homens que você não vê e seus mulás. Eles enchem os bolsos. Jogam seus jogos, no Líbano, no Iraque. Fabricam suas bombas, enquanto o povo tem que pagar uma fortuna para viver, para morar, para ter hospital. Sem o dinheiro de vocês, minha mulher teria morrido. A saúde pública aqui é uma piada.

Douglas viu com satisfação que a atitude de Heydar em relação ao governo iraniano não havia mudado. Esperava que o mesmo ocorresse com o filho dele.

— Soheil, você quer vê-lo de novo, não é? Não quer nada com um velho jornaleiro. Quer pôr a vida dele em risco novamente. E se eles estiverem seguindo você ou Soheil? Será capaz de fazer mais para nos resgatar do que fez por Ebrahim, Yaghoub ou Cirrus? — Heydar citou os nomes de espiões britânicos desaparecidos nos cárceres do VEVAK, homens que sem dúvida haviam sofrido mortes dolorosas.

— Heydar, o VEVAK nunca me descobriu. Eles desmantelaram a rede porque um do círculo se descuidou, não eu. Venho fazendo isso por vinte anos, no Líbano, Iraque, Bósnia. Não é sendo descuidado que continuo vivo. Continuo vivo porque sou bom nisto. Soheil pode escolher o lugar que considerar mais seguro.

Brian não era um diplomata refinado ou um hesitante sul-africano. Na verdade, ele era um homem que tinha recrutado agentes em lugares perigosos e os colocara para fazer coisas arriscadas.

— Amanhã à noite — disse categoricamente o jornaleiro. — Eu disse a ele que você estava aqui, que tinha me dado o sinal para o encontro. Falei que não o encontrasse. Nenhum bem pode resultar disto. Mas ele insistiu em vê-lo. Aqui está o endereço. Amanhã, às dez da noite. — Entregou a Brian um pedaço de papel. — Agora vá.

Brian leu o endereço, depois pegou um fósforo da caixa junto ao narguilé do homem mais velho. Queimou o pedaço de papel e jogou-o no chão de cimento.

— *Moteshakkeram* — disse, e se foi.

Não até amanhã à noite. Ele preferia que fosse naquele momento. Pensou novamente sobre as câmeras no aeroporto e passou as duas mãos pela cabeça calva. Depois sentiu a modificação no seu nariz. Fazia calor dentro do bazar.

A bordo do avião 3676 da Força Aérea dos EUA
Posto do Comando Aerotransportado Nacional
(E-4B) 38 mil pés acima do Atlântico Norte

— Brad Adams, que satisfação em revê-lo, parceiro. Acabei de ouvir que você estava a bordo. — O uma-estrela da Força Aérea vestia um apertado traje de vôo verde. — Parabéns pela carreira, meu velho. Você pode ver que a minha estacionou um pouco. Cheguei a brigadeiro, mas parece que vou acabar nisso mesmo. Mas este é o meu avião, e quero mostrá-lo a você. Lamento não termos acomodações melhores para um vice-almirante, mas o chefe pegou a suíte da frente.

Adams tinha verificado rapidamente o nome no crachá pregado na lapela do oficial e lembrou-se de George Duke, companheiro do ano que passou em intercâmbio estudantil na Universidade do Ar, no Alabama. Ambos seguiram seus caminhos desde então, Adams como capitão da Marinha e Duke tornando-se coronel da Força Aérea. Suas casas na base tinham sido vizinhas.

— Se bem me lembro, sua filhinha se chamava Shawndra. A minha Jackie andou batendo de frente com ela — disse Adams, levantando-se da beirada do leito onde estivera sentado, na popa do avião.

— É, minha esposa não gostava muito dessa coisa de namoro inter-racial. Ela é muito antiquada. Bem, a pequena Shawndra me tornou avô no ano passado. Puxa, isso me fez sentir velho. Quer dar uma volta? — disse Duke, caminhando em direção à porta do anteparo. Adams o seguiu.

— Este garotão acabou de ser reformado. Ainda é um 747-200, mas está novinho em folha. Fuselagem restaurada. Motores novos, comutadores e computadores novos. Ele costumava ser chamado de Rótula nos tempos da Guerra Fria, desenhado para conduzir uma guerra nuclear daqui de cima. Ele podia lançar mísseis balísticos intercontinentais diretamente desta cabine. Ainda pode, claro, mas esta não é nossa missão principal. Somos um "trunfo móvel de reação a crises". Ainda podemos chamar esta cabine de Estado-maior de Batalha, e eu sou o diretor desse Estado-maior. Mas quando somos utilizados, é geralmente para transportar equipes da agência federal de gestão de emergências para uma área de turbilhão e fornecer-lhes um escritório e comunicações até que possam pôr as coisas em ordem.

A cabine do Estado-maior de Batalha estava cheia de mesas com múltiplos painéis de computadores, fones de ouvido e microfones. Os assentos eram como casulos de malha pendentes do teto. A iluminação era baixa, a cabine silenciosa, apenas com o ruído do sistema de distribuição de ar e o zumbido de um avião em altitude. Uns poucos assentos estavam ocupados. Adams tinha visto boa parte da tripulação ocupando beliches na cabine de popa.

— Devemos agora nos encontrar com um K-10 para tomar um drinque. Se nunca viu dois jumbos se acoplando no ar, levarei você lá em cima para ver o reabastecimento — disse Duke, enquanto se movia à frente na comprida fuselagem. Passaram por outra porta para um compartimento menor, que parecia ter sido projetado para reuniões e conferências. — Chamamos isto de Sala de Situação, porque é tudo o que se pode fazer aqui, não porque seja uma réplica da Sala de Situação da Casa Branca.

Não havia ninguém na sala.

— Muito bacana, George — disse Adams, que depois seguiu atrás dele, sentando-se numa das grandes poltronas de couro que estavam aparafusadas em volta da mesa de madeira caprichosamente polida. — Mas me diga: por que o secretário da Defesa está usando esta coisa para voar até a Turquia?

— Bem, estamos aqui para voar. Se o secretário não estivesse usando o avião, faríamos meros vôos ociosos sobre o Oklahoma por quarenta horas seguidas. O secretário da Defesa é o cara para quem este avião foi construído. É improvável que o presidente o usasse. Mesmo numa crise ele ficaria no *Air Force One* ou iria para uma caverna em algum lugar. O secretário da Defesa tem a mesma autoridade do presidente para dar ordens às forças, até para lançar armas nucleares. Se algo acontecer enquanto ele está em viagem, é melhor tê-lo aqui do que em algum 757 de carreira com dois canais de comunicação por satélite.

"Além disso, Brad, você deveria ver a reação das pessoas a esta coisa. Na Turquia, todos os ministros de Defesa da Otan chegarão num Gulfstream ou qualquer outro jato executivo. O nosso cara chega num grande 747 azul e branco que diz 'Estados Unidos da América' em letras grandes na sua lateral. Não é um *Air Force One*, mas está quase lá.

— Bem, acho que faz sentido. Deve ser também muito mais confortável na frente do que qualquer avião que compramos para levar congressistas a piqueniques ao redor do mundo — riu Brad.

— O secretário Conrad adora ele — Duke riu de volta. — Fez reserva neste pássaro para as quatro próximas semanas.

Nós vamos da Turquia para o Egito. Depois ficamos à disposição. Disseram-nos para trazer mapas de aviação e planos de aeroportos da península Arábica. O que falta para um destino definitivo?

— Bem, se você for para Bahrein, me avise — disse Adams, pensando sobre locais na península Arábica. — Eu lhe mostrarei meu posto de comando de emergência. É um pouco mais comprido, não tão bonito, mas flutua melhor.

O major Chun entrou na cabine.

— Almirante Adams, o secretário o receberá agora.

Chun levou Adams para uma nova sala de conferência, depois cruzou outra porta com as iniciais ACN.

— Esta é a suíte Autoridade Nacional, senhor. Dobrando a esquina, fica o escritório do secretário.

— Brad, Brad Adams, não é? — disse o secretário da Defesa Henry Conrad, dobrando a esquina no estreito corredor. Lançou uma das mãos à frente. Era firme e calosa. O secretário estava usando uma jaqueta de couro de piloto da Força Aérea, uma camisa *oxford* azul de abotoar e calças cáqui. Parecia vagamente um aluno na sua reunião de número cinqüenta da escola de preparatórios. — Entre. Já comeu? Eu já ia mastigar alguma coisa aqui. Quer me acompanhar?

A cabine do secretário era pequena, com uma mesa para dois, uma cama king-size e uma parede com telas planas e telefones. Uma das telas exibia um mapa com um pequeno avião branco movendo-se lentamente através dela. Duas outras mostravam imagens escuras de nuvens — a vista a partir do nariz à frente e a vista imediatamente abaixo do avião. Dois pratos estavam colocados na mesa, mantidos aquecidos sob coberturas de metal.

— Espero que goste de bife, almirante. Sou um homem carnívoro. Não confio em um cara que não seja. — O secretário da Defesa removeu as coberturas, revelando dois bifes suculentos com purê de batata. Um comissário de bordo da Força surgiu com duas garrafas de cerveja gelada.

— *Salut* — brindou Henry Conrad.

Ele falava enquanto comia, cortando o enorme bife.

— Desculpe por coagi-lo desse jeito, mas vivo correndo contra o tempo. Me arrastaram para fora da Casa Branca para uma porra de reunião de líderes do Conselho de Segurança Nacional sobre a Colômbia. Como se eu não cagasse e andasse para a Colômbia. O Oriente é um barril de pólvora, os chineses estão roubando nosso almoço e o consultor de Segurança Nacional teve que ir a uma reunião de última hora na Colômbia, simplesmente porque alguém do combate às drogas do Departamento de Estado foi tomado como refém e os colombianos querem que a gente segure a barra.

Adams tinha comido um sanduíche na cabine da popa, mas o bife estava tão bom que ele o devorava enquanto ouvia aquele homem grande e falastrão. Não se lembrava de já ter tomado cerveja a bordo de um avião ou navio das forças armadas.

— Agora vem o que interessa, Brad. Os chineses estão vindo como gângsteres. Sua economia vem crescendo por quase duas décadas. Sua espionagem industrial em nosso país tem sido fantástica. Eles roubam todas as receitas, fórmulas e projetos das empresas. Criaram uma indústria automobilística e estão agora exportando carros. Impressionante. Na China, os automóveis, mais a sua indústria, estão sugando petróleo e gás como se o mundo fosse acabar amanhã. Estão importando tanto petróleo quanto nós.

"Estava tudo certo quando a maioria das reservas do mundo pertencia aos sauditas e tínhamos acordos de longo prazo para ter petróleo. Agora os chineses estão tentando um acordo exclusivo, com dinheiro adiantado, para ficar com aquele petróleo. Pagamos os olhos da cara por ele desde que houve o golpe lá, porque tivemos de recorrer ao mercado spot. — Ele cuspiu um pedaço de nervo do bife. — Mas, se os chineses tirarem esse petróleo do mercado, ficaremos de calça arriada e pagando na cotação máxima do dólar.

O comissário de bordo reapareceu com torta de queijo coberta com calda de framboesa. Conrad passou-lhe o prato vazio de bife.

— E agora esse almirante chinês nos diz que os australianos descobriram que Pequim vai esgueirar tropas para a Islâmia como uma espécie de guarda pretoriana para aqueles terroristas que tomaram o poder em Riad. Será uma parada dura para nossos combatentes da liberdade derrubar os terroristas protegidos pelo Exército de Libertação do Povo!

Adams especulou quem eram os "nossos combatentes da liberdade", mas Conrad estava com a corda toda e não ia ser interrompido por perguntas.

— Não apenas isso, mas os chineses estão enviando metade da porra de sua esquadra para o oceano Índico e provavelmente para a Islâmia. Isto dá cobertura aérea ao regime de Riad também, a partir dos porta-aviões. Talvez planejem ter um porto-base em Riad para guarnecer suas linhas de comunicação marítima, sua linha vital de petróleo na China. Quem sabe? Quer um descafeinado para rebater?

Sem esperar resposta, Conrad pressionou um interfone e pediu dois cafés.

— Talvez, apenas talvez, forneçam aos islamianos ogivas nucleares para os mísseis que acabaram de vender a eles. Isto não seria grande, outro regime de loucos ligado a terroristas e com armas nucleares? Isso não pode acontecer, Brad. De modo algum, não no meu modo de ver. Meus antecessores viram a Coréia do Norte, o Paquistão e o Irã entrarem para o clube atômico. As chances de um desses artefatos aparecer em Wall Street estão ficando altas demais.

Finalmente, Adams conseguiu falar:

— Recebi as instruções sobre a marinha chinesa e informação minuciosa acerca de seus planos. É uma tremenda esquadra que estão lançando no oceano Índico.

Conrad sacudiu a cabeça.

— Tremenda, sim, mas inexperiente em combate no mar. Se eu conseguir a autoridade, você é capaz de afundar essa esquadra? — O secretário se inclinou na pequena mesa, quase no rosto de Adams. O almirante podia sentir o bafo de cerveja.

Adams fez uma pausa breve e depois respondeu lentamente.

— Se eu puder disparar primeiro e se conseguir descobrir seus submarinos, então teria plena confiança, presumindo que tivesse minha escolta no oceano Índico e não engarrafada lá no golfo.

Conrad sorriu largamente, gostando do que estava ouvindo.

— O comandante-em-chefe do Pacífico tem três submarinos na cola deles no mar do Sul da China. Até agora, sabemos onde estão os submarinos deles e eles não parecem saber que nós sabemos. Nossos submarinos irão segui-los no oceano Índico e depois eles serão nossos trunfos — disse o secretário da Defesa, clicando numa das telas planas que mostrava um mapa com ícones para navios espalhados ao longo do estreito de Malaca. — Ouça, Adams, seu grupo de batalha e todas as nossas belonaves no golfo sairão de lá, e diremos a todo mundo que estão indo para o exercício Bright Star no mar Vermelho, mas quero que você espalhe uma linha de piquete para bloquear os dois grupos de batalha deles. Um pode estar se dirigindo para o mar Vermelho, o outro para o golfo. Não sei quanto tempo vai levar para eu obter uma ordem do executivo. Ainda está na mesa do presidente. Um bando de pentelhos preocupados em volta dele. O novo professor que arranjaram para consultor de segurança...

"Você não tem nenhum problema em levar a cabo esta missão quando obtiver o comando de mim, não é, Brad?

Enquanto ele fazia esta pergunta, o avião atingiu um bolsão de turbulência e começou a trepidar.

— Sr. secretário, o senhor me dá ordens para pôr a esquadra em movimento e estabelecer uma linha de piquete, e posso cuidar disso. Para disparar primeiro, porém, precisarei de uma ordem de execução da Autoridade Nacional. Mas se eles chegarem primeiro, ou se fizerem alguns disparos com mísseis de cruzeiro com ogivas nucleares, pode não restar muita coisa da minha esquadra. De qualquer modo, senhor, pareceria que, depois de um enfrentamento assim, nuclear ou não, estaremos em guerra com a China, que provavelmente vai ser nuclear.

Henry Conrad ficou em silêncio por um minuto.

— Você obterá todas as ordens necessárias, almirante. Da Autoridade de Comando Nacional. Quanto à China entrar em guerra conosco, eu mesmo cuido disso. Eles não podem ser tão idiotas assim. Poderíamos eliminar seus mísseis nucleares em minutos e depois fritar sua infra-estrutura econômica, mandá-los de volta para 1945. Eles sabem disso.

— Sim, sim, senhor — replicou Adams.

Conrad se levantou.

— Ótimo, ótimo. Agora vamos fechar os olhos um pouco, se é que se pode tirar uma soneca dentro deste potro xucro corcoveante. — O secretário da Defesa pôs um braço em torno dos ombros do almirante Adams e escoltou-o até a porta da suíte. — Vê o que está escrito na porta, Brad? AN. Autoridade Nacional. Este é um poder que o presidente partilha com o secretário de Defesa. Um de meus antecessores tentou se livrar do título e também dos títulos de comandante-em-chefe regionais. Eu os trouxe de volta. — Conrad piscou para Adams. — Comandante-em-chefe Adams. Seria um belo título, não acha? Você vai fazer um bom serviço lá por mim, Brad, não é mesmo? — Conrad deu um tapinha nas costas dele e voltou-se, retornando à suíte da AN.

Adams começou a voltar para seu leito na cabine de popa, apoiando-se na parede enquanto o avião continuava a sacolejar. Na estreita passagem entre as duas salas de conferência, ele ficou de lado para dar passagem a um civil. Enquanto o avião se sacudia de novo, os dois homens foram lançados contra paredes opostas.

— Almirante Adams — saudou-o o subsecretário Kashigian.

— Sr. secretário — replicou Adams, surpreso por ter sido reconhecido pelo homem.

— Apreciou sua visita a Tampa? Grandes lugares para se comer lá. Ainda que às vezes exagerem nos condimentos e na pimenta. Vejo você na Turquia, almirante. — Kashigian encaminhou-se para a suíte da Autoridade Nacional.

10

15 DE FEVEREIRO

*Frutos da Pérsia Ltda.
Distrito Dolab
Teerã, Irã*

— Não lhe darei pistaches vermelhos — insistiu Bardia Naqdi. — Se quiser os vermelhos, deve consegui-los sozinho.

— Irá pesar enormemente em nossos custos — replicou Simnon Manley.

— Você deve ensinar o mercado sul-africano a comer pistaches na sua cor natural. Sabe quem foi que começou a tingi-los de vermelho, hein? Foram os americanos, não os persas, não nós. — Naqdi deu um tapa na mesa.

Brian Douglas, representando o papel de Simon Manley, olhou para seu sócio querendo uma decisão.

— Bem, Bowers, acha que podemos mudar os hábitos de nosso mercado?

— Acho, Simon. O consumidor sul-africano anda muito zeloso com a saúde ultimamente, e se lhe dissermos que o vermelho é tintura, eles não vão querer comê-lo — replicou Bowers, levantando a vista do seu caderno de notas da discussão do dia.

— Mas isto não levanta a questão da aflatoxina, que como você sabe é cancerígena. A União Européia tem tido problemas com seus pistaches excedendo o limite de 15 partes por bilhão.

Naqdi lançou os dois braços para o ar.

— Que Alá me salve! Nós persas temos comido nossos pistaches por cinco mil anos de história. E por muito tempo na pré-história. Pistaches são para os amantes. Eram o afrodisíaco da rainha de Sabá. Quando jovens amantes se sentam sob uma árvore de pistache à noite e ouvem as nozes se abrirem, sabem que terão uma longa vida juntos, longa e saudável, Sr. Bowers.

— Muito bem, mas vamos querer escrito no contrato que não somos responsáveis por quaisquer produtos rejeitados pelas autoridades sanitárias sul-africanas — Bowers disse enquanto fazia outra anotação no livro-razão.

Douglas consultou o relógio. Eram quase 21h30.

— Certo, então. Vamos repassar a lista do primeiro embarque? Mil quilos de núcleo de pistache, com casca, quinhentos quilos descascados, quinhentos quilos de amêndoa doce e amarga, meio a meio, mil quilos de passa tipo sultana, duzentos quilos de figo seco. Vinte por cento de pagamento eletrônico à assinatura do contrato e oitenta por cento quando formos notificados por um despachante de carga, que será escolhido de comum acordo, de que a mercadoria está em trânsito. Fechado?

— Fechado, sim. Graças a Alá não havia mais, eu estaria comendo até a hora do café da manhã — brincou Naqdi, apontando para o resto do jantar que haviam consumido mais cedo na sua sala de reunião.

— Então podemos esperar um contrato em nosso hotel pela manhã? — perguntou Bowers, fechando seu livro-razão e levantando-se da mesa.

— Sim, e esperaremos uma transferência eletrônica para nosso banco no final do dia — replicou Naqdi, levando os dois sul-africanos até a porta.

— No dia seguinte, o mais tardar — assegurou Simon Manley, apertando a mão de Naqdi.

Naqdi abriu a porta da sacada que ficava acima do escurecido depósito, repleto de sacas e caixotes. O cheiro penetrante de frutas misturadas flutuava no ar parado. O frescor do vasto espaço ajudou a reanimar os homens, que estiveram conversando e fumando por quase seis horas.

— Podem encontrar seu caminho de volta até o centro da cidade? — perguntou Naqdi, na porta para a rua. — É complicado, faltam placas em algumas ruas. Algumas luzes estão apagadas. Eles não olham muito por este distrito, apesar de sermos os únicos por aqui a faturar em moeda estrangeira.

— Temos um mapa — assegurou Douglas. E, afinal, chegamos aqui. *Saloam*.

Bowers e Douglas se espremeram no pequeno carro alugado que tinham procurado através do hotel. Enquanto Bowers ligava o motor, Douglas desdobrou um amplo mapa de ruas e começou a examiná-lo sob a fina luz de uma pequena lanterna. Naqdi caminhou de volta ao seu império de nozes e frutas secas.

Bowers verificou os espelhos do carro. Não havia outros carros na rua. Ninguém mais naquela vizinhança industrial trabalhando à noite.

— Tudo bem, navegador — disse ele para Douglas —, você nos trouxe aqui. Vamos ver se consegue nos levar de volta. Qual é o caminho?

Por dez minutos eles deram voltas por ruas esburacadas, duas vezes acabando em becos sem saída. Se alguém estivesse observando, eles teriam parecido perdidos. Se alguém estivesse observando, eles poderiam ter sido vistos fazendo curvas em U e rodando em círculo sob orientação de Bowers. No final do percurso, se descobriram numa rua principal, mas por engano seguiram para nordeste, em vez de para noroeste, rumo ao centro de Teerã. Enquanto passavam por uma placa indicando que haviam entrado no distrito de Doshan Tappeh, eles pararam novamente. Se alguém estivesse entre eles, ouviria uma discussão que se ajustava à viagem sem rumo.

— Você é um idiota! Você nos fez dar uma volta completa, Simon! — A voz raivosa de Bowers ressoou alto no carro. — Você não passa de um inútil. Depois de quase estragar a negociação dos pistaches, agora não consegue nos levar de volta ao hotel!

— Você não conseguiria fechar aquele negócio sozinho, Bowers — replicou Simon Manley. — E provavelmente também não será capaz de encontrar o caminho de volta para o hotel. Mas nós vamos descobrir! — Com isso, Brian Douglas, no papel de Simon Manley, pegou um sobretudo e chapéu no banco traseiro e saltou do carro, batendo a porta. Começou a descer a rua, rumo leste. Bowers esperou por vários minutos, depois fez uma curva em U e se afastou lentamente. Observou as ruas transversais no seu retrovisor em busca de qualquer sinal de vigilância, mas não viu nenhum.

Douglas caminhou por vinte minutos, suas mãos nos bolsos do sobretudo iraniano, o chapéu enfiado fundo em sua cabeça. Os montes de neve na beira da rua estavam mais altos aqui do que no centro da cidade, e mais brancos. Ele pensou em outras noites no frio, em Mossul, em Baku, onde sua rede iraniana começara a desemaranhar. Às 10h10, entrou num abrigo de parada de ônibus, e às 10h14 foi recompensado pela chegada de um ônibus verde urbano. Douglas pagou a passagem e passou por sete passageiros até sentar-se perto da porta traseira. Às 10h29, o ônibus chegou ao fim da linha, no subúrbio de Doshan Tappeh.

Havia alguns sinais de vida em torno do terminal de ônibus. Havia luzes acesas em dois cafés, e um minimercado parecia estar aberto. Douglas entrou num deles, pediu chá e um *baklava* no balcão. Ninguém o seguira até lá dentro. Olhando pela janela, não enxergava ninguém do lado de fora. Nenhum carro chegara à pequena praça depois do ônibus. Às 10h42, Douglas saiu do café, deixando a gorjeta de praxe sobre o balcão e desejando boa-noite ao atendente.

Após sair do café, dobrou à esquerda da pracinha e depois de novo à esquerda numa rua lateral. Ainda ninguém na sua cola. Às 10h54, Brian Douglas dobrou uma esquina numa vizinhança residencial e imediatamente empurrou o portão da primeira casa, que estava destrancado e abriu-se para um corredor de estuque branco mal iluminado. Descendo o corredor que conduzia ao pátio dos fundos, Douglas girou a maçaneta de uma porta à direita.

— Pontual como sempre — disse Soheil Khodadad, caminhando em direção ao agente britânico através da sala de estar brilhantemente iluminada.

— Ainda bem que você tem algum aquecimento, Soheil. Eu estava começando a ficar dormente.

Os dois se apertaram as mãos calorosamente.

— Por favor, sente-se aqui junto ao fogo. Fiz chá. Se minha esposa não estivesse na casa da mãe, você teria uma refeição — disse Soheil, pegando o sobretudo e o chapéu de Douglas. — Papai não ficou muito satisfeito ao revê-lo. Ele o chamou de uma aparição do espírito que chega para levar os mortos. — O iraniano parecia em boa forma e talvez com seus quarenta anos, enquanto sentava-se numa poltrona rodeada por livros e revistas. — Mas estou muito contente em vê-lo. Temos muito que conversar. E não sabia como chegar até você. Deveria passar a noite aqui. Volte para a cidade no ônibus matinal com os trabalhadores. Andar pelas ruas aqui a esta hora da noite vai parecer estranho.

Douglas concordou. Ele também notou que o fio do telefone estava desconectado da tomada na parede. As cortinas estavam cerradas. O rádio junto à janela sintonizava um programa de entrevistas. Um velho rifle de caça estava sobre a cornija da lareira.

— Achamos que era mais seguro, depois do que aconteceu em Baku e das prisões dos outros, que cortássemos todas as comunicações com vocês por algum tempo — disse Douglas suavemente, acomodando-se na poltrona em frente à de Khodadad. — Como disse seu pai, você só foi salvo porque não foi reconhecido. Mas os nossos homens que costumavam vir para cá, aqueles que iam para as entregas e para os encontros em Dubai, Istambul e Baku... esses, eu sou um deles, poderiam ser conhecidos. Se eu tivesse achado que você corria qualquer perigo, nós daríamos um jeito de salvá-lo. De alguma maneira.

— É bom que vocês não tivessem tentado. Não estou sob suspeita. Na verdade, estive agradecendo antecipadamente aos meus amigos da Madras Haqqani — riu Soheil.

— Você esteve lá por um tempo, não é? A escola teológica em Qom? — Douglas tentou rememorar os detalhes da ficha de Khodadad.

— Sim, estive lá por dois anos antes de voltar à universidade. É onde o VEVAK, nosso Ministério de Inteligência e Segurança, recruta boa parte do seu pessoal. Meus amigos de lá estão se elevando ao topo da subgerência no VEVAK. E, portanto, quando precisaram de alguém no Ministério do Exterior para ser seu contato com o VEVAK, descobriram o diretor-adjunto de pesquisa no ministério. Eu. — Soheil abriu os braços. — Você está olhando para o diretor do Departamento 108 do Ministério do Exterior, chefe de ligação para o VEVAK.

Brian Douglas riu.

— Sua promoção nesse emprego teria sido um bônus para mim, se eu ainda estivesse dirigindo a rede. É espantoso. O Departamento 108 é um daqueles lugares misteriosos de que ouvimos falar mas que nunca conhecemos de fato. E agora você está dirigindo um desses lugares?

— O VEVAK é que dirige, Andrew. — Soheil usou o nome pelo qual conhecia Brian Douglas/Simon Manley. — Sou apenas um homem confiável que olha o ministério por eles. Mas às vezes sou capaz de ver do outro lado, o próprio VEVAK. E o que vejo agora me assusta.

Douglas acomodou-se na poltrona. Já entrevistara fontes o suficiente para conhecer os sinais. Esta aqui estava prestes a descarregar alguma coisa arquivada por algum tempo.

— Andrew, elegemos um presidente e um *majlis*. Isto não importa. Temos um ministro de Relações Exteriores, um Conselho Supremo de Segurança Nacional. Isto não importa. Existe um governo dentro deste governo. Formado pelo *faqih*, o líder supremo, nosso grande aiatolá. E pelo Conselho de Guardiães, seus lacaios. Eles vetam os *majlis*. Determinam quem pode governar para os *majlis*. Quando as forças de manutenção da lei matam jovens estudantes em seus dormitórios por serem dissidentes, o *faqih* deixa que eles façam isso impunemente. Quando o VEVAK fez a matança em série dos autores, impunidade. Você sabe quem dirige a nossa política externa? Não é o ministério. É o general Hedvai, comandante da Força Qods do Pasdaran.

Brian assentiu.

— Ele é um nome que continua vindo à tona. Comandante da Força Jerusalém da Guarda Revolucionária do Irã. Quando eu estava caçando a al Qaeda no Iraque, vi sua sombra algumas poucas vezes.

— É claro! — disparou de volta Soheil. — A Força Qods era a maior fonte de apoio da al Qaeda. E do Hezbollah, da Jihad Islâmica Palestina, do Hamas. Eles têm um orçamento ilimitado, Andrew. Dirigem operações de drogas e mercado negro por todo o mundo. No Brasil. Na Grã-Bretanha. Em Nova York. — Soheil estava de pé, atiçando o fogo. Depois sentou-se no pufe diante de Douglas. — Tem mais, Andrew. Agora a Qods tem um plano para unir todos os xiitas do golfo. Já instalados no Iraque, eles puseram um governo xiita no poder, leal a eles. Os americanos aceitaram isso porque lhes permitia dizer que havia estabilidade, de modo que pudessem mandar a maior parte de suas tropas para casa. Então Bagdá lhes disse para sair por completo. Mas o que a Qods e o *faqih* querem fazer agora, os americanos não poderiam ignorar. Assim, têm que descobrir um meio de lhes dar um xeque-mate nesses casos. Por isso vão acabar com eles. E isto começará em breve. Está tudo nos documentos neste flash drive que carreguei para você, mas você precisará ler todos eles e juntá-los, eu vou explicar como.

Brian Douglas pensou que, se era hora de contactar apenas um do pessoal remanescente da velha rede, este homem seria Soheil. Ele era brilhante e amava o Irã passionalmente. Como adolescente, ele servira de babá e depois de irmão mais velho para o garotinho da casa vizinha. Este garoto tinha estado entre os mortos na incursão policial em 1999 ao dormitório em Teerã. Esse incidente tinha sido a epifania de Soheil. Todas as coisas que ele havia racionalizado como funcionário júnior no Ministério do Exterior, todos os preços que estivera disposto a pagar por um Irã realmente livre de interferência estrangeira, desabaram sobre ele naquele momento. As promessas da revolução tinham sido esmagadas; o povo, traído. Um cartel criminoso, com desígnios imperiais e ornamentos religiosos, havia roubado o governo, o governo legítimo.

Portanto, durante o encontro da Conferência Islâmica em Istambul, Soheil Khodadad tinha passado pelo velho consulado britânico na hora do almoço e seguido um diplomata rua abaixo. Ele viera a se tornar uma grande fonte pelos cinco anos subseqüentes. Agora ocupava um cargo do tipo que o SIS só via uma vez a cada dez anos. Brian Douglas descobrira uma mina de ouro. E enquanto bebericava seu chá e as revelações de Soheil eram despejadas, Brian começou a pensar em como poderia levar rapidamente esta história a Vauxhall Cross. Ele não podia. Ir a qualquer lugar junto a alguém da embaixada britânica ali seria loucura. Pior. Seria morte certa.

O fogo se apagou por volta das duas horas. Àquela altura, Soheil havia terminado sua história e Brian o fizera voltar atrás várias vezes. Como ele sabia disso? Era possível que simplesmente fosse conversa fiada de pessoas que ele ouvira? Como o VEVAK podia saber o que o exército estava fazendo? Mais difícil ainda, como podiam os amigos de Soheil no VEVAK saber o que a Força Qods estava planejando? Por que contariam a Soheil? Ele não estaria sendo alimentado com desinformação? Como ele podia ter certeza de que não estava sob suspeita? Como obteve cópias dos documentos? Não era arriscado escaneá-los no seu computador? Quem, além de seu pai, sabia que ele tinha aquelas opiniões?

— Já chega, Andrew — disse Soheil, esfregando os olhos. — Descanse um pouco no sofá. Aqui tem um cobertor. Você deveria partir com a multidão que sai pela manhã, por volta das seis. Nós que trabalhamos no Ministério do Exterior estamos na última leva, depois das oito. Ah, Andrew, se você puder usar isto para detê-los, *loftan*, você deve detê-los. Ou toda esta região acabará novamente em chamas. — Ele colocou o flash drive na mão de Brian, abraçou-o e subiu as escadas.

Quase quatro horas depois, Brian pegou de volta o pesado sobretudo e o chapéu. Ficou mais uma vez contente por sua barba loura continuar rala após um dia. Mas, apesar de rala, ele sentia a barba, bem como o cheiro de resíduo do suor noturno na sua camisa. Atravessou silenciosamente o corredor e sentiu o frio matinal. Depois seguiu pela calçada e dobrou à direita para alcançar o terminal de ônibus. Alguns outros seguiam na mesma direção. Um Pajero Mitsubishi preto avançava na sua direção. Havia dois homens dentro. Brian teve uma aguda sensação de punhalada em seu estômago e seus músculos enrijeceram. Continuou caminhando. O Pajero se foi.

Pelo canto do olho, ele viu o carro dobrar à esquerda. Brian estava na esquina. O terminal de ônibus ficava à esquerda. Ele parou. Alguma coisa. Virou à direita, à direita de novo, caminhando em torno do quarteirão de Soheil. Quando chegou à esquina, ele viu o Pajero. Estava estacionado diante da casa onde ele se encontrara com Soheil. O Pajero estava vazio.

Se o VEVAK fosse prender Soheil não mandaria apenas um carro e dois homens, pensou Douglas, sua mente em disparada, o coração batendo mais rápido. Se os dois homens eram da segurança e o viram voltar, poderiam parar e interrogá-lo. Ele tinha escondido o flash drive dentro da sua meia direita. Tudo indicava que ele devia apenas cair fora. Agora.

Voltou atrás, para o terminal de ônibus. "*Crack! Crack!*" O som foi abafado pelos prédios, mas eram tiros. Douglas parou. Depois, "*Crack!*", mais um tiro. Ele precisava sair da área, rápido. Mas pensou sobre Baku e em como seus agentes tinham sido mortos, alguns sendo primeiro torturados.

Douglas correu calçada abaixo em direção à casa. Seu chapéu voou. Uma mulher gritou do outro lado da rua. Estava desarmado porque não haveria nenhum meio de explicar por que carregava uma arma se fosse detido. Uma voz gritou em algum lugar de sua cabeça: o que você pensa que vai fazer?

Empurrou o portão. O corredor estava vazio. Ele foi até a porta e parou à esquerda. Não vinha nenhum som do interior.

Douglas girou a maçaneta e escancarou a porta. Viu um corpo imediatamente, sangue ainda escorrendo do que restava da cabeça. Dando um passo para dentro e fechando a porta atrás de si, inalou o cheiro de pólvora e depois o odor de sangue. Soheil estava sentado em sua poltrona, com os livros. Sua cabeça pendia de lado, o sangue gotejando da boca e da nuca. Uma pistola jazia em seu colo.

O segundo homem estava esparramado no sofá onde Douglas tentara dormir. Seu ferimento era próximo ao coração, e grande. Douglas viu o rifle de caça no chão. Verificou a pulsação do homem no sofá. Nenhuma. Nenhuma arma. A identificação dentro de seu paletó parecia dizer alguma coisa sobre segurança, alguma coisa sobre o Ministério do Exterior. Era completamente evidente que Soheil estava morto. Como tinham dedurado Soheil? Na sua mente ele viu o rosto de Roddy Touraine. E a seguir Douglas ficou ciente de uma sirene, muito próxima.

Moveu-se rapidamente através da sala até o outro homem. Também morto, mas ele ainda tinha sua arma no coldrè. Brian a reconheceu, uma Heckler & Koch 2000 alemã. Era igual à Browning Hi-Power, porém modernizada. Ele a pegou.

A sirene havia parado. Lá na frente. Havia uma porta de fundos? Passando por cima do corpo, ele correu através da porta nos fundos da sala. Dava para uma cozinha. Soou uma batida na porta da frente. Ele viu uma escada levando para baixo. A casa ficava numa ladeira. Havia uma garagem e a aléia abaixo, nos fundos. Ele desceu pulando a escada, mal tocando os degraus. Ele sacou a HK do cinto e firmou-a na mão, dentro do bolso do sobretudo. Espiou rapidamente pela janela na porta dos fundos. Nada. Abriu a porta lentamente e saiu para a aléia.

Em segundos, desceu a aléia e viu-se de volta à rua, seguindo para o terminal de ônibus. Mais sirenes. Reduziu o passo. Havia mais pessoas movendo-se ao longo da calçada no ar frio da manhã.

Uma luz azul cintilou em frente ao prédio à sua direita, e instantaneamente um carro verde-e-branco da polícia dobrou a esquina, fazendo soar alto a sirene. Ele apertou mais a pistola no bolso de seu sobretudo.

Sem reduzir a velocidade, o carro passou direto. O terminal de ônibus não era mais um bom lugar para ir, pensou Douglas. Logo tomou consciência da secura em sua boca. Reduziu o passo levemente, inalou. Sabia que seus reflexos estavam aguçados, que seu instinto de sobrevivência estava no comando. Tinha de ser cauteloso, previdente, não apenas instintivo. O que tinha na cabeça, o que tinha na sua meia, precisava sair de Teerã hoje.

Do outro lado da rua, um homem abria um portão preto de ferro batido da sua entrada de carros. Douglas atravessou a rua com rapidez.

— Olá, meu amigo — gritou Douglas, em farsi, para o homem. Ele entrou na estreita passagem entre paredes de estuque. — Pode me dar uma carona hoje? Estou atrasado.

O homem voltou-se para a porta do carro enquanto Douglas movia-se rapidamente.

— Não. Quem é você? Vá embora — vociferou o homem. A pistola surgiu. Douglas acertou o homem mais baixo na têmpora, com o cano da pistola. Uma. Duas vezes. Douglas amparou o corpo enquanto o homem caía. Olhou em torno. Ninguém. Douglas teve dificuldade para colocar o corpo no assento traseiro do carro. Deu uma ré e saiu para a rua. Deu-se conta de que estava num velho Mercedes a diesel.

De repente, desejou que não tivesse pegado a arma. Se ela ainda estivesse na casa de Soheil, a polícia poderia pensar que os envolvidos no que quer que tivesse acontecido lá eram apenas os três homens mortos. Agora não. Qualquer pensamento que tivesse de pegar o vôo do meio-dia no aeroporto Imã Khomeini se fora. Estariam vigiando o aeroporto tão logo a polícia descobrisse que os três mortos trabalhavam para o Ministério do Exterior. E que houvera um quarto homem. Ele girou o carro para longe de Teerã.

E então ouviu mais sirenes atrás dele.

Casa de Curry Jaipur
Dubai Creek
Dubai, Emirados Árabes Unidos

— Quer outro *Kingfisher*, senhor? — perguntou o garçom indiano. Ele estava ansioso para que Rusty pedisse mais alguma coisa ou fosse embora. Quase não havia mais ninguém no restaurante.

— Vocês têm café descafeinado? — perguntou Rusty. O garçom olhou como se MacIntyre tivesse pedido porco. — Bem, um uísque escocês então, um... como é mesmo... Balvenie, certo?

O garçom sorriu e se afastou.

Russell MacIntyre olhou para os *dhows* e barcos turísticos no Creek. Esta era a Dubai antiga, com ruas estreitas, prédios baixos, uma série de vielas atravessando o velho Gold Souk. Além do Creek, ele podia ver a espira do Burj Dubai, o edifício mais alto do mundo, tendo ultrapassando por polegadas o último arranha-céu da China. Ele se sentiu subitamente solitário, sem energia. Estivera lendo *O mundo à noite*.

Brian Douglas não tinha aparecido. Nem lhe mandara qualquer mensagem. E isso não era comum. Começou a imaginar se havia sido enganado por Douglas, um agente sênior do SIS, para ir sem cobertura a Teerã. E para ele era irrealista imaginar que poderia descobrir um dos maiores segredos do Irã vagueando por um lugar onde não estivera fazia vários anos. Talvez as forças do Irã estivessem apenas se exercitando, como as nossas fazem o tempo todo. Talvez a fonte de Ahmed bin Rashid não tivesse realmente desmantelado uma operação iraniana, ou houvesse feito alguma só para agradar. Rashid. Talvez...

Quando o uísque chegou, ele sentiu o seu BlackBerry vibrar no bolso do paletó. Talvez fosse uma mensagem de Sarah, lá de Somalilândia. Ele clicou para abrir o arquivo. A mensagem era de Susan Connor, do seu escritório, e estava cifrada.

Rusty, o chefe me pediu que enviasse esta para você. Ele ainda não sabe usar o BlackBerry. Mandou lhe dizer que o FBI veio hoje. Perguntando sobre você e seu relacionamento com o senador Robinson. Queriam saber se você tinha sido autorizado a se reunir com ele em algum compartimento especial. Algo sobre a China. Depois perguntaram se você estava autorizado a se encontrar com terroristas. Se isso era parte da sua missão. Rubenstein os botou para fora, mas ele acha que seu amigo, o secretário Conrad, abre aspas, que tem você na mira, fecha aspas. Não estou certa do que significa tudo isto. Espero que você faça isto não soar bem. Nada de novo aqui, exceto que a máquina de propaganda contra a Islâmia está a todo vapor. Audiência no Congresso. Anúncios nos jornais. Entrevistas em certas redes de TV. A mais recente é a especulação de que há ogivas nucleares para os mísseis que descobrimos. Repassamos cada fiapo de informação a que temos acesso e não há nenhuma, repito, nennuma, indicação de que quaisquer ogivas nucleares foram exibidas na Islâmia. Mas o senador Gundersohn diz que existe razão para "ir até lá, descobri-las e tomá-las". Coisa assustadora se alguém levar Gundersohn a sério. Tome cuidado por aí. Susan.

MacIntyre terminou o uísque num só gole. Como alguém poderia saber que se reunira com o senador Robinson a respeito da fonte da AID na China? Era apenas uma violação técnica. Robinson poderia não ter sido esclarecido pelo Departamento de Defesa para obter a informação, mas ele era o presidente do Comitê de Inteligência. Encontro com terroristas? Ahmed. Meu Deus, ele pensou, o que fizeram para saber que me encontrei com Ahmed? Fez sinal para o garçom encher seu copo.

O BlackBerry vibrou de novo. Desta vez era a função telefônica. Ele clicou para aceitar a chamada.

— Já ouviu as novidades? — era Kate Delmarco.

— Não, estive sentado aqui esperando por Brian e ele não deu as caras. Que novidades? — Rusty se levantou e olhou para o norte, em direção ao escritório de Kate na Dubai moderna.

— Um avião da Marinha foi derrubado. Estão dizendo que talvez seja obra da Islâmia. — Kate parecia sem fôlego. — Russell, dizem que foi o avião do almirante Brad Adams. Ele estava voando de volta a Bahrein depois da reunião da Otan na Turquia. Parece que ninguém sobreviveu. Estão fazendo buscas ao largo do Kuwait.

MacIntyre engoliu com dificuldade. Sentia o mundo se fechando sobre ele.

— Rusty, nós vamos bombardear a Islâmia se eles fizeram isso, você sabe. Precisamos chegar a um acordo.

Ele pensou no que Ahmed bin Rashid dissera naquela pequena loja em Manama. Se o Conselho Shura se sentisse pressionado, iria recorrer a armas nucleares. E se isto acontecesse...

— Eu também... preciso pensar com clareza — murmurou MacIntyre. — O que acha de nos encontrarmos no café da manhã? Onde você acha melhor?

Ela fez uma pausa.

— Tudo bem, no meu escritório. Cidade da Mídia. Às 8h30.

— Obrigado. — ele desligou a função telefônica. Puxou um maço de notas de *dirham* da carteira e jogou-as sobre a mesa. Moveu-se da varanda sobre o Creek, dentro do restaurante, rumo à saída.

O garçom indiano foi atrás dele.

— Guarde o troco — gritou Rusty por cima do ombro.

— Sim, senhor, mas e o uísque?

MacIntyre pegou um cartão do bolso do paletó e entregou-o ao garçom.

— Se alguém aparecer procurando por mim, dê este número de telefone.

Em seguida, pegou o copo de uísque e bebeu de um só gole, pensando no homem que o apresentara ao Balvenie num clube londrino.

11

16 DE FEVEREIRO

A bordo do USS Jimmy Carter, *SSN-23*
Ao largo da costa da Malásia
Mar do Sul da China

— Abrir o Interface Oceano, sim. — O marujo repetiu a ordem e depois seguiu até a alavanca do seu painel de controle. Lá fora, atrás da torre de comando, o casco do submarino começou a mover-se e a água do oceano se agitou. A belonave de 12 mil toneladas continuou a mover-se à frente a 14 nós, cem metros abaixo da superfície do mar.

— Capitão Hiang, Tony, aqui é onde a coisa fica interessante. Talvez você queira se sentar aqui em cima para ver que o que está passando nesta tela — o capitão Tom Witkovski animava seu convidado de Cingapura.

— Então vocês não têm que parar por completo para disparar as PISAs? — perguntou Hiang, impulsionando-se para a cadeira do observador.

— Não, não temos. As plataformas de inteligência submersíveis avançadas deveriam ser chamadas de lindas. Ultrapassam os meus sonhos mais entusiásticos de poucos anos atrás. Elas deslizam de nosso casco apenas com o seu motor de direção funcionando. Depois a propulsão as impele tão logo estejam bem visíveis do *Carter*.

O tenente, de pé junto aos painéis de controle, olhou para seu comandante. O capitão Witkovski fez sinal para ele começar.

— Preparar para lançar a PISA-1 — disse ao marinheiro.

Cinco minutos depois, deu ao marujo a última ordem na seqüência:

— Lançar PISA-3.

— Lançar PISA-3 — repetiu o marujo. — PISA-3 a caminho.

Os dois capitães observaram enquanto três ícones verdes se afastavam do ícone azul que representava o *Carter* na tela. Eles se espalharam, três, lado a lado, e acelerados.

— Como elas têm acústica muito pequena e são pouco suscetíveis à percepção de um sonar, não há nenhuma razão para que os chineses percebam torpedos vindo em sua direção — explicou Witkovski. — Eles são plenamente autônomos. Só se comunicam numa emergência. Eles conhecem suas missões e simplesmente as executam. Quando chegarem aos seus pontos de reunião designados, as PISAs irão mudar para a propulsão-guia para vigiar o local. E irão esperar por seus alvos e depois deslizar para encontrá-los e ao longo de seus cascos, a bombordo e estibordo, e bem debaixo da quilha. Depois de volta à vigília do local até que os chineses se movimentem. Finalmente, irão girar em volta do costado e serão chamados de volta à casa. Os chineses nunca saberão que sofreram uma varredura.

A imagem da tela pulou para um raio de cinqüenta quilômetros. Ícones vermelhos apareceram com designadores alfanuméricos ligados a eles.

— Essa seria a primeira escolta do porta-aviões. O *Zhou-Man* é o porta-aviões lá no meio. Ele tem dois cruzados de defesa aérea de oito mil toneladas, um de cada lado. Eles carregam o míssil supersônico superfície-ar. Altamente letal. Depois, você pode ver uma fragata de perseguição, uma nave de reabastecimento no mar, dois petroleiros e o que chamam de navio de apoio logístico, mais parecido com um navio cargueiro especial.

O capitão Hiang olhou fixamente para os ícones e os pequenos pontinhos verdes, que representavam as PISAs, movendo-se em direção a eles.

— Eles não têm submarinos nesta escolta, capitão? — perguntou.

— Há um em cada uma das duas escoltas. Seu novo submarino de ataque nuclear de oito mil toneladas, tipo 93, classe Keng. Uma cópia do Victor Três russo, mas barulhento como o diabo. Podemos ouvi-lo com um dia de distância. Este está exatamente na trilha do porta-aviões. Temos um submarino, o *Grenville*, na cola dele.

Os pontos verdes tornaram-se mais lentos e se detiveram a meio caminho dos navios chineses.

— Bem, agora eles esperam — disse Witkovski, levantando-se de sua cadeira. — E giramos para o lado a fim de ficarmos prontos para recuperá-las. Você parece preocupado, Tony.

O capitão de Cingapura estivera estudando a tela e os materiais de instrução que havia recebido. Desviou a vista deles.

— Capitão, o seu barco, o *Carter*, tem exatamente dez vezes o deslocamento de cada um dos meus quatro barcos suecos em Changi. E tem quase três vezes o comprimento. Por esse motivo, o seu conselho não serve para mim, senhor.

— Ora, tamanho não é documento, Tony. Você conhece essas águas melhor do que nós. Você foi um destaque no programa de estratégia e táticas em Newport. Verifiquei. E três daqueles seus barcos estão esperando para segurar os chineses por um tempo quando eles começarem a cruzar o estreito de Malaca. Então, o que o está incomodando? — Witkovski soava sincero.

— OK, se eu fosse o almirante chinês, teria meu submarino fora de varredura, ou sob o *Zhou Man*, procurando por vocês, caras. Tem certeza, Tom, de que o submarino que o *Grenville* está seguindo não é o líder da segunda escolta? — perguntou o capitão Hiang.

— Plena certeza. Por quê? — disse Witkovski, deslizando para a cadeira de Hiang. — Porque o *USS Tucson* está seguindo o submarino chinês que está atrás da segunda escolta. Eles conseguiram dois submarinos e temos um dos nossos sobre cada um. Faz sentido para eles ter seus submarinos de volta para ver se alguém como nós os está seguindo. É muito ruim para eles não poder nos ouvir sobre seu próprio alarido.

Hiang sorriu.

— Eu sabia que devia ter ficado calado.

Quarenta minutos depois, o *Carter* estava navegando a cinco nós, seis milhas a leste do *Zhou Man*. Na tela, os três pontos verdes circulavam seus alvos, o *Zhou Man*, o destróier *Fei Hung* e o navio de apoio logístico *Xiang*.

— Duas perguntas, capitão — Tony Hiang quebrou o silêncio na Sala de Controle de Operações Especiais.

— Manda ver — replicou Witkovski.

— Primeira, se as PISAs não estão se comunicando, como sabemos onde estão e o que estão fazendo? E, como você disse, *part deux* — Hiang riu a este toque de humor americano que ele tinha pegado —, por que o navio de logística?

— OK, uma é fácil. Não sabemos onde estão e o que estão fazendo. Esta tela simula o que imaginamos que elas deveriam estar fazendo agora, baseadas na sua programação e nos dados que temos sobre onde estão os navios chineses — admitiu Witkovski.

"A *part deux* é um pouco mais delicada. Marujo, tape os ouvidos. Não vamos ficar surpresos se tivermos leituras de radiação do porta-aviões. Eles devem ter alguns artefatos nucleares a bordo para os J-11, seus Flankers. Sabemos que eles têm mísseis ar-superfície e ar-navio para os J-11. O destróier carrega alguns mísseis antinavio e possivelmente alguns mísseis de cruzeiro de ataque terrestre em tubos verticais. Eu não ficaria espantado se alguns deles tiverem armas nucleares. E seríamos capazes saber que tipo de sinal de radiação estivemos procurando para cada um daqueles navios, mas eu nunca disse isso. Agora a logística: se obtivermos um sinal lá, é isso que Washington quer saber o mais breve possível.

Hiang imaginava por que observavam a tela tão intensamente quando ela apenas reproduzia o que já haviam programado. Ele se levantou, espreguiçando-se.

— Ai! Caralho! — gritou o marinheiro, retirando seu fone de ouvido. — Desculpe, senhor, mas a acústica acabou de estourar meus tímpanos, senhor.

O capitão Tom Witkovski agarrou o fone e encostou-o no ouvido direito.

— Meu Deus, o que é isso? — Ele deixou cair o fone de ouvido e pressionou um interfone na parede. — Executivo, qual o problema com a acústica?

Do Centro de Informação de Combate, a sala de controle do barco, um convés acima, o oficial-executivo respondeu:

— Estamos processando a informação através da base de dados, capitão. Aqui está... o primeiro som foi "Similar ao mergulho de um classe Kilo". Depois a estridência... diz apenas "Colisão Presumida".

— Merda — praguejou Witkovski, dando um soco na parede. — Vou subir até o CIC. Tony, preciso de você comigo. — O capitão americano já estava fora do anteparo e subia a escada para o Centro de Informação de Combate de três em três degraus. — Você conseguiu retirar a formação? — rosnou para o oficial-executivo enquanto adentrava o CIC.

— Sim, senhor. Os hidrofones lá é que pegaram isso — replicou o executivo, um tanto aturdido.

O capitão golpeou de leve um interruptor e lançou o som submarino para o alto-falante do painel. Era um som excruciante de metal rangindo, como o de um giz de aço sobre um quadro-negro metálico aumentado dez vezes.

Witkovski abaixou o volume.

— Qual é a profundidade lá?

— Duzentos e cinqüenta metros, capitão — respondeu o marujo que estava diante de um painel de controle.

— Qual é o máximo de profundidade de mergulho de um classe Kilo? — disparou de volta o capitão.

— Nominalmente é de trezentos metros — respondeu o capitão Hiang, atrás de Witkovski. — Mas a versão chinesa, o 877EKM, tem uma graduação classificada de 375.

Witkovski voltou-se.

— O que mais sabe sobre eles? Conte-me tudo o que sabe, Tony.

O oficial de Cingapura baixinho chegou mais perto do capitão americano e quase sussurrou:

— Eles têm um alcance de seis mil milhas. Têm um novo revestimento especial anti-sonar e amortecedor de som. Têm um sonar de proa de onda curta que é difícil de detectar. E, como podem operar por um período movidos a bateria, eles são muito, muito silenciosos. Especialmente contra o pano de fundo acústico de uma escolta de porta-aviões.

Um som estranho surgiu do alto-falante. "*Ebup, ebup...*" O oficial-executivo aumentou o volume no alto-falante do painel.

— Não precisa analisar isso. Já sei o que é — disse o capitão Witkovski, sacudindo a cabeça. — Merda!

— Como disse, senhor? — perguntou o executivo.

— É o sinal acústico de perigo da PISA-2. Há um classe Kilo chinês lá que não detectamos. Está em cima da PISA, impulsionando-a para o fundo. A PISA tem um grau de pressão de profundidade de duzentos metros. Irá se fragmentar em poucos minutos. — Witkovski suspirou. Depois virou-se para o capitão Hiang. — Parece que o *Zhou Man* tinha um submarino no ponto e está fazendo jogo sujo.

— Senhor, deveríamos foder aquele Kilo — propôs o executivo. — Chegar por trás dele e enrabá-lo. Eles não podem saber que a PISA não tem tripulação. Eles poderiam matar nossos homens.

— Não hoje, Tim. Nada de foder ninguém hoje. Temos duas outras PISAs lá para recuperar. Esta é a nossa missão. Vamos fazer isso agora. Me dê um rumo para a PISA-3. Silêncio total no barco.

— Silêncio total no barco, sim. — Lâmpadas azuis piscaram nos 150 metros de comprimento do *USS Jimmy Carter*.

Quase duas horas depois, com a escolta do *Zhou Man* já desviada e seguindo rumo norte para os estreitos de Malaca, a notícia chegou: "Interface Oceânica lacrada." As duas PISAs remanescentes estavam a bordo. O capitão Witkovski pediu ao capitão Hiang que se juntasse a ele para uma refeição na sua cabine enquanto os técnicos baixavam os dados dos minissubmarinos não-tripulados.

Por cima dos filés à *parmigiana* e Pepsis Diet, Witkovski quase pediu desculpas.

— Eu devia ter ouvido o que você estava tentando me dizer, Tony.

— Eu é que devia ter sido mais direto, Tom. Às vezes, nós da etnia chinesa temos grandes dificuldades em ser diretos o suficiente para os americanos. — O capitão Hiang sorriu. — Mas nós conhecemos os chineses, porque somos descendentes deles. Falamos a língua deles. Conhecemos a história deles. Sabe a pequena cidade indonésia por onde o *Zhou Man* está navegando esta noite? Malaca? Foi fundada pela marinha chinesa há seiscentos anos. Além disso, o que você poderia ter feito se detectou o Kilo debaixo da quilha do *Zhou Man*?

Houve uma batida à porta.

— Entre — replicou o capitão. Era o oficial-executivo, com uma mensagem rascunhada numa prancheta.

— Este é o resumo dos dados lidos e a análise automatizada das duas PISAs, senhor. Codifiquei como precedência FLASH, senhor.

O capitão ergueu as sobrancelhas e pegou a prancheta. O código FLASH era reservado para mensagens de prioridade extrema, como "Alguém está disparando contra meu navio". Witkovski colocou seus óculos de meia-taça e leu:

Para Comandante-em-chefe do Pacífico, Honolulu FLASH
EMC/J-3 FLASH
AID, DT-1 FLASH
MF: SSN-23
ASSUNTO: Prováveis armas nucleares a bordo da escolta do *Zhou Man* (T5)

Análise de telemetria da inspeção PISA do navio especial de logística *Xiang* da marinha do ELP (C-SA-3) indica leituras de nêutron e gama consistentes com seis ogivas na área de carga na proa e seis na área de carga na popa. O programa de análise indica que todas as ogivas são de tamanho similar, entre dez e trinta toneladas. Programa de análise sugere tentativa de tipificação como carga de mísseis balísticos CSS-27 de médio alcance. Nenhuma leitura detectou destróier acompanhante a bordo. Vigilância do porta-aviões *Zhou Man* não foi realizada (detalhes em canal separado).

EOT

O capitão Witkovski rubricou a mensagem na prancheta e devolveu-a ao seu executivo.

— Bom trabalho, Timmy. Isto deve espalhar merda nos ventiladores lá em Washington. Desta vez descobrimos algo para eles se ocuparem. Não há dúvida quanto a isso.

Sucursal do New York Journal
Cidade da Mídia
Dubai, Emirados Árabes Unidos

MacIntyre passou pelos prédios da CNN e da NBC, no fantasioso parque de escritórios que era a Cidade da Mídia. Seu táxi já passara pela Cidade da Internet e pela Cidade do Conhecimento. Ele imaginou se poderia convencê-los algum dia a construir uma Cidade da Mágica em Dubai. O *New York Journal* não tinha seu próprio prédio, mas dividia um com diversos jornais europeus.

O trabalhador paquistanês convidado que estava de guarda no saguão o aguardava. Enquanto entrava na porta do terceiro andar do *Journal*, ele viu Kate do outro lado da redação, de pé diante de um banco de telas que exibiam os noticiários em árabe e inglês. Ela havia arrumado uma pequena mesa de café da manhã abaixo dos painéis de TV.

O áudio estava ligado na ABC.

"...mas fontes militares aqui no Pentágono enfatizam que, antes de examinados os destroços, não há como ter certeza do que aconteceu com o jato Viking que levava o almirante Adams de volta ao seu quartel-general em Bahrein, após encontro com o secretário Conrad, na Turquia. Na reunião da Otan lá realizada, o secretário disse que daria os passos adequados para reagir a qualquer agressão na região do golfo rica em petróleo. Martha..."

Kate Delmarco desligou o som e virou-se para encarar Rusty MacIntyre.

— Eu esperava encontrá-lo amanhã, em Bahrein — disse Rusty, olhando para as telas acima. — Ele me deixou um bilhete manuscrito que peguei quando estive na base naval. Dizia que ligaria para meu celular esta noite, quando chegasse para fazer os arranjos. Não acredito que a Islâmia nos provocaria abatendo o seu avião.

— Talvez não tenham sido eles. Você acabou de ouvir a ABC. Ainda não sabemos — disse Kate, estendendo um copo. — Bloody mary?

— Não, obrigado, tomarei um *virgin mary*. Exagerei a noite passada, estou arriado. Também devia ter encontrado nosso amigo Brian Douglas a noite passada, mas ele não apareceu.

— Certo, você quer ficar sóbrio. Isso é ótimo — disse ela, sentando-se à sua mesa. — Então onde está meu misterioso Sr. Douglas? Ele me deixou preocupada. Não, ele não gostaria disso. Ele me deixou um pouco preocupada.

— Não sei — disse Rusty, olhando os cubos de gelo. Ele sabia, ou pelo menos sabia para onde Brian tinha ido, não onde estava agora. Mas Brian não contou a Kate e eu também não sei, pensou Rusty. Ele pretendia perguntar a Brian quando voltasse qual era exatamente o seu relacionamento com Kate.

Tentando mudar de assunto rapidamente, ele disse:

— Você ouviu o que Conrad acabou de dizer. Ele reagirá. Não o presidente. Não a América. Ele. — Rusty tirou seu paletó e sentou-se de frente para ela.

— Olhe, Kate, estive pensando. O problema é Conrad. É ele quem está demonizando a Islâmia. Assustando-a com um grande exercício no litoral do Egito. Assustando Washington ao achar que os mísseis que a Islâmia obteve da China carregam ogivas nucleares. Ele vai nos meter em mais uma guerra aqui muito em breve, e talvez com a China, também. A não ser que alguém o impeça.

— É mesmo? E o que ele está fazendo com a China? — disse Kate, pegando seu bloco.

MacIntyre colocou a mão em cima do bloco.

— Deixe de ser uma repórter ao menos uma vez e trabalhe comigo. — Kate lançou-lhe um olhar revoltado. — OK, Kate, você precisa ser uma repórter? Então descubra alguma sujeira sobre Conrad, para que ele não seja mais o Sr. Imaculado num cavalo de batalha branco, pronto para salvar a América. Talvez só assim sejamos capazes de detê-lo.

— Você joga sujo, garotinho — disse Kate, cruzando as pernas.

— Tal como eles. Conrad mandou agentes do FBI xeretar sobre uma acusação de que contei algo a um senador sobre o qual ele foi esclarecido. Eles podem até mesmo saber sobre meu encontro com Ahmed. Provavelmente, me acusam de passar informação secreta à Islâmia.

— O quê? Rusty, do que está falando? Como eles sabem disso, e, além do mais, o que há de errado em você se encontrar com uma fonte islamiana? Você é um agente de inteligência, certo? É o seu trabalho — disse ela, em sua irada voz de repórter.

— Não, não é o meu trabalho. Sou o chefe de uma unidade de análise. Estou aqui para aprender, não para ficar solto por aí, buscando minhas próprias fontes. Estou saindo de minha função, e fora da minha praia. — Rusty parecia cansado. — Conrad poderia intrepretar isto intencionalmente no mau sentido. Às vezes, penso que ele poderia fazer qualquer coisa para atropelar todos os que discordam dele.

Kate voltou a pegar seu bloco e o abriu.

— Muito bem, o que há de sujo nele?

— Não tenho certeza. Talvez o dinheiro dos Saud e sua empresa de subornos. Talvez os príncipes exilados e o secretário estejam comprando apoio no Congresso. Tenho um amigo bem situado no Capitólio que pode saber mais. Ele não me contaria tudo, mas acho que sei o bastante para convencê-lo a se abrir com você, convencê-lo de que precisamos jogar um pouco de areia nas engrenagens. — Rusty se levantou, caminhou até o bar embutido e acrescentou uma dose de vodca ao seu suco de tomate. — Talvez jogar um pouco de lama.

— Eu disse que adoro um jogo sujo — Kate Delmarco sorriu com afetação e apontou sua caneta para ele.

— Não comece — disse MacIntyre enfaticamente, retornando e afastando a caneta.

— Tudo negócio, certo — replicou ela. — Posso partir para Washington esta noite. Nova York me chamou de volta já faz um mês. Só espero não perder a ação aqui enquanto estiver fora.

— Não posso prometer isso. — MacIntyre pegou uma caneta e levantou-a junto ao seu paletó. — *Bada-bing!* — exclamou, e a caneta pareceu penetrar o paletó, metade dela saindo do outro lado.

— Seu louco. Por que fez um furo no seu paletó? — Kate riu. Ele entregou a ela o paletó. Não havia nenhum furo nele. Ela continuou rindo.

— Achei que precisávamos de certa animação, e truques de mágica são bons para isso — disse ele e procurou no bolso pelo seu BlackBerry. — Quem está me ligando? — MacIntyre pôs o aparelho no ouvido e clicou para responder. — Alô?... Bem, sim, é ótimo ouvir você, mas assistiu aos noticiários?... Como?... Aqui, em Dubai? Almoço no Four Seasons?... Também aguardo ansiosamente revê-lo. — Ele guardou o BlackBerry e olhou confuso para Kate, sacudindo a cabeça.

— O que houve? O que foi isso? — perguntou ela.

MacIntyre não respondeu de imediato, ainda atônito com a ligação. Depois pegou o bloco de Kate e entregou-o a ela.

— Bem, imagino que você diria que trata-se de um furo exclusivo para o *New York Journal*. O que acha de algo assim? "O almirante Bradley Adams, comandante da Quinta Esquadra, chegou esta manhã ao aeroporto internacional de Dubai, num vôo comercial procedente da Turquia. Mais cedo, pensou-se que Adams estava a bordo de um avião da Marinha que caiu no litoral do Kuwait, mas agora descobriu-se que Adams despachou o avião sem ele ao receber um convite de última hora para visitar a Marinha turca. O almirante soube do seu noticiado falecimento após aterrissar em Dubai."

— Uau! — gritou Kate. — E nós vamos encontrá-lo para almoçar?

— Não. Eu vou. Você deve se preparar para voltar a Nova York esta noite, lembra? — Ele olhou para os oito canais de noticiários nas telas acima. — Temos um bocado de trabalho pela frente se quisermos impedir Conrad de fazer alguma coisa que possa incendiar toda a península Arábica.

Aeroporto Doshan Tappeh
Leste de Teerã

— Recebemos tanta gente da universidade Monash nesta época do ano, professor — disse o agente de passagens. — Aqui vamos nós. Poltrona 4B. É na janela, como solicitado. Tentamos acomodar todos os pedidos do agente de viagens de Melbourne, já que fazemos tantos negócios com eles agora. Alguma bagagem?

— Bem, temos uma série de programas de intercâmbio com a universidade Kish. Não, a bagagem foi enviada na frente, já que passaremos lá todo o semestre. Muita coisa para carregar. Posso dizer que seu inglês é excelente. Muito obrigado — disse o professor Wallingford, pegando a passagem para o vôo da Kish Air que partia do pequeno aeroporto, na periferia de Teerã, para a ilha *resort* no golfo.

Os passageiros já estavam embarcando quando ele chegou ao portão, o único portão. O avião, um antigo Fokker 50 de trinta assentos, alegremente adornado no colorido estilo característico da Kish Air. Como era um vôo doméstico para a ilha de Kish, o homem da segurança mal olhou para o passaporte australiano com o visto iraniano e carimbo de entrada antes de acenar para que prosseguisse. Mesmo se tivesse uma lista de passaportes "procurados", ele não o checaria. Não era o que teria acontecido no aeroporto internacional Imã Khomeini, mas, num aceno ao capitalismo, a Kish Air havia transferido seus vôos para o menos congestionado e menos oneroso Tappeh, antiga base da Força Aérea, que passou um ano fechada antes de reabrir para vôos domésticos de empresas aéreas menores.

Sentado à espera de que o Fokker decolasse, Brian Douglas, no papel de Sam Wallingford, repassou as fitas da manhã na sua cabeça. O que havia acontecido com Soheil? Apesar de sua certeza de que o iraniano não estava sob suspeita, ele devia ter sabido que estava. O telefone desligado, o rádio, as cortinas, o rifle. E Soheil havia conhecido Douglas de alguma maneira. E entregado a ele o ouro. Foi o próprio pessoal do ministério de

Soheil que suspeitou de alguma coisa. Talvez tivessem notado o fato de que ele havia baixado os documentos do ministério via internet. Haviam mandado apenas dois agentes para interrogar Soheil. E Soheil estava preparado para eles, com rifle de caça. Após atirar nos dois, ele pegou uma das pistolas deles e se matou. E agora a pistola do outro agente estava no fundo de um bueiro, não na casa de Soheil. Ele não precisava realmente dela; deveria tê-la deixado na casa. Se tivesse usado sua mão para acertar o cara do Mercedes, em vez da pistola, o homem poderia estar inconsciente, e não morto na mala do seu carro, num terreno baldio logo abaixo do pequeno aeroporto. Nunca tinha matado um homem inocente. Ele batera com força demais, na sua ânsia de fugir. Foi uma ação de principiante. Odiou a si mesmo por isso.

O Fokker começou a taxiar. Levaria mais de duas horas até a ilha Kish. Duas horas nas quais a polícia poderia ser notificada sobre o homem desaparecido com o Mercedes. Poderiam encontrar o carro, apesar do local onde estava estacionado, apesar da lama colocada sobre a placa. Poderiam se dar conta de que o pequeno aeroporto no final da estrada agora operava vôos para o resort da ilha Kish, no golfo. Poderiam alertar a alfândega ou o VEVAK na ilha.

Olhou abaixo, para o leve rasgão no forro do velho casaco. Pensou ter sido um risco colocar a identidade australiana no forro, tolice ter meios alternativos para sair do país. Mas Pamela estava certa, como sempre. Esperava que estivesse certa também sobre o próximo passo.

Enquanto o avião alçava vôo, ele pensou no que Bowers estaria fazendo: retirando as coisas de Simon Manley do quarto de hotel. Pagando a conta de Simon Manley e também a dele. Partindo para Johannesburgo. O banco de dados da alfândega no aeroporto Khomeini ligaria o visto de Bowers ao de Manley? Onde está o Sr. Manley? Viajando para Chiraz por um dia.

Brian Douglas fechou os olhos, mas não conseguia dormir no vôo turbulento por sobre as montanhas. Seu coração ainda batia forte. A mente continuava em disparada. O pobre infeliz, no Mercedes. Nada justificava aquilo. Mas o que tinha no flash drive em sua meia compensava ter arriscado a própria vida ao sair em campo sozinho, em excesso, sem cobertura. Ninguém mais poderia ter feito isso. Soheil e seu pai não confiariam em ninguém mais. E se o pai não tivesse estado na banca de jornais? Douglas teria voltado para casa de mãos vazias e ainda bancado o tolo. Mas o pai estivera lá, e até agora a coisa estava funcionando. Aos trancos e barrancos, mas funcionando. Graças a Deus, Pamela insistira num plano de emergência.

Ele finalmente conseguiu dormir, mas o solavanco da aterrissagem o despertou. Seus ossos doíam. O terminal era maior do que havia esperado e muito mais moderno. Ele tentou se lembrar do diagrama das instruções de Pamela. Havia o banheiro masculino. Seu relógio marcava 14h40. Estavam dez minutos adiantados. O sujeito de Omã já estaria lá?

Ele foi até a última privada e empurrou a porta.

— Ah, desculpe, a porta não estava trancada, entende, e eu...

O omani, com as calças pelos tornozelos, matraqueou de volta em árabe. Ele estivera lá desde cedo e tinha os papéis na mão. A troca de papéis foi feita em menos de três segundos. Brian Douglas foi até a privada seguinte. Os papéis pareciam bons. Um passaporte neozelandês, com um carimbo de saída de Kish. Passagem da Hormuz Airlines, com embarque em poucos minutos para Sharjah. Alguém levara propina no processo, mas isto nunca foi problema no Irã.

Nem existiria outro aeroporto no Irã onde passageiros internacionais de chegada ao país pudessem se misturar àqueles a ponto sair, mas este era Kish. Teerã decretou aquela uma zona de livre comércio, um destino do turismo internacional. Os novos e altos hotéis na praia faziam o lugar parecer Dubai. Tudo era um pouquinho mais indulgente aqui. A China tinha Hong Kong. O Irã tinha Kish, uma membrana permeável, um lugar onde o comércio necessitado era permitido, um lugar onde as pessoas faziam vista grossa.

Ele entrou na fila de embarque. O avião era uma espécie de Ilyushin que poderia ter pertencido à Aeroflot. Ele era o terceiro da fila para atravessar o portão quando ouviu os alto-falantes em farsi: "Valnford, professor Valnford. Por favor, procure a polícia ou um funcionário aduaneiro." Seu estômago se contraiu. O homem de Omã dera alguma mancada? Mas ele não era Samuel Wallingford. Não agora. Ele era o neozelandês Avery Dalton. Sorria para o homem que recolhia as passagens. Subia a escada para o velho Ilyushin.

O avião decolaria quase no mesmo instante em que estava pousando. Ele temia que o avião desse meia-volta a chamado da polícia ou da alfândega. Mas não, este era um aeroporto menor e isto aqui não era uma ilha. O avião pousou como uma tonelada de tijolos. Este também não era o Irã. Estava em Sharjah, nos Emirados Árabes Unidos. E assim diziam os letreiros sobre as cabines da alfândega e da imigração. Bem-vindo aos Emirados Árabes Unidos.

— Terá que vir comigo, Sr. Avery — dizia o funcionário da imigração, que havia passado o passaporte por um escaneador ótico.

— O quê? Meu sobrenome é Dalton. Sr. Dalton — gaguejou ele.

— Não temos nenhum registro de que seu visto de entrada tenha sido emitido. Não consta do banco de dados. Vai levar só um instante. Por aqui, por favor.

A porta tinha um vidro espelhado e um letreiro que dizia "Polícia" em inglês e árabe. Lá dentro, porém, era iluminado e confortável.

— Por favor, sente-se, senhor.

— Eu poderia usar o telefone para uma chamada local? Talvez possa esclarecer isto. Agradeceria muito. — Ele vacilou por um momento, tentando lembrar o número. E lembrou-se.

— Consulado britânico em Dubai — a mulher do outro lado da linha parecia cantar ritmadamente.

— Departamento de Intercâmbios, por favor — conseguiu dizer Avery/Wallingford/Dalton/Manley/Simon.

— Departamento de Intercâmbios. Posso ajudar? — grunhiu a voz de um homem com sotaque do sul de Londres.

— Aqui é Brian Douglas. Sou de Bath — disse ele, usando seu próprio código de posto para Pedir Assistência. — Estou com a alfândega, ou a polícia da imigração, no aeroporto de Sharjah. Há problemas com meus documentos.

Houve uma breve pausa do outro lado da linha enquanto o funcionário tentava lembrar o que poderia significar "ser de Bath", e então percebeu que o chefe de posto para a região do golfo não estava em Bahrein, mas vinte minutos engarrafado na estrada de Dubai.

— Passaremos aí para buscá-lo, senhor, e ao mesmo tempo chamaremos os rapazes locais de serviço.

Foi Avery ou algum outro quem ligou, mas foi Brian Douglas quem desligou o telefone. Ele virou-se para o jovem funcionário da imigração e disse em árabe:

— Eu poderia tomar uma xícara de chá quente?

12

16 DE FEVEREIRO

Centro de Segurança da República
Riad, Islâmia

— Foi você quem me disse que não podíamos confiar na presença dos chineses aqui — disse Abdullah bin Rashid — e agora quer que eu confie nos americanos?

— Não em todos os americanos. Em alguns deles. Nem todos são fabricantes de guerra imperialistas. Muitos são como os canadenses — tentou Ahmed. Seu irmão o encarou, incrédulo, mas ele continuou: — Meu ponto de vista é apenas de que não os queremos agindo baseados em falsas suposições sobre se temos ou não armas nucleares. E há alguns americanos com os quais acho que podemos falar.

Abdullah pegou uma pasta e a entregou a Ahmed.

— Leia isto. Um pacote de mentiras. É um resumo da reação da mídia americana à derrubada de seu avião da Marinha na costa do Kuwait. Há uma série de especulações de que nós o fizemos.

— Fizemos mesmo? — perguntou Ahmed, examinando os recortes de jornal.

Abdullah fez uma pausa, irritado com a pergunta. Finalmente replicou:

— Não, não, não o fizemos. Nosso radar não mostrou nada perto do avião e nenhum míssil foi disparado contra ele.

Ahmed devolveu a pasta ao irmão.

— Quer dizer que ele explodiu sozinho no ar?

— É o que parece, Ahmed. Primeiro eles tentaram nos culpar pelo ataque à base naval em Bahrein... o que você evitou! Agora tentam nos culpar quando um de seus aviões explode no ar. Eles estão procurando uma desculpa, Ahmed, você não percebe? — Abdullah voltou para trás de sua mesa.

Ahmed pousou as palmas das mãos do outro lado da mesa.

— Pelo que vejo, irmão, há uma necessidade de acalmar as coisas, abrir um canal com os americanos para que possamos evitar mal-entendidos como esses.

Abdullah recolheu as pastas do tampo da mesa.

— Você quer ver com quem estou lidando? Como é difícil convencer meus camaradas membros do Shura de que deveríamos ser moderados? Venha comigo, agora. O Conselho está reunido aqui hoje. Eles acham que precisamos nos reunir num local altamente seguro. O público não pode assistir, mas você pode, como meu ajudante-de-ordens.

Ahmed bin Rashid seguiu seu irmão, o diretor de Segurança da Islâmia, corredores abaixo até um pequeno centro de conferências no interior do antigo palácio. A sala estava repleta de homens em mantos brancos, muitos com barbas longas, conversando em voz alta, e em pequenos grupos, antes da reunião. No meio da sala estava uma ampla mesa oval com um microfone em cada lugar. Abdullah apontou para o presidente interino da república, Zubair bin Tayer, um clérigo que passara a maior parte da década anterior em Damasco, Teerã e Londres. Bin Tayer seguia para o assento do qual presidiria à reunião.

Campainhas eletrônicas soaram na sala.

— Em nome de Alá, o mais misericordioso, o mais compassivo... — bin Tayer começou uma prece num microfone. A prece continuou por vários minutos e foi seguida por três leituras do Corão. Tão logo bin Tayer terminou e sentou-se, um homem a sua direita começou a ler uma resolução. Ahmed finalmente percebeu que o assunto era a punição adequada a um grupo de universitários detidos pela polícia por protestar contra a extensão da lei religiosa, a Sharia. A punição era açoitamento público numa praça de Riad.

— O Shura concorda? — falou o homem à direita de Tayer, em seu microfone.

Abdullah inclinou-se à frente e apertou um botão debaixo de seu microfone, fazendo aparecer uma luz verde diante de si.

— A polícia religiosa tem a missão de fazer cumprir as práticas religiosas, não a lei civil. — A sala permaneceu em silêncio e Abdullah continuou: — Estou encarregado do cumprimento da lei e da segurança, por decisão deste Conselho, não do Ministério de Assuntos Religiosos. Discordar publicamente de propostas diante do Shura, incluindo aquelas que têm a ver com a lei Sharia, não é uma violação de nossas práticas religiosas. — Um coro de vozes discordou. — Estes homens nada fizeram para provocar sua detenção, muito menos para ser açoitados — concluiu Abdullah, que depois apertou o botão do microfone para desligá-lo.

O coro de discordância ficou mais alto. Um homem em manto clerical, do outro lado da mesa, apertava sem parar o botão do seu microfone.

— Então o que o diretor da Segurança acha que deveríamos fazer com esses rapazes que realizaram *haram*, atos proibidos. Dar doces para eles?

Abdullah endireitou-se na cadeira e inclinou-se lentamente à frente para pressionar seu microfone.

— Não é o que proponho, é o que fiz. No legítimo exercício de minha autoridade legal, libertei cidadãos que foram ilegalmente detidos, cidadãos que não violaram nenhuma lei.

A sala se agitou. Ahmed gostou de ver que seu irmão tinha adeptos que também podiam gritar e apontar seus dedos, agitar os braços no ar.

Bin Tayer pressionou o botão de seu microfone e começou a falar.

— Ministro Rashid, por que lutamos por esta revolução, para permitirmos que continue a decadência promovida pela Casa de Saud aqui e no exterior? Para permitir que qualquer pessoa seja um erudito corânico? Para permitir que muçulmanos em outras terras pratiquem distorções da lei islâmica? Para dar poder aos cafres infiéis e às mulheres? Não, é missão do governo pôr um fim a tamanha *jahiliyah*, tamanha ignorância. Aqueles que violam as leis devem ser punidos!

Seguiu-se mais uma comoção.

Finalmente, Abdullah respondeu.

— Para começar, Zubair, não me recordo de que você tenha lutado.

Seguiram-se gritos injuriados. "Munafiqeen!"

Abdullah continuou, acima do alarido:

— Em segundo lugar, nós lutamos para transformar nosso país, não para impor alguma coisa a outros em algum outro lugar. Terceiro, não é trabalho dos *hakiyah*, daqueles na governança, impor salafismo ou qualquer outra escola de pensamento sobre nosso próprio povo. O profeta Maomé, bênçãos e paz sobre ele, aceitou os judeus e os seguidores de Jesus como filhos de Abraão. Durante séculos, os muçulmanos escolheram seus próprios caminhos. Alguns optaram por ser *murtadeen* e levar uma vida secular, mas muito poucos escolheram os caminhos da Taymiyyah ou Wahhab, ou salafistas. Nós que lutamos não somos diferentes dos noventa por cento dos nossos irmãos muçulmanos que discordam de você, Zubair.

Abdullah virou-se, dando as costas para Zubair bin Tayer, enquanto se dirigia aos outros no Shura.

— É dever de um país desenvolver o pleno potencial de seu povo e permitir que os mais inteligentes construam para o resto de nós. Portanto, deveríamos, como governo, promover a educação nas ciências, na medicina e na matemática. Estes não são estudos não-islâmicos. São coisas que os eruditos islâmicos criaram e promoveram séculos atrás, no auge de nosso poder. Isto é o que deveríamos estar fazendo, não açoitando estudantes, não punindo atos que são *halal*.

Após uma hora de discussão altamente agitada e excitada, o Conselho Shura da República da Islâmia encerrou a sessão sem tomar qualquer atitude. Abdullah deixou o recinto rapidamente por uma porta lateral perto de seu assento. Ahmed permanecia a seu lado.

— Estou orgulhoso de você, irmão — disse Ahmed, quando desciam um corredor que os levava de volta ao gabinete do diretor.

— Agora entende por que as sessões não são televisionadas, como você propôs? — riu Abdullah.

— Não, vejo ainda mais razões para que sejam televisionadas. O povo não toleraria isso. Você teria o apoio do povo contra esses trogloditas — afirmou Ahmed.

De volta ao gabinete, os irmãos se juntaram aos seis dos que apoiavam Abdullah no Shura.

— Estão felizes agora, meus amigos? — perguntou a eles.

— Era a questão certa a abordar, Abdullah. Ela deixa claro para o povo que isto não é uma luta sobre religião, mas sobre o seu lugar no nosso governo — disse Ghassan bin Khamis, batendo no ombro de Abdullah. Ghassan estivera com ele no Iêmen e agora era chefe de uma de suas unidades de inteligência.

— É uma luta sobre se somos parte do mundo moderno — objetou Hakim bin Awad. — Estados modernos não açoitam pessoas. E o povo tem direito de manifestar o que pensa sobre as leis. Eis por que derrubamos a dinastia Saud: porque eles nos trancafiavam quando nos manifestávamos contra as coisas que estavam fazendo.

— Ghassan, Hakim, vocês têm razão. Não lutamos para ser iguais aos Saud... pelo menos eu não — disse Abdullah, lançando-se a um dos quatro sofás que formavam um semicírculo em seu escritório. Ele ajustou seus mantos. — Lutei para que este país pudesse respirar de novo, como quando nossos avós eram livres no deserto. E para que pudesse ser o país do povo, seu próprio país, não de uma empresa privada, parte de uma rede britânica ou americana. Democracia à nossa maneira.

Ahmed estava atônito. Ele nunca ouvira seu irmão tão articulado, tão passional, e tão de acordo com aquilo em que ele próprio acreditava.

— Também precisamos conduzir o mundo árabe de volta à liderança que já teve nas artes, ciências, medicina e matemática — continuou Abdullah, olhando direto para o irmão. — Perdemos tudo isso. Fechamos a mente do nosso povo. — Ahmed sorriu, lembrando-se do Relatório do Desenvolvimento Árabe que deixara com seu irmão.

— Isto é sobre os clérigos uaabitas tentarem fazer agora o que nem mesmo os Saud teriam feito — acrescentou Hakim.

— Deixem-me contar a você sobre o uaabismo — replicou Abdullah. — Eles nem usam este nome, vocês sabem, mas dizem que é a maneira natural do Islã. Noventa por cento do Islã rejeitam o uaabismo. Muçulmanos que vivem aqui deveriam ser capazes de rejeitar também, se eles quisessem. Nosso governo não deveria dizer aos cidadãos quais dos eruditos muçulmanos estão certos e errados na interpretação do Sagrado Corão ou da Hadith.

— Se repetir isto lá fora, eles tentarão matá-lo — preveniu Ghassan. — Bin Tayer receia que você concorra contra ele quando tivermos as eleições. Eis por que ele continua adiando, eis por que sua gente diz que só os justos deveriam ter permissão de votar. Você corre perigo, Abdullah.

— O Corpo de Protetores está solidamente por trás de você, xeique. — Era o general Khalid, o comandante da força unida formada do que tinha sido tanto o exército saudita quanto a guarda nacional.

— Seus homens podem estar por trás dele, mas metade de suas armas não funcionava mais. E eles estão trazendo mais chineses. E como vamos saber se irão manter os chineses no deserto com os mísseis? — disparou Ghassan de volta.

Abdullah voltou-se rapidamente.

— O que é isto, Ghassan? Mais chineses?

— Não tive tempo de lhe contar ainda, Abdullah. Meus homens confirmaram que há preparativos em portos do golfo e do mar Vermelho, preparativos para descarregar e alojar mais chineses. Outros virão por via aérea. Não se trata de rodízio de tropas. São mais tropas.

Abdullah coçou sua barba curta.

— O Shura não aprovou isto. Por que precisamos de mais?

Ahmed, que se sentara para ouvir o debate, agora se manifestou:

— Talvez para proteger armas nucleares?

— Não — disse enfaticamente Abdullah. — Não concordamos em pedir ogivas nucleares para os mísseis.

— Talvez bin Tayer tenha pedido, pelas costas do Shura — especulou Hakim em voz alta.

— Não — repetiu Abdullah. Depois virou-se para o general Khalid: — Descubra.

Hotel Ritz-Carlton
Dubai, Emirados Árabes Unidos

— Você é Russell MacIntyre? — um rapaz com sotaque britânico estava se aproximando do táxi.

MacIntyre pagou a corrida e se virou.

— E quem é você?

— Sinto muito, senhor — disse o rapaz, apresentando um cartão comercial. — Clive Norman, Consulado Britânico. Sou do Departamento de Intercâmbios.

— Olhe, tenho um encontro aqui — disse MacIntyre, apressando-se.

— Com o almirante Adams. Sim, sei disso, senhor. Houve uma mudança nos planos e ele gostaria que o senhor fosse encontrá-lo em uma das nossas instalações aqui perto.

MacIntyre examinou o cartão comercial e olhou para aquele que era, sem sombra de dúvida, um jovem britânico. Dificilmente estaria olhando para um terrorista ou seqüestrador.

— Temos um carro do consulado com motorista aqui, senhor, se fizer a gentileza... — Norman apontou para um Jaguar com placas do corpo diplomático estacionado logo abaixo. — O almirante pediu que telefonasse para ele confirmando.

MacIntyre estava em dúvida, mas disse:

— Tudo bem. Vamos.

O carro percorreu uma curta distância e entrou num portão com dois guardas uniformizados de uma das muitas firmas de segurança de Dubai. Dentro do complexo, o carro parou diante de uma ampla *villa* abobadada, uma das reluzentes e exageradas residências que margeavam a praia.

Clive Norman liderou o caminho escadas acima até o *foyer* de mármore com arcada alta. MacIntyre podia ver o golfo através das portas de vidro ao fundo. Ainda não sabia ao certo o que estava acontecendo.

— Eles estão jantando no pátio dos fundos, senhor. Por favor, siga em frente.

MacIntyre caminhou à frente e abriu a porta para o pátio externo.

— Rusty, por aqui! — era Brian Douglas. Ele estava careca, havia bolsas sob seus olhos, e o nariz parecia ter uma cor diferente do resto de sua face. Sua camisa pólo estava apertada demais... mas era Brian Douglas.

— Creio que conhece o almirante Adams.

MacIntyre apertou a mão do oficial da Marinha e voltou-se para Douglas.

— É bom ver você. Vocês dois, na verdade. Houve um momento na última noite em que pensei que nunca mais os veria. Sim, desculpe se furei com vocês. Houve... complicações, mas aqui estou. Acabei de falar com Sir Dennis na linha segura, e ele me autorizou a pôr os dois a par do que descobri. Com a condição de que não divulguem isto, ainda. Já verão por quê.

— Cavalheiros, o jantar está servido — disse Clive Norman, de uma mesa próxima. — Eu os deixarei a sós, mas toquem a campainha se precisarem de alguma coisa.

Quase uma hora depois, Norman atendeu a um toque de campainha trazendo mais café.

— Sei a posição em que isto coloca vocês dois, considerando que o seu governo, ou parte dele, parece estar envolvido — disse Douglas, servindo. — Mas é realmente tão difícil de acreditar?

O almirante falou primeiro:

— Não, não é. Lamentavelmente, é muito provável que seja verdade. — MacIntyre se lembrou de que o senador Robinson tinha grande consideração por este homem da Marinha, que parecia jovem demais para estar usando três estrelas. Adams continuou: — Estive no quartel-general do Comando Central em Tampa na semana passada. Um sujeito lá, um cara sênior em quem confio, tinha uma teoria conspiratória de que o Exercício Bright Star não passava de uma cobertura para uma planejada invasão americana da Islâmia. Disse que o exercício era grande demais, com tropas demais, suprimentos demais para um mês. Ele achava que a Equipe Seis dos SEALs já estava procurando por locais de desembarque.

— Certo, mas abater um avião de radar AWACS americano como provocação e pôr a culpa na Islâmia? Explodir a base naval em Bahrein? — perguntou MacIntyre, cético.

— Os documentos iranianos deixam claro que os americanos não sabiam sobre o planejado ataque à base naval em Bahrein. Os iranianos queriam que pensassem que tinha sido realmente obra da Islâmia — esclareceu Brian Douglas. — Mas, sim, Kashigian concordou que o Irã derrubasse um AWACS para pôr a culpa na Islâmia.

Os dois americanos se entreolharam.

— Mas, Brian, faz sentido pensar que Kashigian, Conrad, ou quem quer que esteja por trás de tudo isto, concordaria em permitir forças terrestres do Irã na Islâmia?

— Faz, Rusty. Eis por quê — replicou Douglas. — O Pentágono apontará os desembarques iranianos como outro motivo pelo qual os Estados Unidos têm que entrar. O Irã, claro, dirá que o governo em Riad está sendo brutal com os xiitas que vivem na Província Oriental, e que eles precisam entrar para protegê-los. Conrad alegará sucesso por ter contido os iranianos num pequeno enclave costeiro — explicou Douglas, movendo talheres sobre a mesa para indicar a seqüência. — Mas aqui está o empecilho. Os iranianos também planejam tomar Bahrein. Eles esperam que a esquadra americana se retire a tempo, por alguma razão.

O almirante Adams se afastou da mesa.

— Assim será. Estou pronto para mover todos os combatentes de superfície no oceano Índico, com a desculpa de se juntarem ao Bright Star no mar Vermelho, mas, na realidade, é para impedir que a marinha chinesa vá em auxílio da Islâmia. Agora vejo por que o secretário está tão empenhado em me dar ordens para fazer isso. Ele quer que os americanos desembarquem antes dos chineses, impedindo a chegada do ELP por mar.

— É, tudo bem, essa parte se encaixa — disse MacIntyre, batendo ausentemente na mesa com seu punho. — Conrad acredita que os chineses estão vindo. Ele acha que têm até mesmo ogivas nucleares para os mísseis que venderam para a Islâmia. Mas, se tentarmos bloquear a esquadra deles, isto é um ato de guerra.

Adams disparou um olhar para MacIntyre.

— Não venha me dizer isto. A esquadra deles é bem equipada. E realmente estão trazendo ogivas para os mísseis. Soube disso do meu gabinete esta manhã, quando liguei do telefone seguro do consulado. Confirmamos isto ao perscrutá-los ao largo da Malásia.

— Então Conrad tem razão — murmurou MacIntyre.

— Mas ele está errado quanto ao papel do Irã — disse Brian Douglas, tentando levar a conversa de volta ao seu ponto. — Ele acredita que o Irã está apenas desembarcando perto de Dhahran. Eles realmente planejam tomar todo o litoral do golfo da Islâmia... e Bahrein. Conrad pensa que eles se retirarão quando costurarem um acordo para proteger os xiitas, mas na verdade Teerã planeja usar seu enclave para bancar uma guerrilha terrorista que afaste os americanos e os Saud, mais uma vez, do resto do país. Eles querem sangrar a América numa longa guerra no deserto.

— Grande! Assim Conrad fez um acordo secreto com os iranianos para que lhe dêem cobertura a fim de reinstalar os Saud. E, na verdade, Teerã o está enganando, tomando metade do golfo e nos sugando para outra guerra de ocupação num país árabe. Grande pra cacete! — Adams sacudiu a cabeça em desaprovação. Seu rosto pálido estava ficando vermelho de raiva. — Temos que deter este filho-da-puta!

— Sim — acrescentou Rusty baixinho —, temos mesmo.

Os três sentaram em silêncio por vários minutos. Russell MacIntyre, o analista de inteligência americano, olhou para o golfo Pérsico lá fora e depois, após um momento, pareceu saber o que fazer.

— Tive uma discussão outro dia com uma amiga sobre se eu era arrogante. Ela disse que não, mas talvez eu seja, porque, no fim do dia, penso que trabalho para o povo americano, não para Conrad e companhia. E ninguém perguntou ao povo americano se quer ter seus filhos mortos aqui em mais uma guerra.

MacIntyre tinha escolhido seus lados.

— Se agirmos, vamos agir sozinhos. Nunca seremos capazes de conseguir alguém em Washington ou Londres que nos apóie no que precisaremos fazer. Mas tenho uma idéia de como poderíamos ser capazes de mudar as coisas. — Ele voltou-se para Bradley Adams. — Almirante, o senhor recebeu ordens de retirar a Quinta Esquadra do golfo e sei que vai ter de seguir estas ordens, mas talvez Brian e eu tenhamos que administrar os eventos aqui de modo a deixá-lo livre para fazer a coisa certa... no momento exato. Brian, nós seremos franco-atiradores.

Se der errado para nós, perderemos tudo, nossos empregos, nossas pensões, talvez muito mais, mas fiz um juramento de defender meu país, não um bando de mentirosos que por acaso estão no poder. — Rusty engoliu em seco. — Vai nessa?

— Vou. E tenho alguns trunfos amistosos ao redor do golfo que podemos usar. Aposto que você também, almirante. — O espião britânico sorriu. — Além disso, se der errado, duvido que Londres nem sequer estará perto de ficar puta comigo, tal como alguns caras em Washington não ficarão com você.

Ele contornou a mesa para apertar a mão de MacIntyre.

O almirante Adams se levantou e pôs cada uma das mãos nos ombros dos dois civis.

— Vocês, caras, podem achar que sou apenas um grande caipira, mas quando eu era garoto havia um seriado na TV sobre Davy Crockett, Rei da Fronteira Selvagem. A canção-tema tinha uma estrofe que acabei de lembrar, sentado aqui. Dizia: "Tenha certeza de que está certo, e então siga em frente. Cabe a você fazer o que Davy Crockett disse." Senhores, tenho certeza de que estamos certos. Se houver qualquer outro meio de impedir mais uma guerra enganosa aqui, que só irá matar mais alguns milhares de árabes e americanos, a coisa certa é parar com isso. Vocês dois criam as circunstâncias certas e posso colocar uma força bastante poderosa para apoiá-los.

— É um tiro no escuro, e tudo terá de funcionar na ordem correta — admitiu, Rusty, olhando acima para o almirante —, mas esta é nossa única chance. Brian, você pode levar nós dois para a Islâmia?

13

17 DE FEVEREIRO

A bordo do AWACS E-5B da Força Aérea
Sinal de chamada Quarterback Golf
38 mil pés sobre o golfo Pérsico

— O senhor sabe, major, é como se os iranianos estivessem cansados — disse o primeiro-sargento Troy White no interfone. — Nas últimas semanas eles estiveram voando como loucos com todos os seus velhos MiGs e merdas semelhantes. Hoje, o céu por aqui está quase limpo. Apenas dois vôos comerciais programados. Esta mudança vai ser uma moleza.

A cúpula do radar giratório no topo do 767 modificado deu ao sargento White uma visão de quase 200 milhas no Irã enquanto o grande Boeing de motores gêmeos seguia lentamente acima do meio do golfo Pérsico, ao largo de Abu Dhabi, indo em direção ao Kuwait.

— Entendido, Troy. E quanto ao outro lado? — perguntou o major Kyle Johnson de sua posição no compartimento da frente. — A velha Islâmia passou um sufoco para pôr seus pássaros no ar, agora que cortamos suas peças de reposição. Vê algo acontecendo por lá esta manhã?

— Não, senhor. Não muita coisa. O satélite Global Hawk ao norte, sobre o Kuwait, vê uma dupla de grandões circulando mais ao norte. Talvez a Força Aérea da Islâmia esteja praticando. Talvez vôos de inspeção. Nada mais que rotina.

O Global Hawk era um acessório bi-estático UAV, um dos veículos aéreos não-tripulados fazendo constantes loops de elevada altitude em cada extremidade do golfo, uma sobre o Kuwait e outra sobre a península Musandam, em Omã, na boca do golfo. Cada um voava a mais de 60 mil pés e tinha radares voltados para baixo cujos sinais eram passados para um satélite acima e para o AWACS abaixo. Além de seus próprios radares ativos, e daqueles nos Global Hawks, o avião AWACS desarmado era equipado com sensores passivos capazes de detectar e classificar emissões de radares e rádios no ar e aqueles transmitindo debaixo, da terra firme e do mar no golfo. Todos os dados que o avião coletava eram integrados, analisados e emitidos diretamente a um satélite a fim de ser repassados ao posto avançado do Comando Central dos EUA no Catar, ao quartel-general da Quinta Esquadra em Bahrein, à bateria de mísseis de defesa aérea do Exército no Kuwait e às instalações militares e de inteligência dos EUA.

— Inteligência, o que está vendo? — perguntou o major Johnson no seu microfone de queixo.

Dois compartimentos atrás de Johnson, uma jovem oficial da Força Aérea, dois suboficiais no final dos seus trinta anos e um civil quarentão da NSA ouviam em fones de ouvido e olhavam as telas planas. A jovem tenente Judy Moore respondeu pela seção.

— Concordo com o sargento White, senhor. Silenciosos como um rato no lado iraniano. A oeste, os islamianos tiveram alguns de seus radares Patriot piscando todos ao mesmo tempo por um instante. A primeira vez em que os vi por um longo tempo. Mas eles não permanecem assim indefinidamente. Deve ter havido problemas. E, logo à direita de Troy, os dois pássaros circulando acima de Ar Ar, na fronteira iraquiana. Eles se identificaram como vôos de inspeção da Air Islamyah. Acho que são ambos de quatro motores. — Ela girou no seu assento e olhou para outra tela plana, que exibia dados retransmitidos do Global Hawk, satélite que circulava a 65 mil pés acima do estreito de Hormuz. — Mais abaixo, ao sul, somos nós fazendo barulho. A Marinha está começando a seguir para o Bright Star e assim ilumina a área do estreito enquanto o atravessa.

— Ok, galera. Hoje é o dia habitual de fazer um loop sobre as pistas de corrida — confirmou o major à tripulação pelo interfone. — Iremos para o Kuwait, faremos alguns contatos com as unidades de mísseis Patriot dos Estados Unidos e do Kuwait, faremos uma curva firme para voltar ao Catar e, então... faremos tudo de novo.

Além do alcance do radar do AWACS, cinco aviões Flanker SU-27 SMK decolaram da base da Força Aérea iraniana em Dezful. Cada um dos interceptadores de motor gêmeo carregava uma combinação de oito mísseis ar-ar guiados por radar ou por busca de calor. Dois garotos a caminho da escola, nos arredores de Dezful, se emocionaram ao ver os poderosos caças de fabricação russa decolando, muito embora já tivessem visto Flankers voando com freqüência na região. Hoje, eles concordaram, era diferente. Havia cinco deles, em vez dos dois habituais, e eles não faziam a subida quase vertical na decolagem. Em vez disso, os Flankers seguiam quase grudados ao solo, suas imagens de radar perdidas na confusão em terra, seus dez motores deixando abaixo uma espessa trilha negra enquanto rumavam para oeste. Se os garotos tivessem olhado de binóculos, notariam algo diferente neste dia. O esquema de cores era novo.

Voando rumo oeste-sudoeste, os Flankers deixaram o espaço aéreo iraniano em poucos minutos, numa direção que os levava para o Iraque entre Al Kut, ao norte, e Al Amarah, ao sul. Os cinco se espalharam a intervalos de uma milha enquanto varriam a dois mil pés acima do rio Tigre, ainda na direção sudoeste. Seu rumo os levou entre as cidades sagradas xiitas de Najal, ao norte, e Nasiriah, ao sul, logo acima do rio Eufrates. Perto da margem do rio, um homem trabalhando no topo de uma torre de telefonia celular viu a incomum formação de cinco ao norte dele e ligou para um amigo para perguntar se também podia ver.

A terra fértil em volta dos rios havia sido um campo de batalha desde que se estabeleceram governos no planeta. A terra adiante da esquadrilha, contudo, agora estava vazia, vastas extensões de desertos desolados. Nela, cada avião despejou um tanque de combustível vazio, aliviando sua carga. Voavam mais lentos que o normal nessas extensões despovoadas, tentando compensar o pesado consumo de combustível do vôo de baixa altitude.

À medida que se aproximavam da fronteira com a Islâmia, a esquadrilha se agrupou numa formação cerrada e desceu mais baixo em direção às areias do deserto. O piloto líder orientava seus alas com sinais de mão. Seus rádios, como seus radares, estavam ligados mas não emitindo. Somente o IRST, o sistema de busca e rastreamento infravermelho, escaneava à frente. A esta baixa altitude ele ficava limitado a uma visão de quarenta quilômetros à frente, mas, ao contrário do radar, ninguém podia detectá-lo. O IRST mostrava um campo claro de céu à frente.

Eles cruzaram a fronteira ao norte de Rafha e ao sul de Ar Ar, com apenas dunas debaixo deles. O piloto líder acenou com o braço para seus alas, indicando a margem esquerda se aproximando. A esquadrilha subiu ligeiramente antes de executar a manobra, depois rolou com suavidade em volta para um rumo sul-sudeste. Não havia quaisquer detalhes de superfície abaixo para confirmar-lhes que estavam onde supostamente deveriam estar, mas o GPS Galileo nas suas cabines dizia que estavam no rumo certo. A cidade de Baqua, em pleno deserto, se aproximava à direita deles, mais para o sul. O que também significava que seu vôo de nível mais baixo progredia. Após passarem por Baqa, à direita, os complexos militares gêmeos de Hafr al Batin e o que tinha sido conhecido como CMRK, Cidade Militar Rei Khlid, estariam milhas à esquerda da esquadrilha. Os dois locais tinham estado relativamente agonizantes desde o golpe que derrubou a Casa de Saud.

Observadores da Força Qods iraniana, disfarçados de cameleiros, estavam perto das duas bases militares. Eles confirmaram para Teerã que nada tinha decolado de qualquer pista de pouso por toda a manhã. De suas posições do lado de fora das cercas, eles podiam ver as linhas de vôo. Ninguém sequer estava preparando uma esquadrilha. Cada observador clicava seu pequeno rádio por satélite, disparando transmissões partidas em freqüências monitoradas pela Força Qods. Os sinais indicavam tudo limpo. Não havia nenhuma necessidade de Teerã usar o link de satélite de emergência para os Flankers.

Do seu nível mais baixo de vôo, os Flankers planejavam subir rapidamente quando estivessem ao sul da CMRK e, descrevendo uma curva à esquerda, rumo ao golfo Pérsico, ao sul do Kuwait. O piloto líder checou seu marcador de combustível. Ele havia consumido um pouco mais do que planejara para este ponto da missão, mas só um pouquinho. Seus olhos se voltaram para a tela de radar Doppler de pulso conexo, um Phazotron Zhuk de fabricação russa. Estava ficando quente, mas ainda sem condições para emitir. Quando pressionasse aquele comutador, ele lhe daria uma capacidade de rastrear-enquanto-escaneando e um sistema de mirar-e-disparar-para-baixo ligado a seus mísseis. Não levaria muito tempo até que tudo estivesse feito. Enquanto olhava para a tela do radar, ele captou a tela de inteligência eletrônica à esquerda, piscando um ícone, que rapidamente desapareceu. O piloto líder também pensou no que vira acontecer poucos minutos antes. Ele não deu importância na hora. Pressionou o botão debaixo da tela para pedir uma leitura. Os dados mostravam que, por quatro vezes nos últimos 16 minutos, um sinal havia chegado ao Flanker, porém muito brevemente, para detonar o alarme automático. Ele deu um tapinha no controle mais uma vez para um diagnóstico do sinal.

"APY-2", dizia a tela. Isso não fazia sentido para ele. O APY-2 era o sinal que o guiaria automaticamente, e em poucos minutos, para o poderoso radar de varredura no topo do AWACS americano. Consultou o relógio: 8h35. Se o AWACS estava no seu horário usual e altamente previsível, aproximava-se da costa da Islâmia, a cerca de 15 minutos ao sul de Khafji, a uns vinte minutos do espaço aéreo do Kuwait. Isto colocaria os americanos a leste dele. Embora a tela do ELINT situasse a origem do sinal a noroeste. Os sinais do AWACS eram também habitualmente uniformes, sem pequenas rupturas rápidas. Estas leituras não faziam nenhum sentido. O sistema ELINT russo não era muito confiável.

Seu sistema de navegação bipou. O vôo dos Flankers tinha vindo para as coordenadas GPS onde deveriam começar sua subida. Ele sinalizou para seus alas e depois reduziu a velocidade com prazer, fazendo o Flanker praticamente se apoiar na sua cauda enquanto se elevava de uma altitude abaixo de mil pés para uma subida acima de quarenta mil pés.

Enquanto a força de gravidade o pressionava para trás no assento, o iraniano lutou para alcançar um toca-fitas digital acoplado ao seu rádio. O rádio começou a transmitir a gravação de vários pilotos de caça falando em árabe, coordenando a formação deles, seguindo em direção a um alvo. Isto faria com que os iranianos parecessem pilotos de caça da Islâmia, caso alguém estivesse ouvindo.

O sargento White lia a revista *Sports Illustrated* aberta no seu colo, relanceando ocasionalmente para a tela de radar à frente.

— Uau, parece que a Cidade Militar Rei Khalid ressuscitou — gritou em seu microfone de queixo enquanto jogava a revista no chão. — Me chegam aqui três, quatro, cinco caças numa rápida subida seguindo para leste em direção a Khafji. Pensava que esses filhos-da-puta estivessem mortos por um tempo. Mas parece que voltaram da cripta.

— Mantenha isso limpo — respondeu o major Johnson, olhando acima, para suas próprias telas. — Inteligência, o que vocês acham disso?

— São máquinas gêmeas. Eu diria que eles ainda têm alguns F-15 que a Islâmia pode manter funcionando. Mas não estou obtendo uma emissão de radar deles, portanto, talvez nem tudo esteja funcionando — respondeu a tenente Moore. Ela fez uma pausa enquanto um civil da NSA, ainda com os fones de ouvido, lhe passava um bilhete. Ela leu e continuou seu relato: — Confirme conversa da Força Aérea da Islâmia de vários caças em ascensão. Continue a postos.

A Força Aérea iraniana enviou interceptadores de caça para a vizinhança geral do AWACS umas poucas vezes, só para que soubéssemos, pensou Johnson, mas a Islâmia nunca fez isto antes. Talvez o estivesse fazendo agora, também. Ele achou melhor lembrar ao comandante do avião que revisasse os procedimentos para lidar com visitantes. Embora fosse de patente inferior ao major Johnson, a piloto, capitão Phyllis Jordan, era a comandante do avião. Ele era apenas o comandante da missão. Outro exemplo, pensou Johnson, da tirania dos pilotos na Força Aérea. Ele tocou seu microfone.

— Capitão Jordan, podemos ter fantasmas nos visitando pouco antes de entrarmos no espaço aéreo do Kuwait. Poderia ser a primeira vez para esses caras. É a Islâmia agora.

— Entendido — replicou a comandante do avião. — Ficaremos de olho. Agora mesmo, sério. — O AWACS desarmado continuou a mover-se pesadamente para o norte.

Ouvindo esta alteração, e agora olhando intensamente para sua tela, o sargento White viu outra surpresa.

— Major, eles mantêm uma aproximação — bradou Troy White. — Juro que peguei mais seis se aproximando como morcegos saídos do inferno a norte, subindo de ângulos doze por vinte. Não sei de onde estão vindo esses bandidos.

Kyle Johnson girou a cabeça para a tela. Viu os novos ícones se movendo rápido, procedentes do oeste. Eles se dividiram em dois grupos de três, um vôo de cada lado, e na cola do grupo de caças que haviam visto poucos minutos atrás. Ao ritmo em que se moviam não estariam na cola por muito tempo. Portanto, havia agora quase uma dúzia de caças em disparada para o litoral, correndo em direção ao seu AWACS.

— Major, inteligência aqui — chamou Judy Moore.

— O que aconteceu, Jude? — replicou o major Johnson.

— Senhor, tenho dois sinais de radar aerotransportado chegando das proximidades de Rafha. Senhor, há dois AWACS. Os AWACS da Força Aérea da Islâmia — disse ela com incredulidade na voz.

— Bem, nós vendemos cinco AWACS aos sauditas, mas acho que a inteligência disse que só um deles estava operacional. E você pegou dois ou mais voando em formação? — perguntou Johnson.

— Sei que parece loucura, mas é o que estamos vendo. Não sei de onde vieram. Simplesmente apareceram todos de repente. Estavam a quarenta mil pés — informou o chefe da seção de inteligência. — E este segundo grupo de caças compõe-se definitivamente de pássaros F-15. Seus radares estão funcionando e zunindo forte.

Johnson estava desconfiado. Ele bateu no teclado do seu painel, juntando inteligência e dados de radar numa única tela, focalizando o cursor perto da cidade de Ar Ar, e retrocedendo a fita. Ele agora veria o que havia acontecido poucos minutos antes, o que deveriam ter perdido. Surgiram na tela dois ícones que haviam designado como "Prováveis A-340 ou 747 da Força Aérea da Islâmia". Tampouco o avião parecia estar emitindo um sinal de radar. Então, brevemente, um estreito feixe de radar disparou para oeste, depois outro para sudoeste. O software de diagnóstico automático rotulou o feixe de radar como "ASY-2 AWACS". Ele moveu a fita à frente. De repente, três ícones de radar brotaram do 747, ou AWACS, ou seja lá o que fosse. Os ícones sumiram rapidamente. O software de diagnóstico rotulou-os como "F-15", a versão de Eagle da Força Aérea dos EUA que fora vendida para os sauditas.

Então, enquanto Johnson observava, o outro grande avião também pareceu ejetar três ícones, que foram rapidamente rotulados de "F-15". O que ele havia presumido que fossem dois aviões comerciais em vôos de inspeção tinham sido na verdade dois AWACS da Islâmia voando em formação rígida com três F-15, cada qual escondendo-se bem debaixo deles. Agora, pensou Johnson, os seis caças seguiam na sua direção. Como seguiam os outros cinco.

Ele bateu no microfone.

— Phil, você poderia querer pensar em mergulhar para o plano de sustentação e seguir velozmente para o espaço aéreo do Kuwait. — Ele imaginou se haveria aviação de caça em alerta no Kuwait. Verificou o sinal de chamada do destacamento de lá e sintonizou na freqüência deles.

— Kilo Light, Kilo Light, aqui é Quarterback Golf, solicito PCA o mais rápido possível, repito, solicito PCA o mais rápido possível. Temos múltiplos fantasmas, possivelmente hostis... — Ela precisava da proteção da Patrulha de Combate Aéreo para afugentar aqueles caças.

Antes que pudesse encerrar sua transmissão, um estridente clarim estrondeou na sua cabine. Uma voz feminina gravada deu o alarme: "Alerta. Contato de radar de míssil. Alerta..."

Os caças não tinham disparado seus mísseis — ainda não. À medida que os Flankers se aproximavam do AWACS americano, com seus mísseis teleguiados ainda posicionados nas rampas de disparo, começaram a segui-lo a certa distância.

O major Johnson sentiu a fuselagem do 767 dar uma guinada à frente enquanto o avião em comando punha a grande aeronave num mergulho. Na cabine, a comandante, capitão Phyllis Jordan, também dava piparotes em três comutadores de contramedida em rápida sucessão, espargindo refugos de alumínio no ar, disparando clarões de infravermelho para o lado de fora do avião e enviando de volta sinais de guerra eletrônica na direção dos caças, nas mesmas freqüências usadas pelos seus mísseis e radar. Johnson então ouviu a resposta do destacamento americano no Kuwait:

— Quarterback Golf, aqui é Kilo Light. Repita o seu pedido.

O piloto líder no Flanker iraniano ainda subia quando seu receptor de aviso de radar começou a bipar. A tela plana se iluminou, com as letras "ASY-2 AWACS" sobre um fundo laranja. Então, enquanto ele observava, três diferentes cabeçalhos apareceram. A tela estava sendo pintada por três radares AWACS, apenas um dos quais sendo o alvo americano. Verificou seu próprio radar de alvo. Havia detectado o AWACS americano sobre o golfo, ainda bem abaixo do seu alcance de tiro. A seguir, o receptor de aviso de radar bipou novamente, mais rápido e num tom mais alto. A tela mudou para um fundo vermelho com as palavras "APG-70 detectado".

Isto significava que um F-15 americano estava na área. Vários F-15. Ou seriam talvez os sauditas?, pensou. O que estaria acontecendo lá?, especulou enquanto seguia em alta velocidade para leste. Ele ligou seu rádio e girou rapidamente para baixa potência, potência suficiente para alcançar seus alas. Depois chamou em farsi para que dois dos quatro Flankers o acompanhassem.

— Separem-se. Limpem nossa retaguarda. Vejam o que está lá atrás.

Ele voou. O contato de radar que tinha no AWACS piscava intermitentemente, ligado e desligado. Ele riu. O avião americano tentava comprimi-lo, mas o 767 era um alvo grande demais para que seu poderoso radar o perdesse. Ele recuperou a vantagem no modo de aquisição do alvo.

Dois dos Flankers iranianos romperam sua formação, um à direita, outro à esquerda, elevando-se e fazendo loops, girando em Immelmanns modificados. Tão logo eles se realinharam, cada um dos Flankers teve um visual através de suas câmaras de longo alcance de seis Eagle F-15 islamianos se espalhando na direção deles. Um dos pilotos dos Flankers iranianos falou pelo rádio com seu comandante, pedindo que mais dois do esquadrão deles voltassem e participassem do que se tornaria um duro combate aéreo. Covarde, pensou o líder do esquadrão, mas posso fazer isto por minha conta. Ele ordenou a seus alas remanescentes que se separassem e fossem atrás dos F-15 da Islâmia que estavam na sua cola.

Enquanto o 767 americano mergulhava mais baixo, o alcance de detecção de seus sensores também caiu, mas o Global Hawk ao norte deixara de escanear o Irã e passou a ampliar o AWACS. O major Kyle Johnson viu o alarme de "Mísseis a caminho" pipocar na sua tela. Rapidamente digitou uma mensagem e clicou Transmitir: "CRÍTICO: Mísseis ar-ar disparados." Uma mensagem destacando CRÍTICO iria literalmente alertar postos de comando por todo o caminho até a Sala de Situação da Casa Branca. Johnson então percebeu que os mísseis não tinham sido disparados contra o seu AWACS. Os caças alvejavam um outro!

— Major, tenho uma leitura do ELINT dizendo que pelo menos um daqueles caças é um Flanker, versão russa de exportação. A Islâmia não *possui* Flankers. — Era a tenente Moore, lá na inteligência. — Poderiam ser da Síria ou do Irã, talvez até mesmo do Iraque.

Johnson trocou a imagem na sua tela para ver quão próximos estavam do espaço aéreo do Kuwait. Eles haviam nivelado a três mil pés sobre o golfo imediatamente ao sul de Khafji, a uns poucos minutos da aridez sobre o Kuwait. Enquanto observava, um ícone apareceu no mapa em Khafji: "SAM: PATRIOT (X)." Um radar de defesa aérea de míssil Patriot emitia, uma das versões tipo exportação que os EUA tinham vendido aos sauditas. A vizinhança passara de silenciosa a caótica com muita rapidez. Que diabo estava acontecendo lá? Ele chamou Troy White no painel de radar principal.

— Major, é absolutamente espantoso. Eles... quem quer que sejam, o segundo grupo de caças... eles borrifaram um do primeiro grupo ao alcance com um Slammer, AIM-120. Abateram-no! E agora estão todos se envolvendo. Há um bando de interferidores ALQ-135 em cima de alguns dos radares. Mas, major — disse o sargento, tomando fôlego —, um desses caras ainda está vindo em nossa direção.

Dois dos Eagles F-15 da Islâmia pairaram a 40 mil pés e acionaram motores acoplados ao exaustor do motor principal para empuxo extra, lançando-se em vôo supersônico em direção ao Flanker iraniano em fuga. Abaixo deles, quatro Eagles e três Flankers tinham começado a disparar mísseis de busca de calor uns nos outros e usado seus canhões enquanto se inclinavam em curva e giravam, entrelaçando-se para dentro e para fora numa batalha confusa e emaranhada. Depois, o Eagle líder da Islâmia conseguiu detectar por radar o solitário Flanker iraniano que ainda se dirigia para o golfo. A tela plana do F-15 com "Probabilidade de Abate: 60". O piloto islamiano era treinado para esperar até chegar mais perto, tinha pelo menos 80%, mas seu marcador de combustível piscava em vermelho. Os motores acoplados ao exaustor do motor principal haviam drenado o que restava no seu tanque. Voltou a bater de leve na capa de segurança sobre o botão de disparo no seu manche e acionou Disparar. O míssil Slammer arremeteu da asa, deixando um rastro de fumaça enquanto seguia em velocidade vertiginosa em direção ao Flanker.

Abaixo, na praia perto da fronteira do Kuwait, outro oficial islamiano observava a caçada e o balé aéreo numa tela plana, dentro de um trailer camuflado. Ele era o comandante de uma bateria de mísseis Patriot que se estabelecera ali no dia anterior. Tinha um cursor sobre o ícone para o Flanker iraniano enquanto chegava mais perto do AWACS americano.

— Disparar dois — disse ele, e quase instantaneamente

ouviu o *whooosh* dos mísseis deixando as rampas atrás de bermas de areia para sua esquerda e direita.

No Flanker iraniano reluziam mensagens de "Míssil ar-ar a caminho" e "Mísseis de superfície a caminho". Um clarim e um beep berravam nos ouvidos do piloto. Seu contato de radar com o AWACS estava intermitente. Havia uma interferência intensa, e ele, de repente, teve quatro imagens diferentes de radar para o 767. Não fazia idéia de qual delas era real ou para onde os mísseis iriam se fossem disparados. Disparou assim mesmo. Um míssil irrompeu de cada asa, um seguindo para a esquerda, o outro fazendo uma curva para cima. Ela achou que podia ver o AWACS abaixo e a distância, através do clarão. Se recorresse aos motores de empuxo adicional acoplados ao exaustor, poderia obter a destruição do canhão do Flanker...

De pé à porta do trailer de controle de lançamento dos Patriot, o tenente-coronel Yousef Izzeldin viu o deslocamento de ar enquanto o Flanker iraniano explodia numa bola alaranjada e destroços do avião eram arremessados mais alto e para o lado. O coronel estava convencido de que foram os seus mísseis Patriot que abateram o iraniano.

No AWACS americano, o major sentou-se indolente diante de sua tela. Tinha visto a bateria islamiana disparar mísseis Patriot e pensou que estivesse prestes a morrer. Depois percebeu que os Patriot estavam apontados para o caça principal, que explodira um segundo depois. As freqüências sofriam uma pesada interferência, era difícil dizer o que mais estava acontecendo. Depois ele ouviu o sargento White no seu fone de ouvido:

— Bem, parece que a coisa acabou. Seis aviões abatidos. Sete, se contar aquele que o Patriot pegou. Pode acreditar nesta merda? *Alguém* tem a porra de uma idéia do que foi tudo isso? Que diabo aconteceu? Quem eram todos esses caras?

A voz de White foi atropelada por uma mensagem oral de alta prioridade do Quartel-General, Força Aérea dos EUA, Comando de Combate Aéreo, Base Langley da Força Aérea, Virgínia:

— Quarterback Golf, aqui é Blue Squire. Pode confirmar sua mensagem CRÍTICA? Míssil disparado? Câmbio.

Suíte do almirante
A bordo do USS Ronald Reagan
Estreito de Hormuz

— Aumente, Andy. Quero ouvir isto — pediu Adams ao comandante do *Reagan*, Andrew Rucker. O capitão pegou o controle remoto e aumentou o volume na transmissão MSNBC que aparecia na tela. Um repórter estava posicionado diante do 747 azul-e-branco usado pelo secretário da Defesa:

"...uma revolta aparentemente malsucedida dentro da Força Aérea da Islâmia, segundo um funcionário sênior do Pentágono no avião do secretário da Defesa Conrad enquanto voávamos aqui para o Cairo com ele hoje. A fonte disse que vários pilotos, aparentemente insatisfeitos com o novo regime em Riad, se apossaram de aviões de caça e decolaram, mas foram perseguidos e abatidos por forças leais ao regime. A fonte sênior do Pentágono deixa claro que existe descontentamento disseminado no que costumava ser chamado de Arábia Saudita e que deveríamos esperar ver outras revoltas semelhantes nas semanas e meses vindouros. Barbara Nichols, do Cairo."

O âncora do noticiário acrescentou: "Hoje mais cedo, um pronunciamento do governo da Islâmia disse que vários aviões estrangeiros foram abatidos após violarem o espaço aéreo do país. Quando voltarmos, a nossa mania de dieta..."

— Babaquice — cuspiu Adams. — É um completo absurdo.

— Como, senhor? — perguntou o capitão Rucker.

— Ora, você leu os relatórios táticos que vieram do AWACS, tal como eu li. Foi uma emboscada e isto tirou nosso cu da reta, salvou o AWACS. A Força Aérea da Islâmia de algum modo sabia que esses caras estavam chegando e esperava por eles. Se não estivessem lá, esses bandidos teriam derrubado o AWACS. Nossa própria Força Aérea feita nas coxas não poderia salvar seu próprio avião, você viu isso. — Adams apontou para o capitão uma pilha de mensagens de tráfego impressas.

— Sim, senhor, mas se não eram pilotos rebelados da Islâmia, quem eram esses caras? — perguntou Rucker timidamente.

— Bem, vamos ver. Eles eram a nova versão de exportação do Flanker, que o Iraque não possui. Daí, só resta o Irã, não acha?

Adams caminhou até o amplo mapa do golfo na parede.

— É, mas o AWACS e o Global Hawk teriam visto eles voando através do golfo, não acha? — disse Rucker, apontando para aquela seção do mapa.

O almirante moveu-se ao redor do capitão Rucker para indicar um ponto mais distante ao pé do mapa.

— Não se eles começaram aqui, em algum lugar do Irã, e atravessaram o Iraque no plano de sustentação debaixo da cobertura de radar. Depois, *bang*, eles aparecem na Islâmia.

— Mas por que alguém no avião do secretário da Defesa diria...? — perguntou Rucker com um sorriso.

Adams apenas franziu o cenho.

— Vamos subir para a torre, Andy — disse o almirante, dando meia-volta e se encaminhando para a porta.

Vários minutos depois, os dois emergiram no convés de observação, dez andares acima do convés de vôo do *Reagan*, 25 andares acima da superfície da água abaixo.

— Almirante no convés! — gritou um marujo enquanto eles entravam, e depois: — Capitão no convés.

O chefe da inteligência da esquadra, capitão John Hardy, já havia encontrado este agradável poleiro e estava olhando através de pesados binóculos quando o almirante apareceu.

— Johnny, eu sabia que você estava a bordo — disse Adams, batendo no ombro dele —, mas pensava que estivesse no CIC.

CIC era o Centro de Informação de Combate, o cérebro do navio e de toda a escolta, uma escura sala de guerra repleta de computadores, situado vários conveses abaixo. Era também sem janelas e, passado algum tempo, capaz de entorpecer a mente.

— Necessidade de ar, almirante. Além disso, o quadro de inteligência anda muito tranqüilo aqui nesta extremidade do golfo. Os iranianos parecem estar de férias. Se acha que eles estão, imagine nós. Aqui estamos retirando toda a Quinta Esquadra do golfo, através desses pequenos estreitos, para o mar Arábico e o oceano Índico. Grande oportunidade para inteligência. Merda, se fossem eles fazendo isto, eu teria posto aviões no ar, navegaria colado a eles, colocaria pessoas nessas ilhotas com câmeras e equipamento eletrônico. Esses caras nada fizeram, nada. — O capitão Hardy sacudiu a cabeça.

— Nem toda a Quinta Esquadra está partindo, Johnny. Estou deixando dois novos navios para trás. Há o novo combatente litorâneo, o *Rodriguez*, e o mais novo cúter, o *Loy*. Mais dois caça-minas e duas lanchas de patrulha — disse Adams, tomando os binóculos de Hardy.

— Como eu disse, almirante... — brincou Hardy. — Nunca tivemos tão poucos navios no golfo desde 1979. Verifiquei.

— Bem, como Schwarzenegger diria: "Eu voltarei." Mas não até resolvermos esta parada com os chineses. Qual é a última formação de combate deles? — O almirante guiou seu oficial de inteligência até um canto da torre.

Hardy falou numa voz mais baixa, instruindo o comandante da esquadra:

— Ambas as escoltas deles estão no oceano Índico, mas, depois que atravessaram o estreito de Malaca, uma ficou ao norte, a outra ao sul. Nossos P-3 sobrevoando o arquipélago Diego Garcia também seguem um bando de Ro-Ro chineses espalhados à frente das escoltas. Basicamente, senhor, tudo até aqui está de acordo com o que o senhor instruiu no Pentágono. Estamos navegando numa enorme boca aberta de dragão, cheia de dentes bem afiados.

Adams inspirou, enchendo seu torso que parecia um barril. Olhou abaixo para o grande convés de vôo, para os Enforcers F-35, os aviões de caça mais modernos do mundo.

— Quando seremos capazes de resumir as operações de vôo, Andy? — gritou Adams para o comandante do navio.

— Tão logo a gente consiga sair deste estreito, almirante, provavelmente enquanto estivermos navegando pela ilha de Qeshm, se o vento permanecer nesta direção. Mas neste momento tenho quatro F-14 e dois F-35 no ar. Eles podem voltar à posição em Omã, em Seeb ou na ilha Masirah, se houver necessidade. Também temos F-22 da Força Aérea na faixa de alerta sobre Masirah e no litoral de Omã, em Thumrait. F-22 Raptors e F-35... Se tivermos que fazer isto, os chineses serão ultrapassados — disse o capitão Rucker, acenando com a cabeça.

— Nunca subestime o inimigo, Andy. Nunca o subestime — disse Adams. Ele mordeu o lábio, virou-se e saiu.

— Almirante no convés!

Centro de Segurança da República
Riad, Islâmia

— Sei que estive aqui antes, Rusty — sussurrou Brian Douglas para MacIntyre enquanto o elevador descia para o porão do Centro de Segurança. Quando parou, a porta se abriu para revelar Ahmed bin Rashid de pé num corredor na penumbra, esperando por eles.

— Espero que seu vôo desde Dhaharan tenha sido bom — disse o doutor, trocando apertos de mão com o britânico e o americano. Ele então voltou-se para os escoltas do exército islamiano. — Está tudo bem. Eu os levo a partir daqui.

Eles caminharam passando pelas amplas janelas através das quais podiam ver sala após sala do que era claramente um enorme posto de comando. — Este foi o posto de comando de Schwarzkopf, na Tempestade no Deserto — observou Ahmed. — Vocês deveriam ter partido depois daquilo, como disseram que fariam. Poderíamos ter evitado muita coisa. — Eles chegaram a uma porta com dois guardas, que acenaram para Ahmed e deixaram que ele entrasse com seus dois convidados.

— Xeique Rashid, *salaam alaikum* — disse Brian Douglas, oferecendo sua mão para Abdullah, que estivera sozinho na sala menor. Após breves apresentações por Ahmed, eles sentaram-se em dois sofás, os dois árabes de um lado, o americano e o britânico de frente para eles. Um homem em uniforme militar surgiu e serviu chá quente em copos. Outro colocou um prato de frutas secas e doces sobre a mesa. Quando os garçons se foram, Abdullah começou a conversa em inglês.

— Ahmed me explicou o que você contou a ele. — Fez uma pausa mental. — Então você me diz que os americanos estão prestes a invadir meu país, e você, MacIntyre, é um americano, um agente de inteligência. Portanto, eu deveria acreditar que você é o quê, um traidor? Por que deveria acreditar em você?

Rusty olhou para Brian, que sinalizou para ele responder primeiro.

— Mais cedo esta manhã, sua aviação impediu uma tentativa iraniana de derrubar um jato da Força Aérea americana e jogar a culpa em vocês. Vocês impediram, agindo em cima de uma informação que nós, o nosso Brian aqui, demos para seu irmão. Sim?

Abdullah assentiu, olhando para seu irmão para confirmação.
Rusty continuou:

— Sei que há facções no seu governo. Tal como no meu. Sou da facção extremamente favorável a abordagens pacíficas antes de partirmos para a guerra, a facção que acredita que seu país e o nosso não precisam ser inimigos. Mas, se uma decisão foi tomada para introduzir armas nucleares aqui, ou se este país vier a se tornar uma base de treinamento e exportação de terroristas, eu poderia ter um ponto de vista diferente. Por enquanto, ainda pode haver uma janela do tempo na qual possamos evitar uma catástrofe.

Abdullah falou em voz baixa, mas com precisão:

— Sr. MacIntyre, Sr. Douglas, se tropas estrangeiras desembarcarem em nossas praias sem nossa permissão, sejam de novo as americanas ou as iranianas, todo o povo deste país irá combatê-las, para sempre. Usando as armas que tiver. Vocês podem chamar isto de terrorismo. Para mim é dever. Por isso combati vocês, americanos, quando estiveram aqui antes. Por isso ajudei os iraquianos quando vocês invadiram o país deles. Por que acham que podem dar a volta ao mundo, colocando seu exército nos países de outros povos? Alemanha, Japão, Coréia... vocês ocuparam esses lugares durante décadas.

— Xeique Rashid, não vim aqui para debater. — Rusty não podia deixar o registro passar em branco. — Mas deve saber que o motivo por que mandamos tropas para o Japão e Alemanha é que esses países nos atacaram. Depois que os derrotamos, demos a eles dinheiro e democracia. Fomos para a Coréia a pedido dela quando foi invadida. Também mandamos rapazes americanos para lutar e morrer a fim de ajudar os muçulmanos na Bósnia, na Somália e no Kuwait. Tentamos reconstruir o Iraque e dar-lhe democracia. Não somos a força satânica que vocês parecem ter convencido a si mesmos que somos.

Abdullah cortou o ar com sua mão.

— Vocês deram a eles democracia? Não entendem que não podem sair distribuindo democracia com seus exércitos, a não ser que pretendam deformá-la? Foi isso o que fizeram. A democracia deve brotar do solo como flores nativas, com cores e texturas diferentes em cada terra. Vocês dificultaram até mesmo a discussão da democracia com nosso povo, que agora acha que isto é idéia de Washington.

Ahmed e Brian se entreolharam, partilhando um medo de que este encontro poderia degenerar num debate entre o americano e o árabe que tinha lutado contra os EUA num passado recente.

— Seja o que for, isto é história — interveio Ahmed. — Devemos lidar com o que está acontecendo agora. As forças americanas, iranianas e chinesas estão muito próximas de invadir este país, não para reconstruí-lo ou para dar-lhe democracia. Estamos no processo de criar nossa própria forma de democracia nativa. Todos *eles* estão vindo para cá a fim de invadir e se apossar do nosso petróleo, mas o que obterão é uma longa guerra na qual muitos americanos e islamianos morrerão.

Rusty pegou a deixa.

— É nosso objetivo evitar isso, xeique Rashid. Seria uma tragédia para os nossos países. E já tivemos tragédias o bastante. Por isso lhes contamos o que Brian descobriu em Teerã.

Abdullah assentiu em concordância de que já houvera bastante infelicidade.

— Mas vocês não nos dizem como impedir esta próxima tragédia, como impedir esta tripla invasão — assinalou Abdullah.

— Não, mas nós, e alguns outros, os ajudaremos por todos os meios ao nosso alcance — explicou Rusty. — Vou voltar para Washington porque acredito que poderia ser capaz de impedir as coisas por lá, informando às pessoas certas o que o secretário Conrad está planejando.

Abdullah disparou um olhar para seu irmão e perguntou:

— Você passou à repórter americana o extrato de conta que Muhammad fez para mim a partir dos arquivos que descobriu? Aquilo prova que este Conrad não passa de um fantoche pago pelos Saud.

— Ela tem o extrato — assegurou-lhe Ahmed —, mas também arranjei uma cópia para Russell.

Embora MacIntyre não entendesse plenamente a última troca de palavras entre os irmãos, a audiência deles com o xeique Rashid parecia encerrada. Abdullah bin Rashid se levantou, fazendo com que os outros três o imitassem. Então falou:

— Já tomei algumas decisões, antes que tivesse suas informações. E pedi a Ahmed que desenvolvesse para mim um plano, um portal, para manter de fora aqueles que chamamos de escorpiões: os chineses, os iranianos e... os americanos. Você fez isto, Ahmed? — O árabe mais novo acenou com uma pasta que carregava em sua mão. Abdullah continuou: — Haverá combate. Estamos a ponto de nos tornar o que vocês chamariam de "proativos". Mas ainda podemos evitar a grande luta.

— *Inshallah* — orou Brian. — *Inshallah*.

14

21 DE FEVEREIRO

A bordo do USS George Herbert Walker Bush
Mar Vermelho, logo ao sul do canal de Suez

— Muito obrigado, pelas instruções e pelo passeio de navio... por tudo, Sr. secretário — disse o ministro da Defesa egípcio enquanto caminhava pelo tapete vermelho no convés, em direção ao Osprey V-22 à espera. — Estamos fazendo a coisa certa. E sei que, quando chegar a hora, meu presidente também fará a coisa certa. E eu e você estaremos prontos para levar a cabo suas instruções. — O egípcio parou e pôs sua mão no braço do secretário Conrad. — Não podemos deixar que esses islamianos pensem que podem mudar regimes e substituir governantes por fanáticos religiosos e terroristas. Nunca deveríamos ter deixado isto acontecer. Deveríamos ter agido mais cedo, mas agora, com sua ajuda, podemos corrigir este erro e reestabilizar a região. *Inshallah.* — Ele parou, saudou o secretário e subiu no grande avião de decolagem vertical.

Conrad, usando uma jaqueta de vôo da Marinha, retribuiu o cumprimento e depois caminhou de volta para o interior do navio antes que os grandes rotores começassem a girar, criando uma forte varredura por todo o convés do porta-aviões. O secretário foi escoltado até o CIC, depois para uma pequena sala de conferência não exatamente fora do piso da sala de guerra.

— Bem, pensei que isto ia bem, Ron — disse Conrad enquanto fechava a porta.

O subsecretário da Defesa Ronald Kashigian estivera sozinho, esperando por seu chefe.

— Veremos. Quando ele disser ao presidente Fouad que vamos entrar para pôr fim ao caos e deter os iranianos, então saberemos se vamos ter tropas egípcias conosco. Não antes.

— Ron, é crítico que tenhamos outro Estado árabe junto com a gente. Um país grande, não um pequeno monte de areia fodido — disse Conrad enquanto sentava-se à pequena mesa. — Como a imprensa está se comportando sobre aquela batalha que acabou em merda?

Kashigian passou-lhe uma pilha de material impresso.

— Na verdade, muito bem. Não que quiséssemos. Os iranianos foram todos derrubados, espantosamente. Mas creio que isto acrescenta à impressão de instabilidade na Islâmia. "A Revolta dos Pilotos", foi a manchete do *Chicago Courier*. O que me incomoda é como isso deu em merda. Não acredito que o sistema de defesa aérea deles seja tão bom. Todas as reuniões de inteligência de que participei diziam...

— Meu Deus! Quantas vezes tenho que lhe dizer para não acreditar em inteligência?! — replicou Conrad, arremessando os papéis de volta para seu subordinado. — Mas até que funcionou muito bem. Agora, o que mais pode dar errado?

— Bem, vejamos. Os príncipes Saud deixaram Los Angeles e Houston esta noite e voaram para Genebra. O motim entre a comunidade xiita na Província Oriental da Islâmia deveria começar esta noite, e então Teerã ganhará um grande revigoramento amanhã à tarde para protestar contra a perseguição aos xiitas na Islâmia. Eles retiraram suas forças aéreas e navais para tê-las prontas para o ataque. Nossa esquadra acabou de deixar o golfo, portanto o senhor precisa assinar a ordem para Adams modificar formalmente sua missão no Bright Star e estabelecer uma linha de piquete para bloquear os chineses... — Kashigian se atrapalhou um pouco e consultou uma pasta preta de couro.

— O presidente já assinou a ordem para interceptar os navios chineses que levam as tropas e armas nucleares?

Conrad desprezou a pergunta com uma careta irritada.

— Não, o presidente ainda não assinou a ordem — replicou ele, imitando Kashigian. — Os malditos juristas na Casa Branca estão debatendo se isto é um ato de guerra. Claro que é um ato de guerra! E daí? Eu mesmo ordenarei se for necessário. Autoridade Nacional, certo?

— Sim, mas pensei que quiséssemos salvar as aparências no caso de o senhor decidir ir lá espontaneamente para impedir os iranianos, após o desembarque deles — disse Kashigian.

— Impedir que os iranianos se espalhem a partir do enclave que terão no lado do golfo, mas também o caos em Jidá e Riad, o que será uma ameaça aos ocidentais — acrescentou Conrad.

— Certo, embora eu não saiba quanta evidência mais realmente teremos de qualquer caos por lá para mostrar a alguém — admitiu Kashigian.

— Evidência? Isto aqui não é um tribunal! — Conrad socou a mesa. — A imprensa relatará isto, se nós dissermos.

Os dois sentaram-se por um momento, olhando o mapa da região na parede da pequena sala.

— O que mais... — Conrad pensou em voz alta.

— Tem aquele tal MacIntyre, do CAI, que andou xeretando — replicou o subsecretário.

— Bobagem — escarneceu Conrad. — Ele é um bosta.

— Nossas Forças Especiais irão capturar a infra-estrutura petrolífera imediatamente para impedir qualquer destruição. Queremos a produção em andamento e voltando a seguir diretamente para nós o mais rápido possível. Mas isto tem que funcionar. Vejamos... o que mais? Não confio muito nesse Adams, da Quinta Esquadra — sugeriu Kashigian. — Mandei a Contra-inteligência ficar de olho nele, também.

— Ah, sei que você não está feliz com Adams, mas eu me encontrei com ele no avião. É gente fina. Bom oficial da Marinha. Quer ser comandante-em-chefe algum dia. Ele irá manipular os chineses — assegurou Conrad.

— E se eles não quiserem ser manipulados? — perguntou o subsecretário.

— Eles estão enrolados e sabem disso. O almirante, um tal Tiang, aquela fonte da Austrália, diz que se ocorrer uma possível guerra de tiros, eles recuarão porque não querem perder para nós. Enfrentar, e tudo isso. E nesse exato momento eles perderiam. Talvez não em dez anos, mas, merda, os chineses só começaram a ter porta-aviões poucos anos atrás. Eles não podem se comparar à Marinha dos Estados Unidos da América. E além disso — continuou Conrad, golpeando seu queixo —, lembre-se, tenho uma surpresa para eles.

— Vamos esperar que esse tal Tiang esteja certo, Sr. secretário. — Kashigian sorriu de volta. — Nunca gostei de acreditar em inteligência.

— Foda-se — disse o secretário da Defesa.

Segundo mirante do parque George Washington
Condado de Fairfax, Virgínia

— Tenho confirmação de quase tudo isso agora, Ray, e do que Ahmed me forneceu — disse Kate no celular. — Estou prestes a me encontrar com um cara da Dominion Commonwealth Partners, que vai me fornecer mais. — Ela sentou-se no Ford alugado no estacionamento do parque, olhando abaixo para o rio Potomac.

— Quem é o cara? — perguntou Ray Keller, editor-chefe do *New York Journal*. Ele estava em seu gabinete no 42º andar, com vista para Manhattan.

— Quando saí para Tysons Corner, para este escritório clandestino de fundos, eles mandaram este assessor de imprensa para lidar comigo. Não passei pela recepção, mas dei ao assessor o meu cartão. Então, duas horas mais tarde, ele liga e diz que não poderia falar lá, mas tem as respostas para as perguntas que passei a eles por fax. Disse que me encontraria no Segundo Mirante para me dar os arquivos — contou ela, examinando suas anotações no PowerBook.

— Bem, pelo menos eles têm um senso de drama, ou de humor. — Keller riu. — Você sabe que foi no Segundo Mirante onde algumas figuras do Watergate se encontraram com Tony Ulasciewicz?

Kate riu também.

— Não, não sabia disso. Mas sei que fica logo abaixo do parque a partir de Turkey Run. Não é onde as teorias conspiratórias dizem que Bill Clinton matou Vince Foster? Serviço de loucos.

— É o que me faz lembrar: tome cuidado. Isto é coisa grande e não gosto que seu quarto de hotel tenha sido arrombado em Houston, ou que você tenha pensado que aqueles bandidos estavam seguindo você aqui — disse Keller usando seu tom mais profundo, que significava que falava sério.

— Quem está sendo dramático agora? — replicou ela. — Ouça, quero uma matéria de quatro colunas acima da dobra do jornal quando isto rodar. Eis os primeiros quatro parágrafos. — Kate leu do laptop, que estava ligado à tomada do carro:

"O secretário da Defesa Henry Conrad esteve defendendo o retorno da família Saud ao seu trono na Islâmia. Agora, em informação obtida com exclusividade pelo *New York Journal*, está claro que a firma altamente bem-sucedida de Henry Conrad (LBO) foi financiada exclusivamente com dinheiro dos Saud. Boa parte das contribuições de campanha que Conrad levantou para o presidente também parece ter origem no dinheiro da família Saud.

"Mais de dois bilhões foram lavados dos Saud para a Conrad Conversion Partners. Conrad deixou a firma que fundou para ser secretário da Defesa. O dinheiro Saud foi escondido através de firmas e bancos no exterior, bem como em casas de investimentos nos Estados Unidos (ver gráfico). O *New York Journal* confirmou que os fundos tiveram origem em contas dos Saud, embora não seja claro se o dinheiro pertencia ao governo ou à família real.

"No fim do ano passado, o senador Paul Robinson pediu que o Departamento do Tesouro investigasse quais fundos Saud nos EUA eram pessoais e quais pertenciam àquela nação. Muitos fundos permanecem congelados, aguardando os resultados do relatório. O pedido de Robinson, porém, não incluiu os fundos na Conrad Conversion, porque não se sabia que era bancada por dinheiro saudita. Os fundos da Conrad Conversion não estavam congelados por ordem do Tesouro.

"Mais de duzentos milhões de dólares doados para uma série de comitês políticos em apoio ao presidente foram repassados por funcionários ou investidores em firmas pertencentes à Conrad Conversion. Se aqueles doadores estavam atuando como intermediários para a ex-família real, eles podem ter sido envolvidos numa conspiração criminosa para violar as leis de financiamento de campanhas dos Estados Unidos da América. Violar aquelas regras é um crime."

Ray Keller respondeu com sua habitual frase para os repórteres:

— Está fechado, Kate, mas vai precisar de um copidesque. Quando você volta?

— Quando sair do meu compromisso com uma fonte hoje à noite, já deve ser tarde demais para pegar a última ponte aérea para Nova York. Ainda nem fiz o check-out no Marriott, então vai ser a primeira coisa pra amanhã de manhã. Esteja na redação por volta das onze. Vejo você lá — disse Kate, espreguiçando-se e percebendo o quanto estava cansada pela mudança de fuso horário e toda a correria de um lado para outro desde que retornara do golfo. Um carro da polícia do parque entrou lentamente no estacionamento. Ela olhava para sua direita, onde, na distância através das árvores, podia ver o Monumento a Washington, feericamente iluminado, montando guarda sobre a capital do país.

Mas, pensou Kate, é realmente uma mídia atuante, investigativa e questionadora quem protege a capital contra pessoas como Conrad. Contra pessoas que colocam o bem-estar de seus amigos ricos acima do bem nacional, pessoas que podiam facilmente mandar filhos dos pobres e da classe média para lutar nas suas guerras em vez de tentar resolver os problemas que provocam as guerras. Como o fracasso em encontrar energias alternativas. Meu Deus, pensou ela, se eu escrever isso, vão me despedir. Suas reflexões sobre o poder foram interrompidas por luzes de faróis no seu retrovisor.

Kate Delmarco virou-se para dar uma boa olhada no carro. Era o carro em que ele dissera que viria, um Lexus dourado.

Ela estava prestes a obter a prova de que a Dominion Commonwealth Partners era um fundo fajuto com vinte investidores, todos eles com certeza financiados, através de seqüências de testas-de-ferro, por uma conta do governo saudita. E cada funcionário da DCP fizera grandes doações para o mesmo grupo de comitês de ação política, no espaço de uma semana, após uma especial distribuição de dividendos. Se isto não for financiamento estrangeiro de uma campanha eleitoral americana, pensou ela enquanto saía do carro, não sei o que pode ser.

Seu coração disparou enquanto o homem saía do Lexus.

Base naval Mesquita Hussein
Comando da Guarda Revolucionária Iraniana
(Pasdaran) Bandar Abbas, Irã

— Deixarei você aqui — disse o general Pasdaran.
— Não participou o suficiente das preces, general — disse o clérigo, vestindo um manto para o serviço que conduziria.

— Ainda resta muito a ser feito — replicou ele, apertando o laço de sua bota. — Mas você viu no giro que demos: eles estão prontos para entrar nesta batalha, estão bem treinados e equipados.

— Não sei julgar tais coisas. — A voz do clérigo era suave e o tom brando, ao contrário do que seria quando desse o sermão dali a pouco. — Eis porque deposito minha confiança em você. Tal como confiei que nossos aviões levariam a cabo sua missão secreta: matar os americanos, lançar a culpa na Islâmia e voltar para casa.

O general se empertigou, sua estatura bem maior que a do clérigo.

— Foi uma peça menor do quebra-cabeça. Não funcionou perfeitamente, mas os americanos estão dizendo ao mundo que foi uma revolta na Força Aérea islamiana, mais um sinal do caos naquele país. Quando as explosões ocorrerem nos centros culturais xiitas esta noite, na Islâmia, isto irá acrescentar ao caos a perseguição aos nossos irmãos religiosos, a quem devemos resgatar.

O clérigo ergueu a vista do Corão aberto sobre a mesa.

— A base naval americana em Bahrein não explodiu. O avião espião americano não foi derrubado. Tudo impedido pela

Islâmia. Já pensou que talvez a Islâmia tenha um espião em nosso meio, general?

O general não tinha contado a ele sobre a descoberta feita pela equipe de segurança do Ministério do Exterior. Sobre o homem que copiou documentos importantes, matou dois membros da segurança e depois cometeu suicídio. As impressões digitais que encontraram eram as do espião britânico, que ainda estava em liberdade. Não de um espião da Islâmia.

— Posso lhe garantir que procuramos exaustivamente e que não há qualquer evidência de qualquer espião islamiano — disse o general rapidamente, à maneira militar.

O clérigo moveu-se em direção à porta da ante-sala. Ajeitou seus mantos e colocou o Corão na mão direita. Voltou-se para o general.

— Devo orar por nossas forças. Devo orar com nossas forças. Para que Alá nos dê a vitória! — Com isto o clérigo deixou o general na sala vazia.

— Teremos outra vitória — disse o general. — Eu vou conseguir esta vitória.

15

22 DE FEVEREIRO

Perto da Base de Mísseis CSS-27
Al Juaifer, Islâmia

Tantos chineses! O que *faziam* aqui neste deserto?, especulou o guarda. O que eles estavam preparando? E por que, em nome de Alá, ele tinha de viver em meio aos seus modos estrangeiros nojentos? Ele suspirou, sua mente divagando. Ninguém lhe disse nada.

Era logo após o alvorecer, e quando o guarda no portão frontal sentou-se pensativo, seu devaneio foi interrompido pela visão de três colunas de fumaça negra elevando-se por trás das dunas ao norte. E então ouviu o barulho. Era como se algo gritasse em agonia, alguma coisa feita de metal pesado. Sua mão estava no telefone da guarita quando os três tanques M-1A2 voaram pelo ar acima das dunas e depois desabaram sobre a superfície, criando uma tempestade de areia abaixo.

Atônito pela aparição, o guarda disparou para fora da cabine e seguiu em direção ao seu colega que estava junto ao Humvee. O ruído estridente de metal estava se tornando insuportável enquanto os tanques gigantes emergiam da areia e dirigiam-se para a alta cerca de alambrado ao redor da base de mísseis. Com mais estridência e fumaça negra, os tanques achataram aquela seção da cerca, depois uma metralhadora na frente do tanque mais próximo girou e pulverizou os guardas e o Humvee com munição de calibre 50.

Homens em uniformes verdes e cáqui saíram dos prédios na base enquanto uma buzina soava e vozes do sistema de alto-falantes gritavam em árabe e chinês. Um enorme caminhão moveu-se entre duas fileiras de galpões, carregando mais estágios de um míssil móvel CSS-27. Porém, um dos tanques M-1 estava bem na sua rabeira e parecia rastejar para cima da carroceria do caminhão. Com um rugido, o míssil explodiu numa bola de fogo, engolfando o caminhão, o tanque e um prédio próximo.

No porto de Jizan, no mar Vermelho, os guardas viram os grandes helicópteros chegando em tempo de fazer soar o alarme. O chefe da polícia portuária deu ordem de fogo a seus homens, gritando que os helicópteros eram americanos, pintados para parecer como os do exército islamiano. Ele se apossou de uma metralhadora montada sobre uma picape e começou a disparar, enquanto seus homens juntavam-se numa saraivada de balas, alvejando os Chinook CH-47. O helicóptero líder pareceu se imobilizar, depois explodiu em dois num relâmpago alaranjado.

Os Chinooks remanescentes desviaram-se para a esquerda, afastando-se do porto, e então apareceu uma onda de helicópteros de ataque Apache AH-64 menores. A polícia portuária podia ver a fumaça enquanto os mísseis deixavam as rampas dos Apache e foguetes eram disparados de casulos pendurados debaixo de suas fuselagens. Quase instantaneamente, explosões irromperam nos contêineres empilhados em forma de pirâmide no pátio. O chefe da polícia olhou atrás de si para ver um Chinook fustigando destroços enquanto pairava sobre uma doca, com soldados descendo por cordas de sua porta traseira de carga. Acima do barulho, o chefe da polícia portuária começou a gritar:

— Rendam-se! Rendam-se!

No porão do Centro de Segurança, os adjuntos de Abdullah bin Rashid ocupavam os telefones e painéis de rádio, passando relatórios de campo sobre o progresso dos Protetores, como chamavam agora a fusão de seu exército com a guarda nacional. Os relatórios eram bons em sua maioria. As refinarias e as instalações de embarque estavam a salvo. A polícia religiosa nas Duas Mesquitas Sagradas tinha sido discretamente substituída. Nos portos e aeroportos onde o resto dos chineses deveria chegar, barcos de patrulha bloqueavam as enseadas e tanques guarneciam as pistas de pouso. As bases dos mísseis CSS-37 estavam agora nas mãos dos Protetores e os hóspedes chineses bem-cuidados.

Havia, porém, combates na região de Hadramaut, perto da fronteira com o Iêmen, onde a unidade do exército local permanecia leal ao governador ligado a Zubair bin Tayer e sua facção no Conselho Shura. Igualmente, quando o comandante da base de Dhahran tinha lido o comunicado sobre a mudança na estrutura do Conselho Shura, dois F-15 decolaram e bombardearam o campo. O capitão de uma lancha de patrulha leal a bin Tayer havia ordenado a seus marujos que fizessem rondas lentas numa instalação do exército perto de Jidá.

O pior combate, contudo, travava-se em Riad e suas cercanias. Bin Tayer havia colocado legalistas em várias unidades militares e policiais e seu irmão, um coronel, comandava um regimento de infantaria a uns trinta quilômetros ao norte da capital. O regimento tinha convergido para um complexo com escritório, armazém e alojamentos construído por um empreiteiro da defesa americana. Era murado e facilmente defendido.

— Está confirmado, bin Tayer se encontra no complexo Baunilha — anunciou um funcionário no posto de comando subterrâneo de Abdullah. — Ele reuniu a maioria de seus adeptos no Shura e está convocando uma reunião do Conselho. Seu pessoal está bem posicionado para nos manter de fora. Dois blindados incendiados por mísseis antitanque, foi tudo o que conseguimos. Tivemos muitas baixas.

Abdullah coçou sua barba.

— Bombardear, Abdullah — insistiu o general Khalid. — Não há necessidade de sofrermos baixas. Apenas explodirmos eles. Darei ordens para um esquadrão de Tornados acabar com isso.

— Não! — gritou Abdullah. — Você está certo, Khalid. Nossos rapazes não deveriam sofrer baixas. Nem os deles. Somos todos irmãos. — Depois, caminhando na direção de seu amigo, Abdullah parou diante do general e disse: — Recue um pouco os seus rapazes. Depois despache seus Tornados, mas faça-os despejar suas bombas fora dos muros do complexo. O que aqueles americanos estúpidos chamam de choque e espanto. Depois fale com bin Tayer para se render.

— Farei o bombardeio, xeique, mas quem pode pedir a rendição de bin Tayer e seus tolos da Shura? — perguntou Khalid.

— Eu o farei. Vou até lá — disse Abdullah, enquanto seguia para a porta. — Khalid, você está encarregado. Ahmed, você o assessora. E, Ahmed, providencie para que o videoteipe do portal do escorpião esteja pronto para quando tivermos prendido bin Tayer e depois ligue para a embaixada chinesa. — Antes que alguém pudesse objetar, Abdullah bin Rashid deixou a sala de comando.

Enquanto impelia seu Range Rover para a frente do posto de comando do lado de fora do complexo rebelado, Abdullah pôde ver os Tornados circulando na distância.

— O que eles estão esperando? — perguntou ao general Hammad, que liderava o ataque.

— Por você — disse Hammad, sorrindo e sinalizando para um oficial de pé ao lado do Humvee equipado com rádio. Dois minutos depois, três Tornados voaram baixo, lançando bombas na frente e em cada lado do complexo. Enquanto o Tornado do centro ganhava altura, ele foi atingido por um disparo de lança-foguete. Um rastro de fumaça seguiu o Tornado, que desapareceu de vista. Então houve o barulho de uma explosão e uma coluna preta se avultou para o céu na distância.

— Eles mataram apenas um piloto. Portanto, repita, Hammad — ordenou Abdullah. — Lance as bombas na frente dos aviões. Não voe sobre o complexo. E coloque as bombas dentro dos muros desta vez.

Quatro minutos depois, dois F-15 podiam ser vistos aproximando-se por sobre a cidade em baixa altitude. À medida que chegavam mais perto do posto de comando à frente, ambos os Eagles pareceram se apoiar nas suas caudas, arquear, e começaram a voar de volta na direção de onde tinham vindo. Na metade da sua curta subida, uma enorme bomba separou-se de cada Eagle e arqueou em direção oposta, rumo ao complexo. Abdullah empurrou o general Hammad para trás do Range Rover. Um segundo depois, a detonação sacudiu o veículo e o rugido continuou por vários minutos.

Quando olharam para cima, o portão principal e a maior parte do muro fronteiro do complexo tinham se acabado. Fogueiras ardiam em vários lugares lá dentro.

— Você esteve falando com o irmão de bin Tayer, o coronel, lá dentro? — perguntou Abdullah ao general Hammad. — Ligue de novo para ele e diga-lhe que em quatro minutos todo o complexo será arrasado, a não ser que se rendam. Ligue para ele. Agora!

Quinze minutos depois, o general Hammad saiu do Humvee de comunicações.

— O complexo está garantido. Todos se renderam e mantêm bin Tayer e os outros em custódia.

— Eles devem ser tratados com respeito — disse Abdullah ao general. — Vamos lá vê-los. — Os dois subiram no Range Rover de Abdullah e seguiram para o complexo, contornando destroços do muro e veículos queimados. — Nós os colocaremos sob prisão domiciliar. Nas *villas* desertas dos Saud no sul. Até as eleições. Então eles poderão concorrer, fazer sua campanha pacificamente junto ao povo. Talvez até vençam.

Um oficial os conduziu até uma ampla mansão branca no centro do complexo. Suas janelas tinham sido explodidas e as cortinas pendiam tortas. Abdullah e seu general encontraram bin Tayer e três outros integrantes do Shura detidos pelos guardas perto de uma fonte interna. Abdullah falou primeiro:

— Zubair bin Tayer, coloco você sob prisão por conspirar com agentes estrangeiros, por planejar trazer mais tropas estrangeiras para o país sem o consentimento do Shura, e por planejar pôr em risco o bem-estar da nação ao introduzir armas de destruição em massa na terra das Duas Mesquitas Sagradas.

Bin Tayer cuspiu.

— É você quem será preso. Por matar nossos cidadãos. Por extrapolar sua autoridade como chefe da segurança.

— Zubair, nós discordamos. Talvez, numa eleição, a maioria dos homens e mulheres de nosso país concordassem com você, mas duvido...

Bin Tayer interrompeu-o:

— Não vai haver eleições com *mulheres*. — Ele trouxe algo de debaixo de seus mantos e detonou.

O tempo pareceu congelar — e então houve um estrondo, seguido por mais estrondos e relâmpagos dentro da cintilante mansão branca. Guardas correram para encontrar corpos estirados no chão. Muitos, inclusive o general Hammad, estavam feridos, sentados ou apoiados na fonte. Nove outros estavam mortos: os quatro integrantes rebelados do Shura, feitos em pedaços pela explosão das suas quatro granadas de mão. Quatro guardas.

E Abdullah bin Rashid.

O sangue escorria rosto abaixo do general Hammad. Seus olhos estavam esbugalhados. Ele pelejou para responder a um oficial que acabara de se aproximar para encarregar-se da cena.

— Ligue para o Centro Médico. Quero o Dr. Ahmed bin Rashid...

Gabinete secreto do senador Paul Robinson, presidente da Comissão Seleta de Inteligência do Senado, Edifício administrativo Hart do Senado, Colina do Capitólio, Washington

— Ligue para o presidente — insistiu Russell MacIntyre com o senador. — Diga a ele o que seu secretário da Defesa está a ponto de fazer.

Sol Rubenstein respondeu ao seu adjunto em nome do senador.

— Ele não pode ligar para o presidente para uma conversa informal. Além disso, o presidente está no Chile, numa reunião do Pacífico asiático.

— Mandaram o Chile para a Ásia? — brincou Robinson. — Olhe, Rusty, tudo isto me ensinou alguma coisa, e pretendo construir uma coalizão e atuar nela. Não podemos entrar neste século com nossa política energética tendo que travar guerras com quem tem o petróleo que resta. O crescimento chinês exacerbou o problema, mas já tínhamos problema. Há uma deficiência de mercado aqui. O setor privado não pode pagar pelos custos e riscos maciços para desenvolver energia alternativa. Portanto, isto cabe ao governo. Com as novas regras rígidas de conservação, com créditos fiscais e com um programa de pesquisa e desenvolvimento sem precedentes. Quanto ao que estiver acontecendo hoje e amanhã...

— Olhe, Rusty — acrescentou Rubenstein. — A verdade é que não sabemos como impedir isto. A reunião de inteligência esta manhã mostra que a esquadra chinesa está a meio caminho de lá. Conrad está certo em tentar impedi-los de desembarcar soldados e enviar ogivas nucleares.

Rusty se encrespou.

— Não mantivemos diplomacia suficiente com os chineses para detê-los. Lembrem-se da Crise dos Mísseis em Cuba. Como impedimos os navios soviéticos de trazer armas nucleares? Não foi só com a Marinha. Além disso, ele não está apenas impedindo os chineses de desembarcar, está mandando americanos desembarcarem para tomar a porra do país — disse MacIntyre, exasperado. — Exceto pela parte que ele barganhou com o Irã.

Os dois homens mais velhos se entreolharam. Rubenstein falou:

— Rusty, você não pode provar que Conrad fez isso. No máximo, aqueles documentos que você tem provam que algum iraniano escreveu que havia se encontrado com Kashigian e que ele concordou. É claro que Kashigian irá dizer que isto é uma estratégia... que estava lá para ameaçá-los. No máximo podemos pegar Conrad por não se coordenar com o Departamento de Estado.

MacIntyre fitou seu chefe.

— Olhe, Sol, sei que estou próximo demais desta coisa, mas, do modo como a vejo, estamos apenas a um dia ou dois afastados de uma guerra com a China e de uma ocupação por uma divisão dos Fuzileiros da terra mais sagrada do mundo muçulmano. — MacIntyre olhou de Rubenstein para Robinson. — Estou por fora de alguma coisa aqui, senador?

Nenhum dos dois respondeu.

— Muito bem, e quanto ao fato de que Kate Delmarco está prestes a divulgar todo o acordo de financiamento da Casa de Saud com Conrad? Não é o bastante para chamá-lo de volta do Egito? — perguntou Rusty.

O senador caminhou até uma pilha de jornais.

— Está falando da reportagem de Kate Delmarco?

— Sim, ela já publicou? Acabei de descer do avião duas horas atrás. Estive em aviões e aeroportos por 24 horas — disse MacIntyre, coçando a testa.

O senador Robinson pegou o jornal e pôs seus óculos de leitura.

— Aqui está. Saiu na última edição. "A repórter ganhadora do prêmio Pulitzer, Katherine Delmarco, do *New York Journal*, foi encontrada morta esta noite, aparentemente vítima de ataque cardíaco...

— O quê?! — gritou Rusty. Ele sentiu uma pontada desagradável na boca do estômago.

O senador continuou:

— ... A Srta. Delmarco, de 45 anos, foi encontrada pela polícia numa área remota do parque George Washington, onde aparentemente tinha parado por sentir dores no peito enquanto dirigia para um encontro em McLean..."

Rusty sentou-se e olhou para o tapete.

— Eles a mataram!

— Quem a matou? — perguntou o senador Robinson.

— Quem? Os Saud, Kashigian, não sei. Os mesmos caras que explodiram o avião do almirante Adams, os caras que comprometeram a fonte de Brian Douglas e estiveram bem perto de matá-lo em Teerã. Aqueles que puseram o FBI na minha cola por me encontrar com terroristas... *eles*.

Rusty sentou-se de volta e fechou os olhos. Qual era o ponto? Talvez como os personagens no livro de Furst, ele fosse apenas uma pessoa pequena que tinha de ficar parada e ver a guerra chegar, ser apanhado no seu vórtice, ver destruído tudo que amava.

— Aqui, o que é isto? — perguntou Sol Rubenstein, apontando para a televisão. — Paul, aumente o volume dessa coisa.

O senador encontrou o controle remoto e aumentou o áudio na CNN. "... combate. Uma declaração divulgada em nome do vice-presidente Abdullah bin Rashid, do Conselho Shura, disse que houve uma tentativa de golpe por elementos patrocinados pelo Irã e que o presidente do Shura, Zubair bin Tayer, morreu no combate. A declaração assegurou que a plena estabilidade foi restaurada. Não deu nenhuma prova adicional do alegado envolvimento iraniano, mas disse que Rashid falará à nação amanhã. Em outras notícias de..."

Rusty ergueu a vista e sorriu.

— É isso. Eles começaram. Abdullah e Ahmed.

— Acho que já está acontecendo o que você temia — disse Sol Rubenstein. — Tanto o Irã quanto Conrad podem alegar que aquilo lá está um caos. E o Irã pode dizer que este tal bin Rashid está culpando Teerã de modo que possa desforrar nos xiitas.

— Não, não — contestou Rusty. — Você não vê? Ahmed e Abdullah estão assumindo. Eles vão tentar parar esta máquina que está saindo dos trilhos. Que ironia. Nós três estivemos sentados aqui e não pudemos pensar em como afetar nosso próprio governo, e são esses caras na Islâmia que estão fazendo alguma coisa.

— Não sei quem são eles, Rusty, mas daqui onde estou sentado, sinto que vai ser duro impedir que os Estados Unidos, a China e o Irã invadam a Islâmia — observou o senador.

16

22 DE FEVEREIRO

Centro de Informação de Combate
USS Ronald Reagan
Mar Arábico Setentrional

— Quão distante você está do elemento líder da escolta deles, capitão? — perguntou o almirante Brad Adams ao comandante do cruzador USS *Ticonderoga*, numa transmissão de voz segura.

— Almirante, estou na ponte de comando e posso ver um dos navios deles no horizonte através dos binóculos. Parece um navio americano classe Burke, e está se aproximando de mim — disse a voz no alto-falante.

— Próximo demais — disse Adams para o capitão John Hardy, que estava de pé junto a ele no CIC. Depois o almirante pressionou o microfone para falar ao cruzador *Ticonderoga*. —

Capitão, recue. Mantenha 25 milhas de distância, mas deixe-o saber que você está aí. Faça tudo para que ele saiba. — Repondo o fone, ele voltou-se para seu oficial de inteligência. — Se temos de combatê-los, vamos fazer a coisa certa. Não quero começar esta luta por equívoco ou erro de cálculo. — Ele bufou. — Johnny, os chineses ainda pensam que o *Ticonderoga* é nosso? E o *Reagan*? Eles acham que estamos lá no oceano Índico?

— Do que posso dizer das interceptações, é exatamente o que eles acham — Hardy riu —, e pelos informes diários do Pentágono, eu diria que Washington também pensa que estamos lá!

— E os iranianos, Johnny? — perguntou Adams.

— Eles também — respondeu o capitão. — O avião deles nos seguiu até passarmos do estreito de Hormuz ao norte do mar Arábico, mas depois ele retornou. Não creio que alguém saiba que estivemos circulando, já que controlamos as emissões eletromagnéticas e, depois, iluminamos eletronicamente os cargueiros de Diego Garcia para parecerem navios de guerra. Acho que o truque está funcionando, tal como foi usado com os soviéticos.

O comandante do *Reagan*, capitão Andrew Rucker, estivera ouvindo e desdenhou.

— Vou lhe dar uma ajuda nisso, almirante. Não acho que se poderia esconder um cruzador de escolta americano, sem falar do Pentágono.

— Bem, este é um truque da Guerra Fria. Você põe refletores de canto de radar e transmissores de radar de rádio, e de repente um destróier fica parecendo um porta-aviões, um cargueiro parece um cruzador aos olhos dos satélites das torres de interceptação e do rádio. Funcionou com os chineses. A única razão pela qual o Pentágono acha que estamos lá é porque isso é o que estamos reportando a eles. E porque Bob Doyle e alguns outros estão participando do jogo... — replicou Adams em voz baixa.

— Mas em algum momento, senhor, nós vamos ter que partir rapidamente para lá se tivermos de bloquear a esquadra chinesa — disse Rucker, olhando para a localização dos navios numa parede de projeção.

— Se tivermos de fazê-lo, faremos. Nós ligaremos os reatores e partiremos com toda a força, mas o faremos sob controles de emissões, silenciosamente, de modo que eles não nos vejam chegando. — O almirante continuou: — Se formos apanhados pelo Pentágono, assumirei a culpa. Vocês estavam apenas seguindo minhas ordens. — Na porta, ele virou-se para os dois capitães. — Vou lá para cima tomar algum ar. Me avisem se alguma coisa mudar. Rucker, me acompanha?

No convés de vôo, Brad Adams e o capitão Andrew Rucker caminharam entre os aviões no escuro da pré-alvorada, as mãos enfiadas nos bolsos. Eles poucas vezes viram um porta-aviões tão silencioso. Nenhuma atividade de vôo em andamento. Os radares, girando normalmente, estavam desligados. A maioria das luzes apagadas. Adams olhou para a água, imaginando se estava fazendo a coisa certa. Ele queria estar em dois lugares ao mesmo tempo: no golfo, para impedir que o Irã invadisse Bahrein e a Islâmia, e no oceano Índico, para interceptar os transportes de tropas chinesas e talvez se confrontar com a esquadra deles. Nesse momento, ele não estava em lugar nenhum, a não ser balançando para cima e para baixo no mar Arábico.

— Andy, o que estamos fazendo aqui é o ponto máximo da insubordinação. Olhe, acredito no controle civil dos militares. É o que nos previne de ter golpes de Estado e todo tipo de caos que outras nações enfrentam. Mas quando as decisões dos civis não estão sujeitas a verificações e equilíbrios, quando eles distorcem informação, quando intimidam a imprensa para que os acompanhe nesta merda, não sei — refletiu Brad.

— Senhor, eles nos ensinaram em Newport que quando a geração de jovens oficiais de Colin Powell regressou do Vietnã, eles todos juraram que nunca deixariam os civis levarem o Exército à guerra novamente se não houvesse nenhuma necessidade justa, nenhum acerto de contas, nenhum apoio popular informado. Talvez nós militares tenhamos que voltar a esta atitude — sugeriu Rucker.

— Almirante — gritou John Hardy através do convés de vôo. O capitão correu pela placa de aço. — Os iranianos se lançaram ao mar. Com tudo que têm. Naves anfíbias de assalto, barcaças de desembarque de carros, cargueiros. Seguindo na direção da Islâmia e de Bahrein. A NSA relata que eles lançaram quase cem surtidas de suas bases aéreas.

— Quanto tempo você acha que eles podem resistir? — perguntou Adams, pegando os relatórios.

Hardy sacudiu a cabeça.

— Não muito tempo. A Islâmia está mantendo forças a oeste, no caso de nós a invadirmos também.

— Bem, é hora de decisão, Johnny. — Adams olhou para o mar atrás. — Não posso voltar ao golfo. Não enquanto tivermos os chineses vindo no nosso caminho.

Um marujo se aproximou deles, carregando um grande envelope pardo. Hardy o abriu.

— Merda. É uma CRÍTICA da UAA Bahrein: "Aviação iraniana jogou bombas no quartel-general da Quinta Esquadra às 5h30, hora local.

— Foi bom o termos esvaziado, Johnny. — Adams olhou para a mensagem CRÍTICA. — Mas ainda temos um monte de americanos nas proximidades. Vamos voltar para dentro.

Enquanto voltavam ao CIC, o comandante da escolta, contra-almirante Frank Haggerty, dirigia uma azáfama de atividade. Ele falava no telefone seguro.

— Comandante, isto é muito importante. Pode confirmar que o *Zhou Man* fez uma volta de 180 graus?

Uma voz respondeu da caixa do alto-falante na parede.

— Sim senhor, almirante. Estou olhando para sua popa através do periscópio. Ele fez uma ampla volta.

Adams dirigiu-se a Haggerty.

— Quem é?

— É o oficial em comando no *Tucson*. Ele está submerso, seguindo o *Zhou Man*. Mas também tenho o P-3 que está no rastro dos Ro-Ro chineses. Está relatando que eles estão navegando na direção de Karachi. O *Ticonderoga* diz que o destróier que estava fora deu a volta também. Acho que eles estão fazendo escuta, Brad. — Haggerty estava claramente excitado. — O que diabo aconteceu?

— Senhores almirantes, se me permitem, duas coisas aconteceram — disse o capitão Hardy, consultando seus papéis. — Quase toda a Marinha do Índico se fez ao mar em formação de batalha e está navegando atrás dos chineses. — Hardy quase riu. — E o *Zhou Man* e o *Zhen He* têm uma alta precedência, uma mensagem cifrada especial de Pequim. Mas não sei o que ela diz.

— Eu sei — asseverou Adams. Seus colegas pareciam surpresos. — Foi enviada mais de quinhentos anos atrás, do imperador chinês para o almirante Zheng He, no oceano Índico. Dizia: "Retorne imediatamente." Quando ele retornou, o imperador queimou a esquadra e quase todo registro de suas grandes expedições. Mais tarde, o imperador abrandou e deixou o almirante ir para a peregrinação a Meca... mas sem a esquadra.

Adams seguiu até o pequeno pódio que às vezes usava para dar suas instruções no CIC.

— Cavalheiros, e damas, esta é a situação como a vejo. Estamos incapacitados de completar nossa missão para interceptar os navios chineses porque eles ou estão seguindo para aportar no Paquistão ou deram meia-volta para regressar à China.

"Por outro lado, temos uma CRÍTICA dizendo que nosso quartel-general em Bahrein acabou de ser bombardeado, e temos informação de que o Irã começou um ataque anfíbio tanto em Bahrein quanto na Islâmia. Não preciso de ordens quando me dizem que americanos estão sob ataque.

"Capitão Rucker, ponha o *Reagan* em ação. Despache ambos os esquadrões Enforcer com armamento pleno através de Omã rumo a Bahrein e Islâmia. Execute o Plano Dez-Zero-Nove, como modificado. O 43º Esquadrão é para tirar de ação a marinha iraniana. O 44º é para tirar de ação a aviação costeira e as bases navais iranianas. Os Raptors de nossa Força Aérea em Omã irão escoltar.

"Almirante Haggerty, mantenha contato com os aliados do golfo. Diga a eles o que estamos fazendo e peça que executem, como planejado na modificação para o Plano Dez-Zero-Nove na última semana. Recuperaremos os Enforcer no Catar, para reabastecê-los e rearmá-los. Aquela esquadrilha de novos Super F-16 dos Emirados estará voando sobre Hormuz enquanto prosseguimos. Se alguma coisa se mover nas ilhas iranianas, eles ficarão em apuros.

"Capitão Hardy, termine as operações de simulação. Vamos ligar o equipamento eletrônico da escolta e deixar que os iranianos saibam que estamos chegando.

"Muito bem, vocês todos. Alguma pergunta? — Adams quase gritou. Um alto 'Não, senhor' ecoou no CIC. — Então vamos para a guerra. Capitão Rucker, desfralde a bandeira de batalha.

As luzes na torre do *Reagan* se acenderam, seus radares começaram a girar, um clarim tocou e uma pequena bandeira azul coberta com estrelas de cinco pontas foi hasteada no mastro. O enorme navio se deslocou à frente, acelerado, e começou a executar uma volta em U, espalhando uma esteira gigante em curva atrás dele. Elevadores gigantescos se ergueram de baixo, carregando aviões para o convés de vôo. Homens e mulheres em trajes de vôo brilhantemente coloridos correram para os aviões, vestidos em vermelho, verde, amarelo e púrpura...

De volta ao CIC, o capitão Hardy esperou até que Adams tivesse caminhado até o centro de comando, checando a execução de suas ordens, batendo nos ombros da marujada. Depois Hardy perguntou baixinho ao comandante da Quinta Esquadra:

— Que modificação para o plano?

— Aquele que os aliados no golfo conseguiram para mim na semana passada — murmurou Adams enquanto lia uma mensagem. — Aquele aprovado no quartel-general do CENTCOM pelo general Bobby Doyle.

— Não pelo comandante-em-chefe, o general Moore? — perguntou Hardy.

— Bobby é o adjunto. Ele pode aprovar planos, Johnny. — Adams sorriu.

— E o senhor também arranjou para ter toda a porra da Marinha do Índico, inclusive seus dois pequenos porta-aviões, em surdina, para imprensar os chineses entre duas esquadras, almirante? — sussurrou o capitão Hardy de volta.

— Você está me superestimando, Johnny. Acho que talvez o secretário Conrad tivesse esta pequena manobra planejada. Só Deus sabe o que demos a eles para fazer isto. — O almirante riu enquanto passava a prancheta com a mensagem a Hardy. — Mas isto não é por que os chineses voltaram. Olhe para esta mensagem de tráfego. O governo da República Islâmica da Islâmia solicitou formalmente que a China terminasse seu programa de assistência militar e retirasse todas as suas tropas. O gabinete de Abdullah bin Rashid anunciou isto publicamente a noite passada!

— De modo algum, porra... ah, desculpe o palavrão, senhor — disse Hardy, atarantado.

O almirante Haggerty juntou-se à discussão.

— Parece que perdi alguma coisa. Seja como for... almirante Adams, devo mandar uma mensagem para Tampa e Washington dizendo-lhes o que estamos fazendo?

— Claro, Frank, este é o procedimento-padrão. E nós *sempre* seguimos o procedimento-padrão. Traga a mensagem para que eu assine — disse ele, consultando o relógio — dentro de meia hora, mais ou menos. Vou sair para observar a decolagem da esquadrilha. Talvez depois disso.

Haggerty e Rucker riram. Haggerty bateu continência.

— Sim, senhor.

Sala da diretoria, Banc Bahrein
35º andar, edifício do Bank Bahrein
Manama, Bahrein

— Os iranianos podem bombardear o Ministério da Defesa, mas duvido que atacarão este banco — o ministro da Defesa de Bahrein, o general Ibrahim, disse para Brian Douglas. — E daqui temos boas linhas de visão e comunicação.

Atrás dele, soldados conectavam rádios e telefones, montavam telescópios de longo alcance e monitores de TV. Abaixo, na cidade, Brian podia ver fogo e fumaça se elevando de diversos locais ao redor da área, onde a incursão aérea iraniana, antes do alvorecer, havia penetrado as defesas aéreas de Bahrein.

— Estamos protegendo a entrada do porto com lanchas de patrulha, mergulhadores, nossa fragata e um cúter americano. E nós e os americanos colocamos um campo minado a noite passada. Os SEALs americanos estão dando assistência. Eles não foram embora com tudo — disse o general Bahreini, apontando para leste.

— Quanto estrago os iranianos causaram à base aérea? — perguntou Douglas. A Base Aérea Xeique Issa ficava atrás deles para o sul, tendo sua visão bloqueada de onde se encontravam.

— Muito estrago, mas rolamos alguns dos nossos F-16 para fora da base e movemos outros para os cantos do Aeroporto Internacional, de modo que temos oito ou nove F-16 ainda operacionais — admitiu o general. — Esperamos que o desembarque iraniano seja na área da praia norte, onde temos a maior parte do exército. Temos alguns sistemas de lançadores de foguetes múltiplos construídos pelos americanos, e os temos apontados lá.

O céu se tornava de negro para cinzento ao norte, a direção de onde viria o ataque. No leste, réstias de luz rosa apareciam nas nuvens esparsas enquanto o sol começava a nascer.

— Focalizei. Posso ver a esquadra deles — gritou um oficial em árabe. Brian olhou pelo telescópio. Pôde ver através dele o casco de um destróier e depois uma belonave menor a oeste. A seguir, entre os dois, viu borrifos de água, e abaixo os borrifos dos hidrofólios em rápido movimento carregados com veículos.

— Estarão dentro de alcance em dois minutos — disse Ibrahim.

O sol rompeu o horizonte e brilhou intensamente, cegando aqueles que olhavam para leste. Brian colocou seus óculos de sol polarizados no exato momento em que as formas cuneiformes de Enforcers 5-35 americanos apareceram como que saídos do sol. Ele girou o telescópio e o focou na aviação. Os aviões eram lisos, sem mísseis externos, bombas ou tanques de combustível. Enquanto ele focava as lentes, mísseis foram disparados do interior das aeronaves. Ao norte, MiG-29 iranianos apareceram sobre os navios. A oeste, a primeira onda de foguetes bareinitas elevou-se dos sistemas lançadores de foguetes múltiplos perto da praia. Brian olhou para o norte novamente. Quase ao mesmo tempo, os mísseis dos Enforcers atingiram diversos navios, os foguetes da praia despedaçaram-se em outros navios, um avião iraniano explodiu no ar. Acima e atrás dos Enforcers, uma linha de Raptors da Força Aérea disparava sobre os MiGs. Enquanto tentava divisar os Raptors, Brian viu um Enforcer explodir, atingido por um dos MiGs. Então as janelas chocalharam como se algo explodisse na entrada do porto. Um navio colidira com uma das minas.

— Acho que faltou aos iranianos o elemento surpresa — disse Ibrahim a Douglas —, graças a você.

— General, eu disse que está começando a parecer como se talvez dois dos três escorpiões tivessem parado no portal — replicou Douglas.

Por detrás de Ibrahim, outro disparo de foguete veio da praia.

— Aliás, Brian, o imã xiita da grande mesquita deles está na praia incentivando nossas tropas, junto com nosso Príncipe Coroado — disse o general, ele próprio erguendo um polegar.

Vasculhando a oeste por detrás da torre do banco, Douglas viu as esteiras de outro grupo de Enforcers e Raptors seguindo rapidamente para lá. Os MiG iranianos voaram atrás deles, disparando mísseis. Douglas virou-se para o general Ibrahim.

— O que Churchill teria dado por uma visão como esta sobre Londres durante a Batalha da Grã-Bretanha!

— Podemos fazer como ele — replicou o general. — *Inshallah*!

As janelas se fecharam de novo e, abaixo deles, uma ala do palácio de Bahrein explodiu.

Enquanto isso, ao largo, o grosso da força iraniana se dirigia para as praias da Islâmia. Barcaças transportando blindados leves e caminhões sacolejaram logo acima da água e depois logo acima da areia enquanto chegavam à praia. Acima das praias da Islâmia, os MiGs e Sukhois do Irã lutavam de novo encarniçadamente contra os caças de origem anglo-americana que a Islâmia ainda podia pôr no ar. O que havia sido a Força Aérea da Arábia Saudita estava agora significativamente menor em número por causa da canibalização de peças, e os iranianos venciam o combate aéreo ao colocar mais caças no ar do que a Islâmia podia, mesmo sobre seu próprio território.

Atrás do aerodeslizador chegaram lanchas anfíbias de desembarque, descarregando tropas na arrebentação, o fogo de artilharia e dos tanques das forças islamianas se despejando na zona de desembarque com resultados mortais, mas alguns soldados iranianos conseguiam alcançar as praias. A Islâmia tinha mais litoral a defender do que Bahrein e, portanto, suas forças de defesa estavam mais espalhadas. As forças especiais iranianas, empregando minissubmarinos e semi-submersíveis depositavam comandos em terra em área do porto com o objetivo de assumir o controle das instalações para suas barcas e os Ro-Ro atracarem.

Não estava indo nada bem para a Islâmia. O general encarregado dos Protetores na Província Oriental, numa casamata em Dhahran, começava a achar que não teria escolha senão ordenar que suas unidades recuassem para se reagrupar contra os iranianos, quando recebeu relatórios de que vários transportes de tropas tinham acabado de explodir ao largo. Segundos depois, um AWACS da Islâmia relatou que outra onda de caças iranianos vindo através do golfo também tinha sido explodida.

O que estava acontecendo? As forças da Islâmia não eram responsáveis por isto, o general sabia. Não havia imagens sólidas de radar de quaisquer novas unidades da Força Aérea chegando. Quem estava matando os iranianos?

Então foi relatado que o *Zaros*, a nave capitânia iraniana, tinha sido atingido. Na sua casamata em Dhahran, o general voltou-se para seu chefe de estado-maior de batalha, que sorriu e disse:

— Acabei de captar seus sinais, senhor. São Enforcers. Raptors.

O que era mesmo que os americanos diziam naqueles filmes? A cavalaria estava chegando?

O general assentiu para si mesmo. Sim. A cavalaria tinha chegado. Al-Hamdu Lillah.

17

22 DE FEVEREIRO

Centro de Segurança da República
Riad, Islâmia

— Passe o teipe — ordenou o general Khalid.
Todos os canais de televisão exibiram a imagem de uma bandeira completamente verde tremulando contra um céu azul. Uma canção marcial tocava ao fundo. Sobrepondo-se à música, uma voz disse:

— E agora vai falar à nação Abdullah bin Rashid, presidente do Shura nacional.

Abdullah, vestido em mantos formais, estava posicionado contra um fundo verde. A câmera enquadrou seu rosto.

— Embora vocês não me tenham escolhido, é minha tarefa liderar este país até que escolham quem irá liderá-los. Nós membros do Shura fomos escolhidos apenas por aqueles que lutaram para destronar os usurpadores que roubaram a riqueza da nação para sua própria família.

"Mas chegará o dia este ano em que vocês escolherão quem os irá governar. Não deixem que ninguém os impeça, irmãos e irmãs, de fazer essa escolha.

"Quando escolherem, pensem no futuro. Pensem sobre como nós árabes podemos restaurar nossa grandeza, como podemos contribuir para o progresso mundial. Devemos contribuir com mais do que a energia fóssil de milhões de anos de idade. Mais uma vez, devemos voltar o poder de nossas mentes para a matemática e a ciência, para a medicina e a engenharia, para aprender a desvendar os segredos do que Alá nos deu. Isto realçará as aptidões de todo o nosso povo, homens e mulheres.

"Se esta república puder sobreviver, podemos olhar adiante para um dia em que a paz de Alá possa prosperar neste mundo. Quando armas de destruição em massa serão destruídas por si mesmas. Quando desvendarmos as outras dádivas de Alá, para substituir os antigos combustíveis fósseis que Alá deu ao mundo. Alá os depositou em nossa terra, fornecendo à humanidade o combustível para a fase de emergência, que agora está passando.

"Para apressar aqueles dias, assumiremos a liderança. Hoje destruímos os mísseis de longo alcance em nossa nação, mísseis que um dia poderiam ter carregado armas de destruição em massa. Trouxemos os representantes diplomáticos de muitas nações para nossos desertos para assistir a esta destruição. Convidamos inspeção internacional, de todo lugar, a qualquer tempo. E convidamos Irã, Israel e outras nações a seguir nosso exemplo.

"Hoje investimos dois bilhões de euros, a primeira parte de uma quantidade muito maior, para criar o Instituto de Energias

Futuras aqui em Riad, um centro internacional para desenvolver e distribuir novos métodos de energia elétrica e outras além da era fóssil. Também convidamos a comunidade internacional a se juntar a nós, financiando e participando em descoberta estendida a todos. Até ajudarmos o mundo a emergir da era fóssil, partilharemos nosso petróleo com o mercado mundial, aberto a todos que queiram comprar, à taxa de um por cento de nossas reservas conhecidas a cada ano. Não mais, nem menos. Dez por cento de nossa renda irão para o Instituto de Energias Futuras. Se alguém usar a força para buscar mais de nossas reservas, todas as nossas instalações petrolíferas serão autodestruídas. Assim, não faz nenhum sentido invadir nosso território.

"E devemos reconhecer que tal como Alá colocou esta reserva especial em nossa terra, assumimos uma responsabilidade especial perante Alá para preservar e proteger as Duas Mesquitas Sagradas que ele também colocou em nossas fronteiras. Esses lugares são sagrados para quase dois bilhões de muçulmanos de todas as comunidades, sunitas e xiitas, pois não existe nenhuma comunidade de direito no Islã. E nossos governos devem proteger a todas e não apoiar um único ponto de vista.

"Vocês, em troca, devem proteger nosso governo e nossa nação. Especialmente agora, nesta época de transição. Há aqueles que podem ser tentados a invadir nosso território, drenar nossas areias do combustível abaixo delas. Vocês podem enxotar esses escorpiões. Podem demonstrar seu apoio à revolução. Marchar para o mar Vermelho, alinhar-se com milhares de patriotas e crentes. Mostrar que estão prontos ao sacrifício para preservar nossa nação. Membros do Shura estão organizando transportes em cada cidade. Depois desta transmissão, juntem-se a mim. Marchar pela Islâmia.

A câmera abriu o enquadramento e agora mostrou dezenas de homens e mulheres de cada lado de Abdullah.

— Vocês não marcharão sozinhos. Permitam que lhes apresente o novo Conselho Shura. Este aqui é meu irmão, Ahmed, um médico, agora meu braço direito, tentando curar esta nação, e aquele que desenvolveu este plano. Este aqui é o general Khalid, líder dos Protetores. E aqui está Fatima Khaldan, uma cientista, que voltou para sua terra natal de...

Quando as apresentações terminaram, a tela fez uma fusão para uma imagem do general Khalid e Ahmed sentados lado a lado. Khalid falou:

— Depois de gravarmos este discurso para a transmissão de hoje, Abdullah foi morto por inimigos da revolução. Agora inimigos potenciais se movem furtivamente em nosso litoral. Nossas forças estão expulsando os persas no leste. Como Abdullah pediu, vocês devem ser nossas forças no oeste, no mar Vermelho. Unam-se ao Dr. Rashid enquanto ele carrega o corpo de seu irmão martirizado para o mar.

A bordo do USS George H.W. Bush
mar Vermelho

— Senhor, devemos tomar uma decisão. Fazemos o desembarque na costa leste ou oeste pela manhã? No Egito ou na Islâmia? — perguntou o general Moore, o comandante do CENTCOM ao secretário da Defesa.

— Os iranianos conseguiram uma cabeça-de-praia? — perguntou o secretário Conrad ao general Moore.

— Uma limitada, perto de Jubail, mas a aviação do *Reagan*, dos Emirados, Catar e Kuwait está martelando firme. E parece que a invasão de Bahrein pelos iranianos foi inteiramente repelida — disse o general.

— Eles não estavam invadindo Bahrein, general — insistiu o secretário Conrad. — Deve ter sido apenas um ataque simulado.

— Aquele escroto do Adams! Eu sabia — disse Kashigian para o secretário. — Mas ainda podemos alegar a necessidade de ir lá para proteger o petróleo de uma segunda onda de ataque iraniano... e do caos na Islâmia. O caos definitivamente está ocorrendo lá. Estão trocando seus líderes do dia para a noite.

Conrad bufou ruidosamente.

— Talvez. E quanto às tropas e armas nucleares chinesas?

— Bem, os dois porta-aviões chineses estão definitivamente indo para casa. Os Ro-Ro aportaram em Karachi, onde parecem entregar veículos militares ao Paquistão, juntamente com um bando de consultores e técnicos — leu o general Moore de seu tráfego de mensagens.

— Portanto, não existe ameaça chinesa — murmurou Conrad para Kashigian.

— Sr. secretário, desde o pronunciamento daquele camarada do Shura, esta manhã, estivemos recebendo informes de movimento em direção às praias, nas áreas de desembarque que planejamos. Deixe-me mostrar ao senhor a alimentação que estamos obtendo através do Global Hawk do que chamamos de Praia Nebraska, ou área de desembarque Alfa Dois.

A imagem que apareceu na ampla tela mostrava uma área costeira, depois dava um zoom para mostrar uma praia, depois mais longe para exibir pessoas formando grupos.

— Não vejo tanques nem artilharia. Com que eles estão armados? Feche mais o zoom — vociferou Conrad para o general.

— Sr. secretário, é simplesmente isso. Eles não estão armados. Eles são civis. E estão lá dando-se as mãos e orando. A cada tantos metros há um imã com eles.

O secretário tinha se aproximado da tela, tentando perscrutar na praia. Voltou-se para Kashigian.

— Ron, o que você faz de... Ron, pare de ler esses malditos novos recortes. Preciso tomar uma decisão.

Kashigian caminhou até o secretário, carregando o resumo de notícias recém-chegado.

— Isto acabou de chegar. Primeira página do *New York Journal*. Uma reportagem escrita pela tal Delmarco. Diz que embora o laptop dela tivesse desaparecido do carro quando o corpo foi encontrado, ele automaticamente tinha salvado o texto dela no seu servidor. — Ele entregou o jornal ao secretário.

Os olhos de Conrad se arregalaram enquanto ele lia. Pareceu empalidecer.

— Isto é escandaloso, um libelo, pura mentira.

— Senhor? — perguntou o general, confuso pela troca de palavras entre os civis.

O secretário da Defesa olhava para seu subordinado.

— Você fodeu com a coisa toda. Nada está funcionando.

— Não me culpe. O senhor me deu ordens para arranjar as coisas de modo que o senhor e seus amigos sauditas pudessem voltar. Bem, isto foi a melhor coisa que alguém poderia alcançar. Não importa o que sejam os fatos, Henry, nós precisamos invadir! — Kashigian gritou para seu chefe. — Nós usamos apenas a Grande Mentira. Ela funcionou antes.

Henry Conrad chegou mais perto da tela que mostrava a imagem das praias enfileiradas com civis em oração.

— Você não vê? Não tem nenhuma arma nuclear lá. Nem invasores iranianos. Nenhum chinês. E o caos que você me prometeu se transformou na porra de uma maratona de oração? Você acha que posso dizer ao Congresso que bombardeamos uma *maratona de oração*?

— Senhor? — falou de novo o general.

— Tudo bem, tudo bem — disse Ron Kashigian. Ele virou-se para o general Moore. — O secretário decidiu ir em frente com o planejado exercício com o Egito. Mas estará retornando a Washington para cuidar de algo que acabou de surgir. Portanto, precisamos de um vôo para o Cairo, onde o 747 está estacionado.

— Sim, senhor — respondeu o comandante-em-chefe.

— E precisarei de reservas de vôo do Cairo para Genebra para mim — acrescentou Kashigian.

Posto de comando, base naval da Guarda Revolucionária Bandar Abbas, Irã

— Podemos montar outra onda, expandir a cabeça-de-praia — disse o general iraniano, erguendo a vista do mapa.

— Meus irmãos em Teerã dizem que o chefe da nossa força aérea está se recusando. Ele acha que suas perdas já são altas demais, inaceitáveis — disse o clérigo, como se estivesse comentando sobre o tempo.

— Não podemos simplesmente deixá-los lá — insistiu o general.

— Ah, sim, podemos. Deixamos muitos outros Pasdarans e Basifis em prisões iraquianas por mais de dez anos. Muitos outros — disse o clérigo, recolhendo seus papéis. — Aquela guerra fracassou. Como esta. Aceito isto.

— Mas não tínhamos armas nucleares naquela época — disse o general, movendo-se para bloquear a saída do clérigo.

— Eu lhe disse que as armas nucleares são apenas para defesa. Não para vocês, Força Qods, Hezbollah, ou quaisquer outros — explicou o clérigo. — Se uma arma nuclear detonar nos Estados Unidos, eles não hesitarão em incinerar todo o nosso país, e a Coréia também, só por precaução.

"General, você deve olhar para um horizonte de tempo mais amplo. Em 1986, terminamos a guerra com o Iraque sem vitória. Em 2006 vencemos, graças a você e os outros. E vencemos sem armas. Deixamos que os americanos matassem por nós. Esta operação hoje está direta demais, aberta demais. Nada sutil. Mas não se preocupe, general, iremos prevalecer. Tenho outro plano. Nós o discutiremos em Teerã. Encontre-me lá dentro de poucos dias, depois que tudo isso... for resolvido.

"A visão ampla, general. — O clérigo relanceou para o mapa, depois de volta para o general. — Nosso dia chegará.

28 DE FEVEREIRO
Sociedade de Cultura Ética
Central Park Oeste
Cidade de Nova York

— Juro, ela conhecia um bocado de gente — disse Brian Douglas para Rusty, enquanto saíam da cerimônia em homenagem a Kate Delmarco.

— Bem, boa parte dos presentes era formada de repórteres. Esse era um trabalho muito difícil de noticiar. Exige muita coragem e sangue-frio — disse MacIntyre, descendo as escadas. — E isto pode ter tirado a vida dela. — Ele pensou na noite que passaram juntos, no sorriso, no perfume de Kate — e a culpa o consumiu. Tinha sido ele o responsável?

— Ora, vamos, não comece com isso de novo. Você viu o relatório da autópsia, muito embora provavelmente não tivesse direito a isso. Ela sofreu um ataque cardíaco, Rusty — acrescentou Sol Rubenstein enquanto emparelhava com eles.

— Ray Keller, o editor de Kate, não pensa assim. Ele tinha três repórteres cobrindo o assunto — disse MacIntyre a seu chefe. — Agora está tentando pôr o FBI na parada. — E vou me certificar de que investiguem, disse para si mesmo.

— Boa sorte para eles e para a editoria de cidade — replicou Rubenstein. — Você devia estar satisfeito de que a sua própria coisa de FBI está andando, agora que parece que o Dr. Rashid não é nenhum terrorista... é mais provável ser o próximo presidente da Islâmia.

— Ele me convidou a voltar — relatou Rusty. — Ahmed vai disputar a próxima eleição nacional.

— E quando você vai? — perguntou Rubenstein.

— Nem tão cedo, chefe — disse ele. — O Brian aqui irá passar as férias velejando em Virgin Gorda e precisa de um tripulante. Assim, com sua permissão...

Rubenstein riu.

— Ah, suponho que, por evitar uma guerra de vulto, vocês dois provavelmente merecem uma semana de folga. Embora eu não tenha certeza de como Sir Dennis verá vocês se unindo, se transformando numa espécie de versão anglo-americana de *Eu, espião*.

— Espero que ele já tenha se acostumado com a idéia — disse Brian, sorrindo. — De qualquer modo, a culpa é dele. Foi ele quem nos apresentou.

Enquanto desciam a rua em direção a Columbus Circle, Rubenstein perguntou de modo fraternal:

— E quanto a Sarah? Ela também vai junto para Virgin's Girdle?

Rusty olhou para o outro lado da rua, para o parque, e depois de volta para Rubenstein.

— Não, não, ela não vai. Sarah está em missão na Somalilândia por noventa dias.

Rubenstein pareceu desapontado, não surpreso. Começou a dizer alguma coisa, mas a expressão no rosto de Rusty... Não, melhor deixar pra lá.

Na extremidade do parque, eles dobraram para o Time Warner Center, onde teriam seu almoço comemorativo adiado. Uma TV no saguão estava ligada na CNN.

— Ei, vejam isto. O presidente está dando uma entrevista coletiva — disse Rubenstein, caminhando até a tela. Enquanto se aproximavam, eles puderam ouvir o som.

"...decidiremos quais dessas denúncias sem provas devem ser investigadas, mas enquanto o procurador-geral está fazendo isto, quero apenas dizer que somos abençoados por ter Henry Conrad no serviço público. Seu Programa de Reconfiguração está mudando as forças armadas e poupando bilhões de dólares aos contribuintes. Ele reconstruiu pontes para nossos aliados críticos ao redor do mundo, algo que ficou muito claro para mim recentemente na cimeira do Pacífico asiático, realizada em Santiago do Chile...

— Olhem, o ponto principal é que Henry Conrad é o melhor secretário da Defesa que já tivemos. Bem, qual é a segunda parte de nossa pergunta?

— Inacreditável — disse MacIntyre.

— O melhor que já tivemos, hã? — disse Rubenstein.

— O que gostaria de saber é se servem Balvenie aqui — disse Douglas, se afastando da televisão rumo ao restaurante.

O presidente ainda estava falando.

Rusty olhou para o Central Park, para as árvores desfolhadas, e pensou em Kate, em Abdullah, em todos aqueles que morreram tão desnecessariamente. E prometeu a eles que se vingaria.

Este livro foi composto na tipologia Minion,
em corpo 11,5/16, e impresso em
papel off-white 80g/m², no Sistema Cameron
da Divisão Gráfica da Distribuidora Record.

Seja um Leitor Preferencial Record
e receba informações sobre nossos lançamentos.
Escreva para
RP Record
Caixa Postal 23.052
Rio de Janeiro, RJ – CEP 20922-970
dando seu nome e endereço
e tenha acesso a nossas ofertas especiais.

Válido somente no Brasil.

Ou visite a nossa *home page*:
http://www.record.com.br